U0096260

人民共和國文化與文學叢書

八　編

李　怡 主編

第 7 冊

細部修辭的力量（下）

張 學 昕 著

花木蘭文化事業有限公司

國家圖書館出版品預行編目資料

細部修辭的力量（下）／張學昕 著 -- 初版 -- 新北市：花木蘭文化事業有限公司，2020〔民109〕

目 2+178 面；19×26 公分

（人民共和國文化與文學叢書 八編；第7冊）

ISBN 978-986-518-215-1（精裝）

1. 當代文學 2. 中國小說 3. 文學評論

820.8　　109010896

ISBN-978-986-518-215-1

9 789865 182151

人民共和國文化與文學叢書

八 編 第 七 冊

ISBN：978-986-518-215-1

細部修辭的力量（下）

作　　者　張學昕
主　　編　李 怡
企　　劃　四川大學中國詩歌研究院
總 編 輯　杜潔祥
副總編輯　楊嘉樂
編　　輯　許郁翎、張雅淋　美術編輯　陳逸婷
印　　刷　普羅文化出版廣告事業
出　　版　花木蘭文化事業有限公司
發 行 人　高小娟
聯絡地址　235 新北市中和區中安街七二號十三樓
　　　　　電話：02-2923-1455／傳真：02-2923-1452
網　　址　http://www.huamulan.tw 信箱 hml 810518@gmail.com
初　　版　2020年9月
全書字數　307361字
定　　價　八編18冊（精裝）台幣55,000元

細部修辭的力量（下）

張學昕　著

目次

上冊

第一輯

第二輯

下　冊

第三輯

世界上惟有小說家無法「空缺」——格非小說《迷舟》及其先鋒性「考古」

一

格非是誰？小說家兼學者，或者是學者兼小說家。近三十年來，格非一直在敘述和講授中游弋，在講壇和文壇之間，難分主次。後來，格非曾被喧囂的文壇譽為「中國的博爾赫斯」，這個稱謂，讓格非又被認為是一位最「接近」知識的小說家。因為對博爾赫斯敘述「迷宮」的精緻模擬，也陡增了格非小說文本的神秘性色彩。但是，令人費解和疑惑的，可能是他在虛構自己的文本時，時常在經意或不經意間，顛覆他在課堂上向學生談論、講授的「小說敘事學」，演繹出頗具行為藝術的現實版「迷舟」。多年以來，我感到，格非似乎始終在敘述的深處徘徊和徜徉，儘管，他略顯疲憊的神情，掩飾不住歲月的「青黃」帶來的沉重，但是，像充滿懸疑意味的《戒指花》，格非的寫作，同樣讓我們猜不到他的未來。

1987 年，這位二十三歲就發表了小說處女作《追憶烏攸先生》的格非，很快，在 1988 年，又迅速地寫出了具有濃鬱抒情風格的小說成名作《迷舟》。不同凡響的是，這個小說所講述的故事，在敘述的最關鍵性的「節點」，竟然出現了邏輯性的「空缺」，極其霸道的「中斷」，使得閱讀發生了令人難以忍耐的迷茫。從敘事學的角度講，可以說，這簡直就是中國小說史上前所未有的一次「革命」和「起義」。一個原本極其寫實、老實地講述故事的小說，人物及其活動，在敘述的關鍵環節上突然消失了，故事，雖然沒有「死亡」，可是，因為這個「空缺」的出現，敘述所本該抵達的目的無法實現，小說完成了一次自我性的虛無。一切，在蒼茫雲海間變得空空蕩蕩。

那麼，在上世紀八十年代末，為什麼會出現這樣一篇小說呢？就像《迷舟》這個小說的名字一樣，年輕的格非，為什麼執意要將我們引入不可思議的「迷舟」？此後，格非的一系列短篇小說的敘述，繼續沿著這個慣性不斷地向前推進，使得他的「先鋒」氣質，即使在「先鋒群落」裏也獨具一格，而且，近三十餘年經久不衰。骨子裏的先鋒精神，不斷地在大量的中、短篇以及長篇小說文本裏悠然重現，精緻、優雅的敘述，宿命般地伴隨著這位學者型小說家，滋生出舒緩、起伏的漢字的風韻，在經常性的細節的休止符間隙，偶而就會令人柔腸寸斷。我們從格非幾十年的小說創作中，深刻體悟到了吳亮那句經典之語「真正的先鋒一如既往」。

從寫作發生學的角度看，回想那時的歷史語境，其實，八十年代的中後期，是最宜於文學的敘述的時代。那也是許多寫作者和閱讀者感慨繫之的「黃金時代」。幾十年來的文學「一體化」格局結束了，在一陣思想界對文學自覺的強力介入之後，在不可避免的浮躁和喧囂消散後，文學開始漸漸以文學應有的發生、生產方式，用心地打量、思考和呈現這個世界，文學重新找到了出路。作家開始在冷靜地思考世界的同時，也開始思考究竟要「寫什麼」和應該「怎麼寫」的問題。對於任何一位作家而言，作為寫作主體，能真正地回到寫作本身的審美軌道，都會欣喜若狂。所以，那個階段的文學，出現了一大批「有意味的文本」，以極端形式主義的呈現方式，開始了一場敘事學的革命。實際上，這場看似文學本體層面的革命，蘊含著更內在的社會、精神和心理價值成因。包括蘇童、余華、格非、孫甘露、呂新、北村在內的一大批年輕的寫作者，在八十年代中後期「洶湧」而來，雖有複雜的外部現實的影響和「催生」，但是，更為主要的原因，恐怕還在於這些寫作者內心的文學訴求和衝動。真正的文學「潮流」和運動，從根本上都不是被「組織的」，而是作家獨立、自由開拓出的敘述空間和方式，確切地說，應該是寫作者內心的需要。可以說，余華、蘇童和格非們，創造了在當時文學接受狀況下一個幾乎「讀不懂的空間」，這無疑是挑戰了當時讀者的閱讀慣性，令人一時無法適應。仔細想想，從「先鋒小說」的內部看，格非是這其中在「先鋒」性方面走的最遠的作家。一開始，他就沒有絲毫「遷就」讀者的意思，這當然不是一個簡單的閱讀「滯後」問題，而是敘述者實在是走得太遠。《迷舟》《褐色鳥群》《呼哨》和《青黃》，一路雲霧彌漫，山重水複，柳暗花明，從容的敘述中隱匿著懸疑、緊張、衝動、期待，文本所演繹的存在世界，如同充滿了感性生命的「如夢的行板」，其不乏清冷、神秘的「零度色調」中，生命和時間的理性，在人物模糊的意識形態裏，虛無縹緲，綽約可見。作家通過這樣的敘述，究竟想呈示什麼，解決什麼，其中「蟄伏」著怎樣的精神寓意？它試圖抵達一個什麼樣的幽深境地？說到底，格非想讓自己的敘述，將自己帶到何方？格非小說敘述的「出發地」在哪裏？「回返地」又在何處？「先鋒」的內在涵義，在當時的特殊語境，在奇崛的文本形態中若隱若現，險雲山遠，機關算盡，文字中不時地透射出敘事的玄妙和乖張。

現在，回顧八十年代的思想、文化氛圍，我們就會慢慢地清楚格非、余華等人的寫作初衷主要是，他們出於對「啟蒙」使命的警覺和放棄，而回到生命本體，回到文學本身之魅，以純粹「復魅」的、富於科學品質的美學立場，專注於對存在、世界、歷史的重新勘查。實際上，這是一種「我思故我在」的思考維度和觀察維度，在文學敘述的價值取向及其「原則」上，宣告了線性思維邏輯、敘述「因果鏈」及其存在世界「本質化」的終結，這是對所謂世界「本質性」懷疑的開始，這也就直接導致了文本形態的一次徹底革命，也導致了歷史敘述之虛無品性的出現，它是反抗傳統敘事規範的開始。這些，在幾位「先鋒作家」的寫作追求中都普遍存在，但是格非較其他各位尤甚。而且，他以自己的文本建立起「先鋒」性的合理性，重新建立了敘事的邏輯，發現存在世界及其歷史的非理性狀態和盲目性的一面，而重新界定文學虛構的哲學邊界。因此，從這個角度講，格非的小說，在很大程度上改變了以往我們理解和判斷歷史的結構圖式，顯然，他在努力地尋找歷史與現實的隱秘關係。同時，他還借助文本發出了充滿理性的追問：歷史理性究竟在哪裏？由誰掌控？歷史如何書寫的問題，實質上是一個現實的問題，那麼，究竟應該依靠什麼理念或者依據來判斷歷史與存在的真實呢？依據個人經驗判斷事物、敘述歷史，顯然是可怕而愚蠢的選擇，完全是自以為是的行為。從文學敘事學的角度看，存在世界和歷史都具有很大的「審美間性」，為敘述提供了巨大的彈性和張力，但是也樹立了一個難度或障礙。似乎，歷史的意義和存在的重現，只能由這些似真似幻的故事來決定，而根本上的問題，卻在於故事與歷史之間造成的「誤讀」，這才是先鋒文學敘述的內在追求。

「先鋒寫作」，構成一股文學潮流，讓我想起余華關於 1987 年至 1988 年間他與《收穫》之間聯繫的美好回憶。《收穫》作為中國當代文學元老級人物巴金創辦、主編的文學雜誌，數十年始終堅守著獨特的人文和藝術的品質。正是這種堅守，才使得八十年代後期，一大批年輕作家激進的文學探索，能夠在當時較為複雜的政治、文化環境下得以呈現出來。1987 年和 1988 年連續推出的幾期「先鋒文學」專號，宣告和催生了一種新的美學原則和寫作風格的開始。可以不誇張地說，如果沒有《收穫》這樣強力的倡導和力挺，就不會有「先鋒寫作」的創作實績和經久不息的潮湧。從這個意義上講，令余華、格非和蘇童們所難忘的，不僅是自己寫作過程中內心所感受的溫暖，主要是寫作的價值和意義，能夠有可能被精英文化認可的機遇。

我之所以要努力釐清這樣一個文學寫作的語境，是因為這涉及一種新的敘事原則和形態的出現，以及存在的理由。惟有清楚這一點，我們也才會明白，「先鋒寫作」作為一股潮流在幾年後為什麼會終結，而它的「先鋒精神」卻可以持續幾十年不衰。可以肯定，作家的內在需求，在很大程度上決定著文學及其精神的走向。因此，我們現在看，《迷舟》這樣一篇小說在當時出現的意義，不僅在於它打破了當代文學敘述的傳統時空秩序，更重要的是，它在開啟一場敘事學革命的同時，生發出了由敘事多元化所帶來的新的歷史審美觀的變化。相比《迷舟》的寫作更早些時候，也就是上個世紀七十年代末、八十年代初，有王蒙等作家有意地模仿西方的喬伊斯和伍爾夫，用「意識流」的寫法，表現那個年代「忽如一夜春風來」的精神、心理感受，「舊瓶裝新酒」式的藝術手法，對一個精神上正在復蘇的民族心理給予了異樣的呈現，著實也令人耳目一新。而格非的《迷舟》等一系列短篇小說，進一步突破了這個格局，將小說帶進了敘述及其策略決定文本意義的文學時代。

二

從某種意義上講，真正的寫作，其實就是一種宿命。格非小說的敘事形態，來自於自身的宿命和訴求，更來自於文化的宿命和寫作的願景。已故評論家胡河清，對格非及其寫作曾有過精到的分析和評價，我認為，這是迄今最為切近格非寫作發生學意義的研究。胡河清借用《鬼谷子》和《鬼谷子命書》中關於「騰蛇」的比喻，來影射、揣摩和闡釋格非的小說及其意象的生成。「騰蛇」為神蛇，「能興雲雨而遊於其中，並能指示禍福。騰蛇所指，禍福立應，誠信不欺。

蛇之明禍福者，鬼謀也；蛇之委曲屈伸者，人謀也。」〔註 1〕在胡河清看來，喜歡蛇的格非，恰恰就是這樣一條觀察、寫作和敘述的「神蛇」。因為格非的小說裏有大量關於蛇的隱喻，其中，「蛇在我的背上咬了一口」，構成了格非小說的基本意念。「格非的蛇會咬人，而且極其狡詐，這說明他感興趣的是術數文化中的詭秘學成分。也許正因為深藏著這一種關於蛇的意念，格非眼中的世界是詭秘的。」〔註 2〕這當然不失為一種獨到的解讀。「詭秘」「詭譎」「水蛇般纏繞在一起」「因為生病每天都要吃一副蛇膽」，這些神秘的字眼，以及蛇的意象，密布於格非的小說之中，而且，我們在他的詭秘裏感受到一種文化的神韻，至少，我們能夠強烈地感知到格非努力洞悉世界和存在真相時，那雙如同蛇一般的目光，包括這雙眼睛對世界的探究欲望和解讀策略。於是，胡河清將格非描述為「蛇精格非」。這雖是一種極具隱喻色彩的想像性概括和調侃，但我以為，這非常切近一個作家的本相，作家最渴望的，就是有一雙與眾不同的眼睛，不為已有的「框架」所束縛，就像所有人觀察世界的時候，完全不受自己視網膜的影響，是一種直觀，而不是反射。我們也由此體會到，像格非這樣的小說家，宿命般地走上虛構的道路，而他卻會為我們必然性地提供了關於這個世界真實的基本圖像。

但是，即使有這樣一雙的「鬼斧神工」般的眼睛，格非也依然無法清晰地看見一切事物的機樞，這不是一個作家自身的能力問題，這是人類認知所面臨的侷限和關隘。也許，只有小說這樣的虛構文本，才可能大膽地肩負起猜想世界的使命。因此，就有了大量所謂「空缺」的存在。仔細想想，之所以有「隱秘」世界的存在，是由於事物整體性的不可知。不可判斷和預知，這是一個本源性的問題，因此，可以說，格非的小說《迷舟》，帶領我們從另一個路徑進入了歷史、進入存在世界，這不僅是小說敘事的革命，而且涉及到美學、哲學和歷史學與文學關係的深刻變革。它強調和重視的，是文學敘事，終將無法「篡改」歷史命運。

若想深入闡釋《迷舟》這個小說，我們依然需要從文本的幾個重要元素入手：時間、歷史、回憶、人物、敘述、「空缺」和隱喻。

在這裡，時間，是使這個文本充滿個性化的基本元素。空間是一個容器，而時間也是一個容器。所以，時間不是線性的，往往是多維的空間吞沒了時

〔註 1〕胡河清：《靈地的緬想》，學林出版社，1994 年版，第 174 頁。
〔註 2〕胡河清：《靈地的緬想》，學林出版社，1994 年版，第 174 頁。

間，令時間被假象所遮蔽、所忽視。敘述現實，敘述歷史，講述人在現實和歷史世界中的存在形態，卻是在對時間和空間的想像和回憶中完成的。記憶，同樣是一個複雜的容器，其中雜陳、積澱了無數事物的因子和元素，但時間本身無法喚醒和發酵它的存在價值和能量，只有「回憶」，才有可能揭示「時間的偽形」和歷史假象的虛偽，發現既有「事實」的根本性缺陷，這樣，在精緻、超凡脫俗的回憶過程中，發現現實、歷史以致存在間隱秘的時間、空間聯繫。時間在敘述的關鍵處發生了「斷裂」，這是敘述的「癥結」所在。無法接續的時間鏈條，被拋擲進時間的深淵。於是，小說的結構，成為對歷史的解構和消解，成為對歷史和真實進行重構、「還原」的基本過程。這也是《迷舟》能成為「先鋒小說」傑出的代表性文本的重要原因。也可以說，《迷舟》是以自己的策略和哲學，直奔歷史而去的，也是間接反思現實的。

誰能拆解開時間這個容器，誰就能打開歷史和現實的真正隱秘，因為這個容器裏面裝的就是歷史。這個容器之於小說而言，就是對一個新的、屬於它的敘述方法的出現。《迷舟》這個小說為什麼要如此布局？為何一定要如此這般地結撰敘事文本？我想，最大的原因，還在於思想、精神或者心理容量的溢漲，已經令原有的形式無法容納和承載存在可能性這個歷史搖籃，惟有破繭而出，才能重建文本暢達的隧道。也許，這就是藝術的辯證思維。

短篇小說《迷舟》，選擇的是一個開放性的敘述人「冷峻」的視角，時間，成為文本中一個明顯的存在。無疑，這是馬爾克斯式的時間意識引入，如同「多年以後」這樣的時間狀語，在幾乎所有先鋒作家的文本裏，一開始就主宰了敘事的秩序和格局。這些年來，人們大多願意聚焦在「形式」的層面談論這個小說先鋒品質，認為這個如謎一樣的小說，這個敘事的「迷宮」，是作家營構的「形式的迷宮」，歷史的迷宮。其實，在這裡，格非的文本敘事，在引入特殊的敘事策略的同時，卻始終牢牢地遵循著中國詩學的一個美學情境：超逸之逸，並且是「冷逸」。其中蘊藉著那種空靈清潤的氣息，覆蓋著破敗衰朽的悲涼之霧。這看上去像是一種文體色調，實際上彌散出敘事的語氣、趣味和精神格調，旨意遙深。所以，在《迷舟》所裹挾的南方的氤氳之氣中，始終滲透、彌漫著蕭索、蒼茫、蔭翳，也不乏透出隱隱的殺氣。這彷彿對逝去的歷史有種莫名的恐懼。這種語境，暗合了文本對歷史乖張的假設和構想。混沌之氣，攪和著歷史的煙雲，徐徐升騰。

小說中的幾個人物，在敘述中，也幾乎都是處於虛無縹緲、朦朧、模糊的狀態之中。有姓無名的「蕭」，以及馬三大嬸、母親、老道、杏、三順，仔細感受和體悟，他們在這個故事裏，彷彿都只是一個個符號而已。

那麼，格非「如此」講述「這樣一個故事」的意義和目的是什麼？是發現歷史和時間的幽暗，感知個人與歷史之間永遠存在的、無法溝通的關係？若從本質上說，在這個文本裏，歷史也只不過是一個弱不禁風的框架，是一塊早已風化的頑石而已。而「借屍還魂」永遠是作家的拿手好戲，那麼，歷史之魂又在何處呢？一個作家，既不能肆意「俯視」歷史，也不能刻意去淨化歷史，歷史在文學敘事中可能是一種多維性的存在，只有具有清晰的敘事倫理和美學的品質，才能接近歷史本身或者觸及事物的可能性。

三

其實，《迷舟》裏的「空缺」，就是歷史的盲點和斷裂之處，它也是我們在現實中回望歷史時的盲點，是歷史局部在我們判斷中的「本質性」缺失，也是歷史敘事時邏輯起點的迷失。說到底，相對於「人」這個主體，這個「空缺」，也就是存在的盲點。那麼，是否可以這樣理解，只有這樣敘述歷史的時候，小說家的謙卑也許才會盡顯無遺，「全知全能」的敘事，再也無法在歷史和「存在」面前大行其道。而且，在敘述中，作家已經隱藏起一個文學中最至關重要的因素——情懷，像羅蘭·巴特的「零度敘述」，這樣「主體困頓、風格憂鬱」的文本，根本就不需要作家對歷史「往事」有過多的熱情。因此，在小說裏，「蕭」是一個冰冷的、幾乎沒有溫度的人物，這是格非的一種刻意的處理，他像某種意念、理念的影子，跟隨著自己模糊的意識，在自己家鄉的村落和小河裏漫遊，任由自己本然的欲望，信馬由韁，狼奔豕突。我想，「迷舟」之意，就是迷失，是一隻迷途之船，是「迷失了的水上之船」。像是迷失在迷宮之中。這個整體的意象，或許就是在隱喻歷史本身的飄忽性、不確定性，如同失衡在一片複雜的水域，處處遇到玄機。到最後，甚至連人物、故事和語言也會迷失在敘述裏。在描繪這個歷史主體「迷失」的過程中，凸顯出歷史的蒼涼和羸弱，而歷史的「能動」的必然，因為一種偶然性，一個人的「偏狹」走入茫然無際的「黑洞」。

> 蕭重新陷入了馬三大嬸早上突然來訪所造成的迷惑中。他覺得馬三大嬸的話揭開了他心中隱藏多時的謎團，但它彷彿又成了另外一個更加深透的謎的謎面。他想像不出馬三大嬸怎會奇蹟般地出現

在鮮為人知的棋山指揮所裏，她又是怎樣猜出了他的心思。另外，杏是否去過那棟孤立的漣水河邊的茅屋？在榆關的那個夏天的一幕又在他的意念深處重新困擾他。

這天，蕭像是夢遊一般地走到了杏的紅屋裏去。

三順還沒有回來。傍晚的時候，漣水河上突然刮起了大風。

蕭的迷惑，既是格非敘述的迷惑，也是歷史的迷惑。蕭為現實所困惑，我們卻為歷史感到莫名的焦慮和惘然。歷史前行的動力，在一個短篇小說的文本之中，遭受到了巨大的質疑。個人的欲望，竟會在不經意間替代了歷史欲望的達成，抑或，個人的欲望，就是歷史欲望的「原型」。而「空缺」到底是歷史的必然，還是敘述的圈套，抑或兩者的「合謀」？這的確又是一個最「本質性」的問題。顯然，在這裡，作家無力把握、決定這個人物的去向，不可能、也不想控制他的行動，這既是對歷史的包容姿態，也是隱含悲觀的對存在世界不可知的消解。「蕭」在大戰在即，部隊採取重大行動之前，卻突然遇到家事的變故，父親意外身亡，他要去參加父親的葬禮。而他的家鄉，正是他們需要迅即佔據的軍事重鎮，這個地域，也正是敵人蓄意佔據、攻擊的要塞。其實，「蕭」的舉動本身，就是一件極其荒謬和不可思議的事情，因為常識告訴我們，一個領命正在執行軍事行動的軍官，根本不應該有這樣肆意的選擇。「蕭」完全沉入了一個非軍人的情感糾葛的境遇之中，沉浸在與戰爭毫無關聯的、日常生活的情境裏，他似乎已經生活在一種幻覺裏，同時，整個情勢也為其生死蒙上了一層迷惑的陰影，此時，對於生死，蕭已經在冥冥之中覺察到了周遭腐朽的氣息。舊情萌動，蕭與杏的私通在敗露之後，致使他繼續沿著「錯誤」的方向向前滑行。「就在他站起身準備離開父親書房的瞬間，他意念深處滑過的一個極其微弱的念頭使他又一次改變了自己的初衷」，他執意要去榆關。此時的榆關，正是兩軍交戰的要地，蕭的哥哥所率領的北伐軍剛剛在榆關不戰而勝，那麼，蕭去榆關究竟是探望被三順閹割了的「杏」，還是與北伐軍營中的兄長會晤？敘述就在這裡中斷了，也被敘述者「閹割」掉了。也許，無論蕭去榆關做其中的哪一件事情，即使真的僅僅只是去看望遭受「閹割」的杏，蕭都逃脫不掉被警衛員殺掉的命運。可見，歷史處於每一個相關者的猜測和武斷中，師長給看似不諳世事的警衛員的密令，也是對可能性的一種預設，偶然性轉瞬之間成為一種必然的歸宿。

馬三大嬸的角色，也令人深感弔詭和匪夷所思，她的行為詭異，她總是在時間的關鍵處翩然而至，她在整個敘述中不可或缺，她穿針引線地連綴起時間和記憶的縫隙，推動著「蕭」遊弋前行。三順「閹割」杏的行為，似乎是憑藉一種直覺或第六感之類的暗示，產生的強烈的現實衝動，卻鑄成了蕭的選擇。而老道的箴語，也早早鋪墊、預示出歷史的殘酷性和神秘色彩。從這個角度看，這篇《迷舟》從整體上講也是一部精緻、嚴謹和結構感極強的傑出文本。

陳曉明教授更願意使用「閹割」一詞，直接地描述格非的「空缺」對歷史做出的「武斷性」處理。而格非在小說中，選擇讓三順對「杏」實施的「閹割」，似乎就是一個明顯的暗示。小說家還能做什麼？對歷史和往事最大的寬容，就是在「回憶」的途中「無籍因循，寧拘自責，挺然秀出」。格非就是要呈現歷史的斷裂，關鍵是這個斷裂，竟然源出於一個中級軍官的極端個人的偶然性。簡直不可思議，歷史的盲目性，難道就始於個人的經歷和經驗的一意孤行？

現在看，小說《迷舟》所承載的內涵，已經遠遠地超出了一個短篇小說的容量。誠然，它不僅充滿對歷史駕輕就熟的自信，而且，「迷舟」這個意象，構成了歷史和存在世界變局的隱喻。我感到，這個小說的寫作，還使格非的歷史觀及其審美視角的選擇，或多或少地積澱了悲觀主義和浪漫主義的因子。這一點，不但延續到《褐色鳥群》《青黃》《雨季的感覺》《呼哨》《戒指花》等一系列作品，還不斷地在此後的一系列長篇小說《敵人》《人面桃花》《山河入夢》和《春盡江南》中若隱若現。

這些文本裏，依然不斷有「空缺」出現，唯獨不會缺失的，是一個小說家，一個敘述者對歷史這個「靈地」無盡的緬想。

2017 年 3 月波士頓——北卡．杜克大學

為什麼不去跳舞——讀王祥夫的兩個短篇小說

一

我們知道，關於短篇小說內涵的界定和理解，因人而異，不一而足，因此，短篇小說的魅力、魔力或可闡釋性也就可想而知。在當代，許多作家都有自己的短篇佳作訴諸於世，很多作品的水準與外國作家的短篇比較也毫不遜色。可喜的是，當代還有一些作家，能夠數十年持續短篇小說的寫作，並保持相當高的品質和水準。汪曾祺、林斤瀾、蘇童、劉慶邦、王祥夫、范小青、葉彌等，都可謂當代短篇小說的大家，正是他們的寫作，使短篇小說創作保持著一定的厚度、深度和高度，儘管短篇小說這種文類在當代處於式微的尷尬境地，但這些當代的重要作家恒久的短篇寫作熱情，使人備受鼓舞。美國作家厄普代克就曾做過這樣的描述，他說現在是「一個短篇小說家像是打牌時將要成為輸家的緘默的年代。」〔註1〕這種來自一個短篇小說家的感慨，難免令人憂慮甚至沮喪。由此可見，短篇小說的落寞，早已不是當代中國的問題，而是世界各國作家都面臨的一種困局。那麼，蘇童、劉慶邦和王祥夫們的堅守，就顯得難能可貴，令人敬畏。既然是一種堅守，肯定是因為有一種信仰在，這種信仰是什麼呢？那就是具有堅定的短篇小說敘事倫理，也是對短篇小說美學精神和傳統的敬畏。

在當代中國作家的文論或筆談中，經常可以看到他們對短篇大師們的精

〔註1〕王洸編：《世界著名作家訪談錄》，江蘇文藝出版社，1994年版，第278頁。

細解讀。王安憶有一段話讓人印象深刻，她說：「莫泊桑的《項鍊》，將漫長平淡的生活常態中，渺小人物所得出的真諦，濃縮成一個有趣的事件，似乎完全是一個不幸的偶然；契訶夫的短篇《小公務員之死》《變色龍》《套中人》短小精悍，飽含現實人生，是從大千世界中攫取一事一人，這出自特別犀利不留情的目光，入目三分，由於聚焦過度，就有些變形，變得荒謬，但底下卻是更嚴峻的真實；歐・亨利的故事是圓滿的，似乎太過圓滿，也就是太過負責任，不會讓人的期望有落空；《麥琪的禮物》《最後的常春藤葉子》就是歐・亨利的戲法，是甜美的傷感的變法，其中有難得的善心和聰明；卡佛外鄉人的村氣已經脫淨，已得教化，短篇小說深奧得多了，也曖昧得多了，又有些像謎，像刁鑽的謎語，需要有智慧並且受過教育的受眾；像卡爾維諾，專門收集整理童話兩大冊，可以見出童話與他們的親密關係，也可以看出那個民族對故事的喜愛。」〔註 2〕蘇童說的更是乾脆、直接，他說對於短篇小說的喜愛，幾乎是「來自生理的喜愛」。他認為，「談短篇小說的妙處是容易的，說它一唱三歎，說它微言大義，說它是室內樂，說它是一張桌子上的舞蹈，說它是微雕藝術，怎麼說都合情合理。短篇小說歷來就讓人為難，一門來自語言的藝術，偏偏最終使語言陷入了困境。所有的霍桑都在創作未來的卡夫卡，所有的卡夫卡也在創造霍桑。博爾赫斯自己一定創造了某個先驅，而這個先驅一定會被未來某個偉大的作家再創造。」〔註 3〕看得出來，王安憶極力表述出她對世界短篇大師們文本的喜愛和細膩的感受，蘇童則對短篇小說的文體形態做了形象的描述和比喻。我想，蘇童提出短篇小說更像是一種「微雕藝術」，可能更契合這種文體最實質性的特徵。而王祥夫的短篇小說觀，同樣耐人尋味：「短篇小說的魅力在於由容積帶來的種種限制。如果說長篇和中篇是讓人們來看，而短篇卻是讓人們來想。你面對一個短篇，一是不要希望它給你更稠密的故事；二是短篇太像是一顆手榴彈，看上去是小小的一顆，炸開來卻是一大片，煙霧騰騰鬼哭狼嚎的。但一般讀者更希望看到一個彈藥庫在那裡，有琳琅滿目的內容，這一點，短篇小說永遠也辦不到。短篇小說恐怕難以以寬廣取勝，但可以深，是一眼細細的深井，讓人一下子看不出它有多深。」〔註 4〕王祥夫在這裡強調短篇小說的魅力恰恰在於其篇幅所帶來的

〔註 2〕王安憶：《短篇小說的物理》，《書城》，2011 年第 6 期。
〔註 3〕蘇童：《桑園留念・自序》，人民文學出版社，2008 年版，第 1～2 頁。
〔註 4〕王祥夫：《為什麼不去跳舞・扉頁》，北嶽文藝出版社，2018 年版。

種種限制，就如蘇童講的是「一張桌子上的舞蹈」，或者是「微雕藝術」。這也毋寧說，短篇的寫作就是作家在限制的「高壓」之下一次次的出生入死。其實，無論如何，討論短篇小說的優劣最終都是徒勞的，只有那些身體力行的寫作者才真正知曉其中的甘苦和奧秘。如果說「一千個讀者就有一千個哈姆雷特」，那麼，一千個短篇小說就有一千種寫法，就有一千種表現形態。

汪曾祺先生的小說寫作理念，與前面幾位講的同樣到位和「接地氣」。他說：「我相信接受美學。作品是作者和讀者一起完成的。如果一篇小說把什麼都說了，讀者就會反感：你都說了，要我幹什麼？一篇小說要留有餘地，留出大量的空白，讓讀者可以自由地思索、認同、判斷、首肯。」「要使小說語言有更多的暗示性，惟一的辦法是儘量少寫。不寫的，讓讀者去寫。古人說：『以己少少許，勝人多多許』。」〔註 5〕汪老的觀點，就是王祥夫說的「短篇就是讓人們來想」。小說，尤其是短篇小說，「有多少篇小說就有多少種結構方法」，生活的樣式，就是小說的樣式。我堅信，小說的可能性，一定是仰仗生活的可能性的。只有生活的可能性進入小說之後，才有可能改變或者影響既有的生活。我記不清是哪位作家說過這樣的話，我們不可以按著生活的樣子寫小說，而可以照著小說的樣子去生活。如此說來，短篇小說就是要在生活和文體的「規範」和「限制」中無畏地前行，在重新結構生活的同時創造小說的結構。每一位優秀的短篇小說家，都會以自己對生活的把握和獨立判斷，處理好個人性經驗、體驗與小說結構之間的隱秘關係，去拓展短篇小說之「深」，而這個「深」，我們則完全可以視為另一種意義上的「寬廣」和「細膩」。所以，好的小說，就是需要創造出另一種不同於生活的別樣語境、情境。惟有這種獨特的語境和情境，才會凸顯文本存在的詩學品質和美學價值。這種語境和情境，最終呈現出的，應該是一個作家，一個靈魂勘探者對自然、人生、命運和靈魂的精確修辭。

二

我們注意到，王祥夫的短篇小說，涉及的題材領域極其廣泛，從鄉村到城市，各色人等、喜怒哀樂、市井人生，而且，小說進入現實生活的視角也格外機智和敏銳。重要的是，他的表達沒有停留在一般性的現實表達與現實

〔註 5〕汪曾祺：《晚翠文談新編》，生活．讀書．新知三聯書店，2002 年版，第 87 頁。

經驗的層面，而是憑藉其結構和語言的能力，寫出具有濃鬱語言質感的文字，創造出大於呈現經驗、複製經驗並具有雄渾現實感的新的經驗。這些，無疑是審美意義上具有深厚生命意味的哲理、象徵和隱喻，讓敘述本身超越了故事，超越了人物自身，在一個更高的維度上再現生活的品質。惟此，也避免了文學敘述可能產生的庸俗社會學的功利性價值取向。可以說，王祥夫就是以敘事的靈魂之「深」，表達上的內心之「柔軟」和「細膩」，來呈現生活及人性世界之「寬廣」的。恰恰是這種寬廣，才讓我們深刻地感受到王祥夫文學敘事的獨特魅力。以前，我在閱讀他的小說時，並不知道他還是一位擅畫工筆的著名畫家，水平相當了得。直到我第一次看到了他畫的工蟲，我立刻明白他的小說之所以是如此形態的理由了，也就絲毫不奇怪和懷疑王祥夫小說內在的美學功力了。據說，王祥夫竟然每天都要畫上一隻鳥，他從十歲就開始畫畫，他說現在要趁著眼睛還沒有老花，多畫一些。也許，他對繪畫的癡迷比寫小說還要投入和沉浸，一個人一旦癡迷於某件事物，必然有「玩物喪志」的危險。但是，我相信王祥夫絕不會「喪志」，因為他在短篇小說寫作中所表現出來的韌性，足以見得他若真的「喪志」，也是在他所鍾愛的事物上，自然都是在「奇志」之列。其實，不同藝術之間是「通情達理的」，「工蟲」技藝，實際上也為他的小說寫作做了心理的和自信心的鋪墊。

其實，王祥夫的小說理念十分清晰，他十分明確作家與生活究竟是一種什麼樣的關係，這就是小說既不可能高於生活也不可能低於生活，寫作只能貼著生活。具體說，這個「貼」應該怎麼「貼」？作家與生活的「距離」和鬆緊度如何把握，並非易事。我的理解是，「貼」不是黏，不是實，也不是密，而是「揉」，是一種精神、心理和靈魂層次上的「過濾」，在敘述上可能就是看似具有敘述平衡感的「一團和氣」。當然，這一點可能與作家的性格有關。我相信，小說的風格、表現形態在很大程度上取決於作家的性格。有些作家的性格是很柔軟的、內斂的，這樣的作家，他的敘事和文字很可能是緊湊的、綿密的，結構上的謹嚴可能自不待言；另一些作家的性格是很硬的，個性的氣場很大，豪放而粗獷，寫起來自信從容，處理人物和細節不折不扣。實際上，從心理學層面講，人的性格本來就沒有好與壞、高與低之分，也無法說清什麼樣的性格更適合作家這個職業。職業的水準、文本的形態無法用性格去測量。但是一個作家有否才氣、勇氣和大格局則至關重要。也許，王祥夫是一個特例。他喜歡酒，詩酒豪情，喜歡花草和古董，又是一位無可爭議的工筆、寫意俱佳的畫家。這些，必然使他的小說埋藏著更為複雜的元素和因緣。像前面提到的他的「工蟲」，豈止是一般性的文學敘事的「貼」和「揉」可以比擬的。他的內功、心力和「手筋」，在「捭闔」故事、人物和情節的時候，不軟不硬，遒勁中透出清秀，不依不饒；柔韌中充溢著挺拔，剛毅俊朗。他可以在日常生活的常態裏發掘出「骨力」，也能夠在平淡的人物性格中「復原」其應有的峭拔。我們常提到的敘事的弔詭和乖張，總是在文本中若隱若現，人物心理上的「死角」和細節的肌理，相逢一處，互為滲透和促進，構成敘述的張力。智與情的「推拿」，雅與俗的比重，細膩與厚實，沉穩與靈動，都能體現出王祥夫性格上的包容、多元、自謙的品質和品位。所以，王祥夫的短篇小說裏充溢著酒氣、浩氣、豪氣、才氣，該淡的時候就淡，該濃墨重彩的時候，卻懂得收斂，舉重若輕，渾然圓通，讀起來令人難以放手。

其實，對王祥夫小說最初的閱讀，就讓我想起美國短篇大師雷蒙·卡佛，想來王祥夫的小說敘述，也都是寫日常生活的「細碎」和「一地雞毛」樣的世俗氣。若干年前，我曾經這樣分析和描述卡佛短篇小說的敘事策略：「生活就是由許多極大的事情和極小的事情構成的，也可以說是累積、堆砌起來的。而最難說清楚的就是，哪些是重要的，哪些是不重要的，哪些是有價值的，哪些是無所謂的。還有，那些『有深度』的敘事才是有價值的嗎？這些，又都是由誰決定的？在小說裏，當然是由作家自己說了算。作家會按著自己的構想，也按著自己的方式，坦然地寫出他所感覺到的一部分生活，這部分被呈現出的生活，能夠給我們帶來什麼樣的興趣、震撼、鼓舞或沮喪，會因人而異。而且，卡佛的小說所呈現的形態，常常令人感覺是他把小說和現實混淆在一起了，這種混淆充滿了魔力，我們從卡佛的小說文本裏，感覺卡佛彷彿是要放棄虛構，他寫得很自我，我行我素，『敘事流』就是生活流，他所呈現給我們的，更多是種種生活場景的有機串聯。也許，我們還會有疑問，寫實的東西就一定是可靠的嗎？一個作家的誠實，是否就可以決定作品的品質或成敗？寫實和虛構結合，是否更接近小說的本質？寫實，或者說能夠寫實，將夢想融入寫實，將寫實融入夢想，都是一件了不起的事情。」當然，卡佛始終有自己所恪守的敘事倫理：「在任何情況下，我都無法設想自己以一種嘲諷貶低的姿態對待普通日常生活的題材，或所謂『俗事兒』。我認為在我們過的生活和我們寫的生活之間，不應該有任何柵欄。」〔註6〕在許多方面，王祥

〔註6〕卡佛：《大教堂·卡佛自話》，譯林出版社，2009年版，第236頁。

夫的短篇小說與卡佛的短篇有極其相近之處。但是，王祥夫就是王祥夫，他有自己的敘述方向，有自己的「勁道」。而且，他不會像卡佛那樣，常常可能在敘事的道路上迷失自我，被自己的敘述所淹沒。王祥夫與卡佛有一篇題目幾乎相同的短篇小說《為什麼不去跳舞》。與卡佛的《你們為什麼不跳個舞》相比較，可以看得出王祥夫這篇小說的敘事與卡佛小說不同的「流向」。雖然，兩者敘述文字的簡潔和綿密有異曲同工之妙，但他們各自都有著不可複製的精神氣質。也許，王祥夫這篇寫於卡佛之後的同題小說，有意在迴避什麼，有意在擺脫卡佛的「死角」，打開一種更舒展的敘述。這一點，實際上是很難比較的。卡佛在貌似一種「流水帳」的記憶裏尋找人在時間裏的姿勢，試圖把生活中的一切都做出「曖昧」的細密呈現；而王祥夫依然還有重新「結構生活」「扭轉生活」的欲望，也不乏試圖賦予存在某種品質或「本質」的奢求。但是，他們兩位好像都特別喜歡在意猶未盡的時候，讓敘述戛然而止。

蘇童在說起卡佛時，也有自己獨特的感受，他說，不錯，卡佛是一個記流水賬的作家，但「只不過那是一本男人的流水賬，可以從低處往高處流。卡佛對文學樣板的叛逆也是離奇的，別人努力從高處叛逆，他卻是從低處開始」。〔註 7〕這個男人是怎樣記流水賬的？仔細想想，有哪個作家記的不是流水賬呢？關鍵是，好的作家給我們的不是一個面面俱到、不遺餘力的賬單，而是給我們一種設法為生活埋單的方法和提示。蘇童在這裡講的「從低處開始」，是否可以這樣理解和考慮，卡佛在夢想與現實之間，有一種與眾不同的自由的敘述方向，他的眼睛所放射出的，是一雙從下面向上逼視的目光，目力所及的地方，未必是一個多麼宏大的場域，但是，它的力量，足可以從一個細微處貫通到另一個細微處，從一個靈魂抵達另一個真實的靈魂。在這方面，王祥夫的小說同樣表現出對於生活和人性之間審慎的注視，他除了有著像卡佛那樣從下面向上逼視的目光，迥然、自信，王祥夫敘述的穿透力和字裏行間的「隱忍力量」，有些時候恐怕還是卡佛所不及的。所以，我特別喜愛王祥夫這一類小說。

短篇小說《為什麼不去跳舞》，寫人生、現實和存在的逼仄，由此極寫人性在極度無奈狀態下的扭曲，以及因生活所滋生出的弔詭和不可理喻的乖張。這是一篇屬於那種「幾乎無事的悲劇」的小說，敘事表層的平靜背後，潛隱著巨大的波瀾。這個故事的情節、線索、人物關係都十分單純，小古、美芳

〔註 7〕蘇童：《河流的秘密》，作家出版社，2009 年版，第 202 頁。

這對年輕夫婦和他們的朋友王鵬，這些生活在所謂「底層」的普通人，他們面對生活的艱辛和坎坷時是什麼樣的狀態。這是一個老題材，屬於「身邊經常會發生的故事」，但是王祥夫寫出了令人不可思議的「味道」和意緒，這種意緒將生活的可能性引向了另一種「絕境」。從這個角度講，王祥夫的工蟲技藝，轉換到小說敘述中顯得更加「辛辣」「手狠」。男主人公小古被解雇而失業了，這種司空見慣的事情，如果發生在普通的家庭就已經是重大事件了，但這樣的生活變故，偏偏發生在一對年輕夫婦的身上。況且女主人又懷有三個月的身孕，這究竟意味著什麼，可想而知。也許，男女主人公可以咬咬牙挺過去，但是，當生存的壓力撲面而來的時候，內在心理的、精神的、尊嚴的感受就成為難以躲避的重量。王鵬那句「好在你老婆還有工作，你老婆還能養你一陣子」，就像是一場「龍捲風」，或者說，就是「核爆」的蘑菇雲，將小古推向自尊的懸崖。接下來，敘述並沒有向外釋放什麼突變的事情引發小說結構性的震盪，而是讓一個男人由此進入了一個漫長的幻想、模擬的空間。在這個空間維度裏，一個男人的焦慮在貌似逐漸緩解的過程裏，卻在幻想、幻覺中一步步走向虛妄，一種內在的緊張充斥在表面平靜的生活裏。小古和王鵬兩個人頗帶著幾分神秘，小心翼翼但並沒有特別避諱美芳，從容地談論、探討、醞釀著如何搶劫銀行。「我說什麼都得搞點錢了，為了孩子也得這麼做」，「搶銀行是個技術活。咱們最好先看看書，看看書上怎麼說。」小古和王鵬講這些話的時候，表現得異常地輕鬆，彷彿在聊家常。美芳意識到他們的企圖後，努力想讓自己先平靜下來，然後再不露聲色地試圖將他們引向一種理智、平靜和輕鬆：「你們怎麼不也去跳跳舞？」

一見美芳過來，小古和王鵬馬上就說起別的什麼事來，說文化宮跳舞的事，說現在很多沒事做的人都在那裡找樂子，文化宮為他們提供這種免費娛樂主要是為了讓他們消磨時間，不讓他們亂想別的事，讓他們忘掉最低生活費給他們帶來的痛苦和不安。

……………

「不過我也許很快就會有一大筆錢。」小古忽然又開了口，瞅了一眼王鵬。

美芳的心就「砰砰砰砰」亂跳了起來，「你們最好還是去跳舞吧。」

看上去，美芳的話與小古和王鵬的話題相去甚遠，但兩者之間卻有著強大的、內在的邏輯聯繫。兩個男人內在的緊張和神經質的「瘋癲」，差不多是臨近一種「雪崩」的狀態，已經使他們進入了對現實的玄思和狂想。他們幾乎就快要混淆了現實和想像的基本關係及其差別。同樣，美芳也被拖進了一場悄然而起的預謀，其帶來的恐懼，旋即刮起了內心的風暴。不同的是，美芳作為女性的心理始終在以「柔軟」的方式，小心翼翼、如履薄冰地試圖消解這兩個男人鋌而走險的「狂想」。小古和王鵬交談的過程裏，籠罩著小古也包括王鵬的，是一塊巨大陰影下的衝動，這個衝動源自對於生活和現實更大的物質欲望，人性在遭到某種挫折時迅速變形的脆弱，立刻就顯現出來。哪怕讓一種需求獲得的滿足，完全是在一種幻覺裏達成。王祥夫沒有讓這種衝動和欲望逕自前行，而是讓一個女性來「揉和」，美芳在將事情向一個相反的方向扯動的時候，實質上，在敘事上所起的作用是進一步的推波助瀾。無疑，這就是王祥夫式的敘事的「隱忍」。

美芳更擔心了，她一手抱著貓一手推開了陽臺門，「你們倆去跳跳舞吧，要不我跟你們一起去。」

「跳舞跳不出什麼，但你想讓我去我就去」，小古說。

「你躺在沙發上瞎想也想不出什麼，跳跳舞心情就會好了」，美芳說。

當美芳發現了小古正在讀一本《爆破學》，並發現家裏藏有一支高仿真玩具槍之後，美芳除了大聲告誡小古「咱們有孩子了」，依然是苦口婆心地勸誡小古去文化宮跳舞。美芳冥冥之中似乎相信跳舞本身所具有調節的力量，可以真正地緩解焦慮和壓抑的生命存在狀態。也就是說，小古和王鵬的心理和精神，已經明顯出現了局部的「破碎」，在一定程度上，這屬於精神和身體的雙重欲望造成的非理性膨脹，其中孕育著難以想像的潛在的危險。而自由、輕鬆的舞蹈和樂曲，或許會產生心理和精神按摩的作用。顯然，小古和王鵬的狂想應該算是一種極具個人性的隱私，而隱私是相對於這個世界的窺探才得以形成的，它必定要承認或接納必要元素的注視。美芳或許是不經意而執著的期待和訴求，就是讓這兩個男人去跳舞，這是在試探隱秘的心理和欲望，能否從身體上得到緩解和沖淡，或許，這真的會成為一個靈魂的出口。在這裡，美芳這個人物形象，成為支撐起這篇小說的骨骼，甚至成為這篇小說敘述的動力。彷彿美芳就是來為這兩個男人修正他們的錯位的，儘管她以那種極其微弱的方式，努力讓自己的男人回到正道上來。當然，我們也能看得出王祥夫對這個人物的偏愛，美芳在這個小說裏是唯一有力量感的人物，作家對這個人物的呈現方式，就是舉重若輕，小說基本上是通過她與小古簡潔的對話，呈現出美芳這個人物的性格和內力。「跳舞跳不出什麼，但你想讓我去我就去」。無奈，小古和美芳去了舞廳，但是小古的心緒在歸來時達到空前的沮喪。小古在舞池裏失去了舞姿，失去了舞步，他像失去工作一樣容易地失去了舞步。這顯然是作家一個有意味的「安排」，小古不可能在「放鬆」的舞步裏找回力量和勇氣，敘述讓小古繼續走向絕望。一切都不會順理成章，不幸的事情可能總是延續不幸。深夜小古面對充滿雪花的電視屏幕，仍然無法實現他想做的一切。從寫作的角度來說，接下來的問題也許更加重要，王祥夫為什麼要如此殘酷地對待小古？為何如此地寫出他內心的無力感，整個人幾乎像是要飄起來？由萌生「搶銀行」的念頭起，小古似乎就已經開始活在「想像」裏，他就已經開始離開現實，徹頭徹尾地走進了另一種「自我」。現在，我們要反過來看這個問題，如果王祥夫的手不狠，不將小古逼上絕路，這個短篇的自身力量將無從談起，他就無法給敘事留下更大的想像空間，王祥夫就是要在小說中建立某種神秘性，惟有寫出作家自己的「硬氣」，才會生成喚醒靈魂的力量。當然，在主人公小古那種模糊的、無力的語氣裏，也暗示出一種即將到來但也可能難以預料的結局。

這篇出色的小說，在如此短小的篇幅裏，寫出了小古一個人的內心風暴，在一個線性的時間段，在一個狹小的空間維度裏所經歷的「盛與衰」的轉折，也寫出了妻子美芳不折不扣的對待生存變故所表現出的隱忍之力。美芳這個人物在小說裏沒有扭轉生活的力量，但是我們感覺到這種力量的存在。一個家庭面對意外的遭遇或變故時，男人的不堪重負，由於女性的承載，多少變得溫婉和沉鬱，彷彿令人有了些許的期待。可見，小說的敘述動力和內在力量，就是緩緩地在敘述中從容地前行，並且，在這種緩慢的行進中，輕輕地將生活的縫隙撕開，將一些不易察覺的內心的褶皺鋪展給你。說到底，這篇小說就是要表達人活出尊嚴的艱難，生存中的無奈和尷尬。因此，在這裡所有的敘述和呈現，都要比卡佛來的沉重。而且，畫「工蟲」的王祥夫，語言的白描工夫體現在每一個細部的紋理，彌散到情節、情境的氣息之中。短篇小說最大的特性，還應該是我們常說的「以小見大」「以己少少許，勝人多多許」，或者說，是「四兩撥千斤」的力量，是簡潔的力量。那麼，短篇小說這種文體，到底能有多少敘述空間留給細部的處理和細節的謀劃？細節本身是否可以構成短篇小說敘述豐厚的主體？毫無疑問，細節可以強有力地推動敘述的前行，成為一個故事奔向終極目的的引爆點，並充分地引導出故事、人物、象徵或隱喻，包括對話、情境等等的生成、發展和變化。在一個篇幅有限甚至可能很狹小的敘述空間裏，通過細節或細部，發現或製造生活的玄機，實在是一件異常艱難卻了不起的事情。因為，我們會看見，就在這短小、瑣屑、碎片的聚斂、整飭之中，一種具有感染力、震撼力的事物，正以自己的方式在從低處向高處奮力地攀援。

三

現在我們明白了，《為什麼不去跳舞》這個小說，這種題材，這個同樣只有三個人物的小說，如果不是王祥夫寫的，它換成另一個作者，比如就是卡佛，它完全可能是另一種狀態和結局。主人公小古就不僅僅會如此沉溺於幻想，也許會更加無力，或者，也許連繼續掙扎下去，繼續邊緣下去的勇氣都沒有了。因為卡佛在敘述中經常有意讓人物的思維方式和行為邏輯，甚至不惜讓敘述本身離開作家的意圖，讓他們相互間發生不可理喻的齟齬和錯位，表面上的「和諧」「平衡」隨時可能會被打破。其實，在小說敘述中，所有人物之間的對話可能都是不平等的，無論怎麼交流，也掩藏不住他們根本性的陌生，無法溝通的存在真相，當然，人物交流的誤區和盲點或許會給敘述製造出意外的空白。在卡佛的《你們為什麼不跳個舞》裏，女孩「不停地說著。她告訴所有的人。這件事裏面其實有更多的東西。她想把它們說出來。過了一會兒，她放棄了」。可見，有時卡佛也會讓小說人物之間的對話，在小心翼翼中進行，而人與人之間，還是無法抵達一個理想的溝通狀態，甚至還會給人一種滯澀、敷衍的感覺。我感到，王祥夫的敘述，似乎永遠也不會倦怠，這可能是因為他願意站在每一個人物的背後，審慎地對待人物，同時也十分自信自己對生活的判斷。

王祥夫的另一個短篇《房客》，同樣是寫一對夫妻在生活中的一場意外遭遇，這是一篇更為「極簡主義」的短篇小說，它就像是一篇特寫，僅僅是通過一個場景就折射出社會和人性的境況，既讓人忍俊不禁，又令人深思。但這篇小說最令我們驚異的，還是這個「小劇場」背後所隱喻的世道人心和社會倫理。我一直欣賞卡佛的小說理論，究竟是什麼東西可能創造出一篇小說的張力？那就是：「在一定程度上，得益於具體的語句連接在一起的方式，這組成了小說的可見部分。但同樣重要的是那些被省略的部分，那些被暗示的部分，那些事物平靜光滑的表面下的風景。我把不必要的運動剔除出去，我希望寫那『能見度』低的小說。」〔註8〕其實，王祥夫的許多小說，都應該屬於這種「能見度」低的小說。這篇《房客》也是一篇能體現王祥夫結構功力的文本，是一個用文字微雕的「工蟲」。租住房屋的一家人，在除夕之夜正享受年夜飯的時候，家中卻突然闖進一個不速之客。這個不速之客，就是租借房子給湯立和李菁的房東的老父親。他在除夕之夜從養老院跑出來幹什麼？兒子一家在哪裏？老人家無非是想回到自己的兒子家過年，不曾想兒子已經將房子租出去了，而且一家人正在三亞度假。老頭在敲門不開之後用鑰匙打開「自己的」家門，這讓老頭與房客湯立一家都十分驚恐而尷尬。現在，一切都水落石出了，四個月前老頭的兒子「找了輛車把我拉來拉去，結果我就在養老院裏邊了」，「我只想回來看看，我不知道我的房子被出租了」。不言而喻，兒子將還能完全自理的父親強行送進了養老院，出租了這幢兩層樓的別墅。沒有想到，這個頗具懸疑意味的、戲劇性的事件，攪動起的波瀾在敘述中很快就平息下來。算得上善良的湯立夫婦，與房東也就是老頭的親兒子聯繫上了，在電話裏，當聽到老頭兒子抱怨養老院不應該放出老頭之後，他們清楚了這一切，容留並且款待這個可憐的老人，在除夕夜這個特別的日子裏，給了老人一個安身之地，給了他酒菜，幫助他捱過這個特別的夜晚。就這樣，老頭成為自己家裏的一個「房客」。這個老人是一位有尊嚴的老者，他知道自己打擾了房客的平靜，執意住進了堆放雜物的儲藏間，儘管他內心充滿無盡的悲傷。可以明顯地感覺到，這個小說的敘述節奏，平靜中有些起伏跌宕，三個人物在除夕夜晚的心理糾結可想而知。這時，我們又會想到卡佛所說的，這個場景背後「那些被省略的部分，那些被暗示的部分」，更讓人如鯁在喉，感慨萬端。正是小說這種低「能見度」的敘述策略，才會留給我們無限的思考。當然，寫到這裡，王祥夫不會就此罷手，他一定要在敘述的另一個端口重新掀起波瀾。因此，我們才能夠在這篇小說裏，深切地感受到那些「被暗示」細節的「堅硬」。我覺得，這也正是王祥夫最「手狠」的地方。當一切漸顯平靜之後，老人突然又向湯立夫婦詢問起自己豢養了十六年的那條狗的去向。「我那條狗一直跟著我，」老人又說，「我回來也是想看看它」「那是條好

〔註8〕卡佛：《大教堂》，譯林出版社，2009年版，第237～238頁。

狗，從來沒有咬過人」。這是幾個頗具殺傷力的句子，一下子就將老人的傷感、絕望和憤怒推向了峰值。在這裡，言下之意的潛臺詞就是：我已經無家可歸，我只是惦記著曾始終忠實於我的一條狗。我的兒子丟棄我，就像丟棄一條狗。我的那條狗從不傷害人，可是，我的兒子卻肆意地傷害我，我是如此地孤獨和無助。在這裡，我使用這些話語進行猜想，絕不僅僅是我個人率性的推斷，而是因為我覺得，王祥夫就是按著這樣的反邏輯來描述這樣一件普通而不幸的事情，他將一種房屋租賃的契約精神，訴諸於當代社會的現實、倫理和道德層面，以此來考量俗世人生的冷暖。如此殘酷地敘寫現實，或許這並不是王祥夫的本意或刻意，但是，王祥夫能夠在一個短篇小說裏，將一個封閉的故事結構徹底地打開來，呈現出開放式的輻射。好的短篇小說就是精靈，它們極具張力和彈性，讓我們從「冰山」一角，審視當代現實生活中令人驚悚的人性變異，而且佯裝不露聲色、不苟言笑，這也確實頗有些殘酷美學的意味。

生活是如此複雜，人性是如此深邃，每個小說家都會有自己倚仗的邏輯。生活的邏輯明明是這樣，但作家可能偏偏不按照生活的邏輯去「結構」生活，因此就會打破了我們通常的、慣性的邏輯。像卡佛、王祥夫這樣的作家，就會在自己的敘述裏「一意孤行」，寫出最貼近生活本身的悲喜劇。其實，在小說裏描寫小人物要困難一些，並不輕鬆，因為小人物的心理和欲望，與現實生活最不容易兼容和默契，本分的背後可能就是固執和愚頑。所以，有時會有讓讀者產生困惑和不自在的感受，但是他們的現實之痛，恰恰可以讓敘述變得陡峭，或者異峰突起。傑出的作家，都會找到他們靈魂的「七年之癢」。王祥夫除這兩篇小說之外，還有像《喬其的愛情》《戰慄》《懷魚記》《玻璃保姆》《街頭》和《飢餓》等，也都是我喜歡的當代少有的短篇小說。我認為這些文本，足以讓我看到一個小說家內心的真實和困惑，緊張和得意。

生命像聚在一頭亂髮中
——阿城的小說《棋王》

一

仔細地回想一下，上世紀八十年代的小說，現在能夠讓我們記住的，實在是寥寥無幾。其實，這其中的原委，並不十分的複雜。關於上世紀七八十年代的文學發生，這些年已經有為數不少的研究文字，但大多還是喜歡從那時的中國政治、文化轉型的視角，反思文學外部因素對於文學尤其小說創作的影響，還依然沉浸在文學社會學研究方法的窠臼之中。這是一個很可悲的批評和研究現狀。而事實上，「八十年代」僅僅是一個歷史的發生過程，它也僅僅是一個不可複製的時間段，近四十年的世道滄桑變化，足以讓我們有勇氣和能力重新審視這個已經逝去的時間和空間，包括發生在其間的一切。尤其是，在我們重讀那個時代文學作品的時候，不應該忽略的，應該是一個作家寫作的有限性和文本所蘊藉的無限性、可能性。在任何時候，一個作家不可避免地要表現自己的、個人性的生活經驗，以及他個人對生活總的觀念和理解，因此，讓他完全、完整而詳盡地呈現整個世界和生活，顯然是不真實的，這是對寫作的一種誤解。我越來越覺得，作家在面對一個時代和生活的時候，恰恰是因為對生活的充滿個人性的理解和判斷，恰恰是他的想像力和虛構、扭轉生活的能力，得以使他超越了種種侷限性，超越了對所處時代的淺薄的一般性認識，這樣，文本才終至於能夠避免「應景」，得以更久地存活下來。而且，我的看法是，對於個人經驗愈發充分地珍視，並且能夠呈現出個人情懷如何自然地沉入大歷史的風雲際會，敘事中的個人經驗和家國記憶，才可能構成文本的真實編碼和獨特性。這樣的作品，才會具有對時間和閱讀的穿越性。無疑，我們對經典的期待由來已久，幾乎成了真正寫作者和閱讀者揮之不去的情結。

我也常想，在不久的將來，對上世紀七十年代末以來的中國當代文學如何重述，的確是一個難題。即使現在來看，已有的文學史描述，早已經顯得局促和陳舊，令人難以信服和接受。這不僅是以往的社會學、政治學的標簽化限制了對文學的美學界定，更主要的是，我們總是習慣將文本置於文學與現實的對應關係的層面，來考察所謂文本的歷史、現實意義及其價值，而很少重視文本中所蘊藉的生命本身的承載，忽略了作家在文本中尋找人生、生存意義的個人修辭方式。

像阿城的《棋王》《樹王》和《孩子王》，還有，像韓少功的《爸爸爸》《歸去來》這樣的小說，自從被肆意劃入「文化尋根小說」之後，不僅使得對它們的闡釋出現了侷限性，而且還將直接導致對它們的文學史定位的偏差。因此，我也日漸理解了「當代文學是否宜於寫史」的質疑。

無疑，阿城的《棋王》，是一篇奇特的小說，傑出的小說，是一部永遠值得「重讀」的篇章。這個關於生命的故事，既有自身無與倫比的傳奇性，更具有超出一般文化層面的世俗品質。甚至，它在一定意義上，整理了我們以往關於小說的許多理解和觀念。最關鍵的，是它產生的年代，令人瞠目，令人叫絕。它為何會產生在八十年代初的中國？它更不是所謂「與時俱進」的小說，何必非要將其「劃歸」到「文化尋根」的序列？這部極其「形而下」的小說，緣何深藏著極其「形而上」的內涵？一個下棋和「吃的故事」為什麼有如此大的張力和多義性？回顧與它同時期出現的「文革後文學」，《棋王》早已沒有了「烏托邦」微言大義式的架構方式，淡化了歷史、革命和變革的糾結和沉重感，也沒有刻意將其敘述成寓言，更無對意識形態的即興敷衍。阿城一上手，就底氣十足、另闢蹊徑、舉重若輕、雜花生樹、徐徐道來，直逼小說俗世品質的本意。自它 1984 年橫空出世三十餘年來，我數次重讀，每每都愛不釋手，總不厭倦。時至今日，我仍然願意在這個文本世界裏，體味一個人在一段歲月裏的「艱難時世」，生命在時間之河中的影像和記憶。

二

這是一篇地道的中國當代的「世俗小說」。我想，正是因為它的寫作，沒有任何文學之外的負擔，絕少啟蒙敘事那樣的功利，它只寫人的「生」和「活」，「原生態」的時空表現，沒有混沌的雜音，沒有苦心積慮的算計。因此，這是一篇極其純粹的中國小說。

可以說，《棋王》的故事，是一個象棋的故事，一個飢餓的故事，一個知青的故事，一個世俗的故事，一個充滿神性的故事，更是一個很「舊」、很紮實的故事，所以，就有了其他作品難以比擬的傳奇性。同時，它寫出了一個人的認真和倔強，一個人的執著和癡迷，一個人的散淡和率性，一個人的恐懼和灑脫，一個人的智慧和糾結，一個人的從容和沉重。也就是說，這既是一個人的生命哲學，又是每一個人的存在宿命。再者，它彷彿在棋道和吃相之間，一下子連通了清雅與俗世的關係，讓俗世於不經意間飄逸地進入了一種非凡的境界。很難相信，這個故事有如此巨大的心理、精神和靈魂的容量；也很難想像，這個小說人物王一生，已經成為一個有頑強生命力的美學符號，他凸顯了一個時代的凹凸，影射出一個時代的貧血，民風與官氣，以及亂世偷生。另一方面，這個時代也因之更清楚「神」和「魔」的區別。在這個故事裏，或者說，在講述這個最純粹的「中國故事」的時候，阿城同時把作為最雅致的文化象徵物——棋，與最具世俗性的「民以食為天」的「吃」，也就是精神和物質這兩個既有區別又難以分割的層面，膠著一處，不露痕跡地演繹開來，使人讀來手難釋卷。最令人折服的是，阿城寫出了兩者之間妙不可言的辯證關係，寫出了它們之間的「法度」。讀這篇小說，必須放下架子，以地道的世俗經驗和情感「浸淫」其中。實際上，阿城早已深諳中國傳統小說之道，在隨筆集《閒話閒說》中，他細膩而簡潔地梳理了中國「世俗小說」這一路的來龍去脈，從《紅樓夢》《老殘遊記》到「鴛鴦蝴蝶派」，審視從清末至民國的世俗小說的鼎盛，可謂林林總總，氣象萬千，特別是，在對其精髓了然於心時，也方才體悟到世俗小說的真諦。我也正是在讀到了這本《閒話閒說》之後，才猛然領會到阿城小說敘述的範本和根脈。原來，其中蘊藉著阿城獨特的「世俗」觀，他的文字並不是肆意的敷衍成篇。後來，我又看到阿城的「小短篇」結集《遍地風流》，我一下子就明白了為什麼會有這樣一個大氣凜然的《棋王》。此前，阿城的工夫已經堅韌地修煉過，很是了得。哈佛王德威教授，曾精準地描述阿城的世俗觀：「千言萬語，阿城的世俗可以歸納到一個『自為的空間』。這是一個浮世的空間，容得下男耕女織，可想也難清除男盜女娼。這是一個花樣百出空間。阿城認為世俗是文明的源頭活水，總為禮樂教化提供額外的出路。」〔註1〕這額外的出路是什麼呢？想到了賈平凹當年的散文《醜石》，有「醜到極處，便是美到極處」之說。那麼，通俗，就是通往「俗」之路，是否也可以這樣理解和推導呢？「俗到極處，就是雅至極處」這樣的說法是否成立呢？

瞭解了阿城的寫作來路，自然就會慢慢清楚這個《棋王》為何引領當代短篇小說風騷三十年。而且，我堅信，它還會繼續引領。一個作家，能有這樣一篇作品永遠存活於世，實在是足矣。

這個棋王——王一生，他的人性中附著無比闊大的神性，而他身上漸漸滋生的神性，被俗性絲絲縷縷地、漸漸地剝離著。在這裡，人物的神性和俗性，都不玄虛，在王一生的身上充滿了不懈的元氣。如果從人物塑造的角度考察中國當代文學，那麼，王一生這個人物形象，無疑是一個獨特的存在，也是十分「稀有」的、能夠讓我們真正記住的形象之一。王一生的「知青」身份，在這個小說裏，顯然已經不作為敘述的一個噱頭或者關注點，「知青」這個略帶有政治感、使命感和歷史感的命名，已經被充斥其間的強大的世俗氛圍所籠罩和遮蔽了。取而代之的，則是體現在許多方面的「骨」「氣」「慧」的文化氣韻。從這裡看，阿城在 1984 年，就已經走到了「先鋒小說」和「文化尋根小說」的前面。

「棋」和「吃」，是阿城用來支撐這個小說的兩大基石。前者絕對是文化的，有大的「道」在其中，意蘊深厚，千年如斯，峰迴路轉，曲徑通幽；後者，大俗至簡，吃喝拉撒，在人生的最基本面上，世間百態的況味，竟然是為謀生而吃到極處的絕唱。在文本裏，棋和吃之間的微妙關係，已然融化成一體，相互纏繞，彼此促進，密不可分，相互拉動，故事和情節在渾然中衍變。在這個文本裏，若想釐清這兩者到底是誰「滋養」誰，實在是很難說得清楚。在以往對這個文本的闡釋和解析中，大多更加關注「棋道」中所蘊含的文化之意，而較少研討「吃」裏所蘊藏的深意和玄機。

我們先來看看文本中幾個有關「吃」的細節。寫得確實令人叫絕，讀罷，竟然會讓我們產生無限的悲傷。

> 列車上給我們這幾節知青車廂送飯時，他若心思不在下棋上，就稍稍有些不安。聽見前面大家拿吃時鋁盒的碰撞聲，他常常閉上

〔註1〕王德威：《當代小說二十家》，生活．讀書．新知三聯書店，2006 年版，第 307 頁。

> 眼，嘴巴緊緊收著，倒好像有些噁心。拿到飯後，馬上就開始吃，吃得很快，喉結一縮一縮的，臉上繃滿了筋。常常突然停下來，很小心地將嘴邊或下巴的飯粒兒和湯水油花兒用整個兒食指抹進嘴裏。若飯粒兒落在衣服上，就馬上一按，拈進嘴裏。若一個沒按住，飯粒兒由衣服掉下地，他立刻雙腳不再移動，轉了上身找。這時候他若碰上我的目光，就放慢速度。吃完以後，他把兩隻筷子舔了，拿水把飯盒充滿，先將上面的一層油花吸淨，然後就帶著安全抵岸的神色小口小口的呷。
>
> 他對吃是虔誠的，而且很精細。有時你會可憐那些飯被他吃得一個渣兒都不剩，真有點兒慘無人道。

王一生旁若無人、全神貫注的吃相，令我們瞠目。那是一個飢餓的年代，人對糧食的憧憬伴隨著一種強烈的恐懼感。王一生在棋盤上是那種「無我」「忘我」的狀態，而他在「吃」上，也依然是「忘我」的，較之前者是有過之無不及的。特別讓我們驚異的是，王一生在面對食物時的虔誠，那種嫻熟的吃法，喚起的竟然是我們內心巨大的悲憫。在他這裡，食物不是用來養生的，享受的，而是用來戰勝對於飢餓的恐懼的。因為，王一生永遠處於一種無法踏實的生命狀態。「吃得很快，喉結一縮一縮的，臉上繃滿了筋。常常突然停下來，很小心地將嘴邊或下巴的飯粒兒和湯水油花兒用整個兒食指抹進嘴裏。」在對王一生的一系列動作進行了細膩表現之後，阿城用了「慘無人道」四個字，來總結這種對待食物的饕餮之相。

> 有一次，他在下棋，左手輕輕地叩茶几。一粒乾縮了的飯粒兒也輕輕跳著。他一下注意到了，就迅速將那個乾飯粒兒放進嘴裏，腮上立刻顯出筋絡。我知道這種乾飯粒兒很容易嵌到槽牙裏，巴在那兒，舌頭是趕它不出的。果然，呆了一會兒，他就伸手到嘴裏去摳。終於嚼完和著一大股口水，「咕」地一聲咽下去，喉結慢慢移下來，眼睛裏有了淚花。

讀到這裡的時候，我的眼裏也噙滿了淚花。我相信阿城的描述一定具有真實的生活基礎，否則斷然不會有如此令人驚悸的場景。我實在是沒有任何真正意義上的飢餓的經驗，我想，我對於阿城描繪的王一生的飢餓體驗，很難產生心理上的滲入肌理的感受。

余華極為推崇博爾赫斯小說裏的一段話：「我一連好幾天沒有找到水，毒辣的太陽，乾渴，和對乾渴的恐懼使日子長得難以忍受。」這句話表達的感受，與阿城小說所凸現的人物心理完全一樣。這個句子令人讚歎的原因，就是因為在「乾渴」的後面，博爾赫斯告訴我們還有更可怕的「對乾渴的恐懼」。同樣，王一生也絕對不僅僅是對一頓飯的期待和渴望，而是不知一頓飯的後面，下一頓飯在哪裏？什麼時候才能吃得到？所以，我們在文本裏面，還看到了王一生對食物及其產生的熱量的精確計算。那麼，在這樣的生命的艱難處境下，一個人如何消解這種憂愁和困頓？「何以解憂」？惟有象棋。於是，就在這個時候，與「吃」銜接和緊密呼應的，就是「棋」的出現。棋，從最原初的「苦中作樂」開始，扭轉了一個人存在的精神境遇，也在平淡雋永的文字裏重新整飭了生命的狀態。

還有，王一生來「我」的農場訪問時，在吃完蛇肉、下過棋之後，知青「腳卵」為了表示對王一生的敬意，又拿來六顆巧克力，半袋麥乳精，紙包的一斤精白掛麵。「巧克力大家都一口咽了，來回舔著嘴唇。麥乳精沖成稀稀的六碗，喝得滿屋喉嚨響。王一生笑嘻嘻地說：『世界上還有這種東西，苦甜苦甜的』。」這次「盛宴」似乎是一次極大的享受，幾碗稀稀的麥乳精，「喝得滿屋喉嚨響」，這種俗世之樂，除非出現在那樣的年代，否則真正是驚奇獵豔的虛擬。

阿城的高明在於，他沒有將「吃」「民以食為天」引向所謂文化的範疇來考慮，而是將「吃」與生存統籌一處，陳述一個最平常的道理。我們終於想明白這樣一個問題：未知吃，焉知生？

三

在《棋王》這個敘述極其老到的故事裏，阿城既寫出了一個歷史階段、一個畸形年代的喧囂、浮躁與生命的飄零，寫出了在一個逼仄的歲月里人的尊嚴和風骨，也描摹出一個特殊年代的存在之荒寒。這種荒寒之意，儘管浸入骨髓和肌膚，但卻因為一個「瘦小黑魂」，一個人在「九局連環」中，獨自與宇宙天地的非凡對話，莊嚴地喚起我們對生活的溫存的嚮往。《棋王》是在寫棋，又不僅僅是寫棋，它寫人物，又不僅僅是寫人物，它似乎是寫一個人的生命片斷，卻又是極寫所有人的生存真諦。

王一生與象棋渾然一體，看上去像是王一生對尷尬人生和苦楚的掙脫，實際上，其中所隱藏的「大樂」「大智」，不是一個「智」能夠概括，也絕不是一個「慧」就能闡釋的。我覺得，阿城主要想凸顯的，其實是那個年代最匱乏的「骨」。因為，骨、氣相生，才可能有智，才可能有慧。阿城寫「棋」，也像寫「吃」一樣，仍然有聲有色，不拘小節。如果說，他寫「吃」是表現人生存的困窘，那麼，寫「棋」則是努力在幫助一個人渡過一種俗世「苦厄」。因此，所謂雅和俗的界限，在這裡也就無關緊要。在「棋」裏，可以「縱浪大化」，在「吃」裏，可以寸斷柔腸。大雅的事物，原來照舊可以從俗入手；俗的事物，同樣地疊加著不屈的志向。這還讓我們從棋裏看到了一份生命存在的氣力，一個人在宇宙裏存在的靈魂模樣。阿城寫盡了王一生的內宇宙，這文字中，呈現出許多闊大、厚實、醇厚的象與意。這些人文意象，身影憧憧，皆根植在世俗生活濃重的氛圍裏面，紮實，深沉，平淡，質樸。阿城曾說，「尋根文學撞開了一扇門，就是世俗之門。」「世俗之氣漫延開了，八九年前評家定義的『新寫實文學』，看來看去就是漸成氣候的世俗小說景觀。」〔註2〕

那麼，是否可以說，這種「世俗之氣」在小說裏的表現，自民國以來，到了當代的汪曾祺、蘇童、阿城等人這裡，達到了一個峻峭的高峰。而且，文學寫作所蘊藉的世俗品質，一樣可以將現代意識充分地張揚出來。阿城筆下的王一生，就是從傳統意義的「俗世」走向了具有現代感的「大道至境」。

王一生只有「一下棋，就什麼都忘了。呆在棋裏舒服。就是沒有棋盤、棋子兒，我在心裏就能下，礙誰的事兒啦。」「你管天管地，還管我下棋？」「家傳的棋，有厲害的。幾代沉下的棋路，不可小看。」他謙遜地「跟天下人」學棋，他癡迷地淪陷在棋子本身的意境裏，不能自拔。對於王一生，比賽、下棋，早已不再是輸贏之間的博弈，而是生命中對一種事物的敬畏。王一生的棋，在沉實中充滿機智和活力，飄逸灑脫，散淡中包含著謹嚴，自強不息。重要的是，他的卑微、謙遜和沉迷中透射著寬廣和膂力。棋裏面，裹挾著桀驁的風骨，是因為這個人物崇尚品行節操。「腳卵」為了能讓他參加比賽，送給書記一副家傳的名貴象棋，王一生立即敏感起來，堅決放棄比賽，因為「這樣賽，被人戳脊樑骨」。散淡中蕩漾著不滅的正氣。

對於阿城小說中的「棋」道，已故評論家胡河清先生曾有精彩論述：「我認為王一生的棋並不僅僅是道家文化的體現，其中又含著現代的精神，是一種東西方精神互相交融滲透而成的『道』。」「阿城的《棋王》表面上寫棋，實質上則具有多層次的象徵意義，表現著他對中國文化傳統的歷史評價和對

〔註2〕阿城：《閒話閒說》，作家出版社，1997年，第169頁。

中國文化進步的展望。」〔註3〕在這裡，胡河清將阿城的敘述，歸結到人類對於精神文化創造的欲望的張揚，凝聚著「天行健，君子以自強不息」的精神氣度。而且，他認為，阿城的寫作，直抵東西方文化經緯的聚焦點。《棋王》的結尾，寫王一生九局連環，車輪大戰諸位棋手，超越了中國棋道自身的閉合，而體現出「奧林匹克」競技體育的戰鬥精神，「阿城在這裡暗示了一種深遠的文化理想：一方面繼承中國棋道的偉大傳統，同時又使歷來被稱為『手談』的清娛性質的棋道與西方奧林匹克精神在現代意義上結合起來，成為一種兼具獨創性和開放性的新文化。」〔註4〕

無疑，王一生對「棋道」的沉迷，已經超出古代棋道的消遣和「清娛」性質，高手對決，月白風清，數千人的棋場，竟又是萬籟俱寂。王一生在棋盤上呼風喚雨，內心舒展開來，驟然間如水落石出，乾坤朗朗。

> 王一生的姿勢沒有變，仍舊是雙手扶膝，眼平視著，像是望著極遠極遠的遠處，又像是盯著極近極近的近處，瘦瘦的肩挑著寬大的衣服，土沒拍乾淨，東一塊兒，西一塊兒。喉結許久才動一下。
>
> 王一生孤身一人坐在大屋子中央，瞪眼看著我們，雙手支在膝上，鐵鑄一個細樹樁，似無所見，似無所聞。高高的一盞電燈，暗暗地照在他臉上，眼睛深陷進去，黑黑的似俯視大千世界，茫茫宇宙。那生命像聚在一頭亂髮中，久久不散，又慢慢彌漫開來，灼得人臉熱。
>
> 眾人都呆了，都不說話。外面傳了半天，眼前卻是一個瘦小黑魂，靜靜地坐著，眾人都不禁吸了一口涼氣。

王一生，人棋一體的生命狀態，熔道禪一爐，氣貫陰陽，沉潛著骨、氣、慧的光芒。「俯視大千世界，茫茫宇宙。那生命像聚在一頭亂髮中，久久不散」，這句話，一下子將這個人物的精神嵌入了浩渺的天地宇宙，一頭亂髮中，一個生命就是一粒塵埃、一顆精魂，肆意在宇宙中旋舞。

即使，阿城僅僅為中國當代文學貢獻了這一部《棋王》，寫出了這個文學人物王一生，已經功德無量了。

〔註3〕胡河清：《靈地的緬想》，學林出版社，1994年版，第155頁。
〔註4〕胡河清：《靈地的緬想》，學林出版社，1994年版，第160頁。

富陽姑娘、日本佬和雙黃蛋
——麥家的幾個短篇小說

必須承認，許多年來，我曾一度與很多人一樣，對麥家的小說及其寫作有一種極大的誤解，始終以為麥家是一個優秀的暢銷書作家，是一個「類型作家」，這樣的作家，難以進入所謂「純文學」之列，很難進入「文學史」，最多可能成為如金庸、張恨水似的某種「類型」寫作的後裔。現在很清楚，這種由來已久的誤解，完全是來自於某種文學理念上的趨向，也是長期的文學思維慣性使然。因此，這種錯覺對一位作家造成的審美判斷，頑固地佔據著我的內心。當然，還有一個重要的原因，就是上個世紀末，麥家在文壇出現後，他的一系列作品如《暗算》《解密》《風聲》等，很快就被成功地改編成影視劇，並成為收視之王，形成一股麥家影視劇的狂潮。麥家迅疾成為「中國當代諜戰劇之父」，小說文本也開始成為暢銷書，吸引大量讀者蜂擁而來。這幾本小說的印數和銷量，更是長期位列圖書排行榜之首，而且漸漸由熱賣、暢銷變為長銷不衰。但可怕的是，其文本也就隨即被歸入暢銷的「類型小說」之列，評論界、讀書界開始對他「另眼相看」。另一方面，一旦書暢銷，就意味著賺錢，所以，有些人對之嗤之以鼻，似乎麥家佔了文學偌大的便宜，由此而來，就基本不太考慮他究竟寫得怎麼樣，究竟是怎麼寫的。但凡是出自他之手的作品，一律按照「諜戰小說」的模式來判斷，即使他變換了其他題材寫出的文本，也輕言或斷言其寫得不會成功。現在冷靜想想，重新閱讀和考量麥家的那幾部暢銷的長篇小說，到底是否應該劃入「諜戰小說」這一所謂「類型」，確實需要我們用心去斟酌。這一點，我覺得，很大程度上，我們仍然是不自覺地在受「題材決定論」陳腐理論的影響。不錯，麥家的《解密》《暗算》《風聲》題材獨特，傳奇、神秘、懸疑、智力博弈、隱蔽戰線等元素，無疑完全符合「諜戰」的類型，但是，我們也大可不必過分糾纏其小說題材的大致相同，糾結或詬病麥家的寫作洞開了一種風氣，而應盡可從文本的品質入手，考察其審美策略和藝術表現力的程度如何。問題的關鍵在於，我們若不僅僅從題材以及相關文學元素考慮，重新審視麥家的文本，即純然從文學寫作的審美層面看，會體會到其敘述語言精緻，敘述從容克制，文體結構和格局大氣灑脫，情節、故事邏輯嚴謹；作品中人物形象的刻畫，不僅個性鮮明，也實屬當代文學人物畫廊之鮮見；其文體的色彩格調優雅，全無任何「類型小說」的固化、粗鄙。而且，麥家的文本，絕不僅僅具有這些元素，他在文本中的主要敘事重心，如美學家桑塔耶納所說的審美「第二項」，實際上是直指政治、人性、命運、宿命、自我等等純文學母題，呈現並探測人腦、智力、人自身和存在世界的深層隱秘。還有，麥家在寫作上我行我素，沒有考慮迎合讀者口味，卻廣泛地「迎合」了大眾，當然，他似乎也從沒有考慮過評論家們的感受。而其文本的蘊涵豐富，敘述意境和語境充滿複雜的氤氳，如果不從「諜戰」視角思考這幾部小說，我們的審美視域和審美感受，是不是將會更加開闊和豐腴呢？最近，我在閱讀過麥家這些長篇小說，特別是讀了他的許多短篇小說之後，我很驚異麥家的想像力和寫實功力，他不僅大膽地處理人物的生死、俗世人生和倫理現實，並對當代歷史中的細節進行細膩的「還原」式重構，而且，他還擅長以極其簡潔的方式，講述荒誕、弔詭的故事，探觸生命最樸素實在、富有「落地」感的質地，既擅寫悲情，虛構悲劇，更有返璞歸真的敘事氣魄。由此看來，我更加覺得，現在真的是到了該為麥家「正名」的時候了，對他的寫作，終究應該有一個恰切的審美判斷，辨析麥家寫作中的變與不變，闡釋他在寫作中對於諸多文學元素的發揮餘地，或者在文學史層面，梳理和審視麥家的敘事美學及其精神內涵、人物譜系。儘管，這些年來麥家只管寫作，對這些並不太以為然，因為在他看來，文本寫作意義和價值，從來都不是由自己的敘事動機決定的。幾年前，麥家作品入選「企鵝經典」，無疑從世界文學出版的角度，證明其「純文學」地位的「合法性」，或「國際認證」。在許多人看來，麥家的名氣，似乎多半得之於所謂「諜戰小說」及其影視改編的風生水起，這不可否認，但他的才華卻絕不為「諜戰小說」所限。包括前面提及的那些長篇在內，他的許多作品都能夠突破懸疑、傳奇、智力等元素的侷限，寫出了真正屬於「純文學」的藝術水平。我下面要細讀的幾個短篇小說，就足可以見出他的小說給予我的個人閱讀感受。這幾篇小說都大道至簡，張力十足，敘事雖不刻意求工，但絕不是粗枝大葉，由此，我們可以充分地認識到麥家駕馭短篇小說藝術的功力，同時窺見到他把握生活的另一個路數和面向。那麼，我們就會發現一個「不一樣的麥家」，就會發現麥家是一位極懂小說的小說家，同時，可以真切地看到麥家文學敘述中的文化、文體創造性之權重。

像駕馭複雜的敘事結構一樣輕鬆，麥家的短篇小說，文體文風，依然自由灑脫，故事、結構簡潔、樸素。就連小說的題目也是信手拈來、順其自然、毫不糾結，《兩位富陽姑娘》《日本佬》《雙黃蛋》，都取其敘事中表現對象的特徵、特性作為稱謂，不做任何故弄玄虛的設計和冥想，更不會選擇那些具有視覺衝擊力的尖銳視角。我沒有想到的是，短篇小說這種通常被認為可以直面現實，保持對於現實特殊敏感度的文體，麥家卻不斷選擇它，並以此進入當代歷史，講述上世紀五六十年代的中國故事。想必他喜歡選擇這種題材，喜歡這種「歷史敘述」，這對於六十年代中期出生的麥家，可能更容易產生拉開時空距離之後的想像和審美張力。

這三個短篇所表現的生活和人物，其骨子裏著實還都是具有傳奇性的人物，命運的叵測，暗合時代中人所遭遇的突發的轉折。人生的道路並非線性，像《暗算》中的「701」人，極可能就是由一念間的偶然，被促成、被釀就危機，尤其前面提及的敘事的悲情、不可思議的懸念和結局，常常滲透著徹骨的森然之氣。所以，歷史、現實的畸變，人生的窘境，世事如煙中的偶然與必然，相倚相生。書寫那種弔詭衍生出的傳奇，甚至光怪陸離的個人歷史，這樣的文學元素或特質，或許正是麥家一直以來的制勝法寶。短篇小說《兩位富陽姑娘》《雙黃蛋》和《日本佬》並非都是十分「單純」的小說，而是一種具有集體記憶和獨特個人性經驗的敘事文本。它對上世紀七十年代的中國社會的政治、文化、道德、倫理和思維方式，都是一次深刻的觸及和反省。或者說，是麥家在時隔多年以後，經過沉澱、回憶，重構並「打撈」出幾個鮮有的、被生活和時間淹沒了的小人物，以悠長的凝視直面人物的人生、命運，直面歷史，重新整飭和回顧歷史的幽谷，麥家攪擾著時間和記憶的細流，追討著夢魘的延伸，再現歷史消弭之後的傳奇。也許這才是短篇小說的使命和責任，它簡潔地橫切了歷史的斷面，由此可見，短篇小說不僅僅是可以直面現實的，它更能夠發掘歷史的斑斑遺迹。這種敘事所產生的張力和修辭力量，正可以重現出那個年代底層人群的生死之契，亂世偷生。一個情節、一個細節，或者一個情境，看似是在給歷史「做減法」，實則在實踐一種重現荒謬的感傷美學，以此表現那個年代被湮沒人群的疼痛。

確切地說，短篇小說《兩位富陽姑娘》，初看上去是一個關於個人命運的殘酷故事，是一個人在生存中所面臨的困境，但也揭示了那個年代所倍加珍視的女性「貞操」的重大問題。說白了，就是「作風問題」「道德問題」。「破鞋」，是那個年代裏一切不「貞潔」女性的指代，這個極其通俗的名詞，混雜著那個時代的政治、道德和倫理判斷，這個詞語，可以否定掉所有關於情感、婚姻、自由戀愛、隱私的自由選擇。往現在看，一條「道德紅線」就變得清晰可見，不同年代的「道德」變遷史，奇妙弔詭、因時而異、令人沉思，讓人忍俊不禁，也讓人感到沉重。這個小說呈現了一個初涉人生之路、一切都還沒有開始的女孩子，剎那間就遭遇到人生的「畸變」，尚在懵懂之際命運就從浪峰直跌入谷底，這些構成特定歷史時空裏命運突如其來的無形的暴力。至今回顧，既讓人惴惴不安，對那個年代不勝唏噓，沉痛難寧。小說敘寫出那個年代從軍入伍後的政審和體檢，是那個年代（當然也包括現在，但女性入伍體檢，似乎已經沒有此項）普遍認定一個人是否值得信任，認定其貞操、忠誠的兩個尺度，是必備的程序。這裡要考察的，是人的最根本的政治屬性：思想立場和道德標準，同樣也涉及政治觀念和倫理。這裡，這兩個層面構成的悖論和極大的反諷。小說中，這位淳樸、內向、懦弱而倔強的富陽姑娘，被「體檢」出處女膜破裂，被立即遣返，送回原籍。在一個完全沒有個人隱私的年代裏，一個荒謬的邏輯，隨時就可以摧毀任何尊嚴：處女膜在什麼時候破裂，決定了對一個女性的道德判斷；一個人的個人身體的「異常」，直接決定了對一個人的思想品質的判定。可見身體在禁慾主義時代是如此重要，政治賦予了身體一種特殊的能指，說明連身體也是由政審把握和控制的，這在一定意義上，毋寧說具有人格閹割的意味。「體檢」在那個時代，也意味著由身體到道德、靈魂到政治的「人肉搜索」。難以預料的是，這個富陽姑娘入伍後被遣返的結果，立即使得這一家人的面子被徹底撕碎。恰恰這個「面子」，就是這一家人的現實存在的理由。最終，這個女性意識尚未覺醒的富陽姑娘，由沉默到爆發，在無法隱忍中引爆人物性格或品質中最深處的解脫執念，以死來建立起一個小人物的尊嚴。麥家不露聲色地寫出了她的絕望，讓這種無法落地的絕望，緩緩地從父親的暴力中滋生出來，並且，細膩地讓我們目睹父親是怎樣捍衛他那強大的尊嚴——面子。那個傳統的禮教般的道德感，讓他在暴力的刀刃上行走，最後血刃了自己女兒。顯然，父女兩人屬於兩種倔強，但是，他們在尊嚴的道路上並駕齊驅。麥家在情節的處理上，既體現出他的想像力和爆發力，也施展出其設置「懸疑」的本領。也許真的沒有人想到，新兵隊伍裏會有不老實的撒謊者，令富陽姑娘被「張冠李戴」，那個撒謊的惡人輕而易舉就將厄運丟給這位無辜的富陽女，釀成一個無辜者的生死大禍。

看得出，麥家懷著悲憫之心，敘寫這樣一個懦弱鄉村女子的自我控制力。我感到他是在用遲到的文字為她申冤，更是在潛心思考那個時代的政治、道德和倫理。這樣的故事，也許是那個年代的一種常態，因為若干年來，類似這樣的情境不知發生過多少。問題是，我們是否都還有這樣的記憶？我們顯然已經遺忘了，我們真該想一想，作家麥家為何在 2003 年還要寫那個時代的往事？保持記憶，反抗遺忘，也許，只有文學才可能完整地留存那些卑微者的歷史，就像是無字碑，即使是沉默的痕迹，也無法肆意抹去。

作家張煒曾說，一個短篇小說不繁榮的時代，必是浮躁的、走神的時代。而一個時代價值觀的變化，則會直接影響到作家創作取向和審美判斷。重建短篇小說敘事的尊嚴；在新的政治、文化和歷史語境中，從新的美學向度出發，回到歷史深處；「還原」艱難時世中的灰色圖景，省察真相；向生活和存在世界發出新的質詢和詰問……我想，對於作家，這是任何時代都需要的無畏的氣魄。《兩位富陽姑娘》要寫出那個年代渺小人物，因為另外一個人的「謊言」釀就的嚴酷悲劇，得出在特定歷史環境中人的命運更加無常和脆弱的真諦，一切彷彿完全是一個不幸的偶然。通常，謊言說上一千遍就成了真理，可是，這裡的一句謊言就結束一條無辜的生命，這既表明謊言的強大，也顯示一個時代道德秩序的混亂。也正是這種撼人心魄的殘酷敘述，造就短篇小說強大的內爆力。來自富陽的麥家，在世紀之交的時空維度，眷顧、回首故鄉大地上的歷史悲歌，在記憶深處淘洗時間的鉛華，無疑是歷史在作家的經歷、經驗、情感、時空感、藝術感受力，以及全部的虔誠與激情中的重新發酵。十一年之後，寫於 2014 年的《日本佬》，可以看作是《兩位富陽姑娘》的精神延續，只不過這種歷史意緒的時間間隔，顯得有些漫長，但是，這也讓我們進一步感知，麥家對歷史總是如此耿耿於懷，如此眷戀。

《日本佬》這個短篇，講的是一個被稱為「日本佬」的父親的故事。說是「日本佬」，但寫的並不是真正的日本佬，而是寫一個普通中國人，抗戰時，十五歲的父親曾經被日本人抓了「壯丁」，當「挑夫」，有過在鬼子陣營裏打雜幹活的經歷。小說講述的仍然是小人物的歷史，隨時就可能被湮沒的人物的個人生活史。當然，依據「只要給鬼子做事了，就是漢奸」這樣的邏輯判斷，「日本佬」的經歷就成為一個極其敏感、極其「原則」也必須調查清楚的經歷，那個年代里人的政治「清白」是最重要的做人原則，否則就可能被劃入「黑五類」。問題的關鍵在於，「日本佬」父親對自己的經歷還有更大的隱瞞，這樣的隱瞞就構成了敘事最有噱頭的「爆破點」。父親在被抓「壯丁」、當「挑夫」期間，最大的隱秘，就是竟然救過一個掉到江裏險些淹死的十歲日本孩子，他為了保護自己，多年來並沒有向組織報告，隱藏並虛構了自己個人生活的歷史，直到這個被救命的長大成人的日本人，前來尋找恩人，「日本佬」的這個歷史隱秘才暴露出來。實際上，這就等於當年的日本男孩真正害了「日本佬」。事實上，當時還存在著另一種情形和可能，那就是，如果父親「日本佬」，不救上這個與他一起去江邊給狼狗洗澡的日本男孩，父親也難辭其咎，必然會被日本人殺掉。當然，這裡的情理和邏輯自難辯說，重心還在於要寫出一個人處境的兩難，小說就是要將人的逼仄處寫出來。所以說，這篇小說不僅僅是想寫一個普通人骨子裏的善良情懷，說重了，也許還有他天性中與生俱來的人類的悲憫和良知，還有一個人選擇的無奈，然而，從另一方面看，這又關涉到民族大義與人性之間的一個悖論。在抗戰年代裏救一個日本人的命，無論是成人還是十歲的孩子，在任何時候評判，可能都是「天大的罪」。這算不算是一個人在個人生命危急時刻，選擇了自己的偷生和苟活？或者，就是一個人存在本能和「個人無意識」？小說敘事，顯然試圖要將人性置於歷史、民族、倫理的鋒刃之上進行考量，特別是，刻意將這樣的尖銳的問題，置於「敵我二元對立」的場域來審視。因此，這個小說敘事的背後，隱藏著一個家國、民族和人性之間的深刻主題，也是一個有關民族大義的大倫理。與《兩位富陽姑娘》相比，這篇小說，似乎可以歸結為有關「政治貞潔」或「民族立場」貞潔與否的小說。也就是說，這依然是一個有關「政審」、有關「純潔」的故事。這一次，麥家把故事背景依然置放於上世紀六十年代中後期，也許，對於這樣具有傳奇色彩的故事，發生在這個歷史時段，才可以將人物、故事和敘述推向極致。

父親——「日本佬」，這樣的敘事稱謂，本身就隱含歷史的玄機和繼承關係。在某種意義上，這段歷史也是「家世」或「家史」。這與歷史的「大敘事」邏輯形成了對照。「日本佬」這個人物形象，也有十足的象徵意義。「日本佬」說是一個綽號，在中國現當代漢語詞彙中實則是一個具有特殊意義的詞語，它凝結了歷史的激烈、沉重和乖張。但父親這個「日本佬」所負載的，原本就是「抗戰」史中構不成傳奇和悲壯的一段往事，卻在六十年代演繹成一場新的「人性的戰爭」。麥家從一個極其倫理的視角——「兒子」的視角，來觀照「父親」的歷史，而且，小說敘述了包括爺爺在內的三代人，同時直面「父親」這段「極不光彩」、理應「遭到嚴懲」的歷史。家族的小倫理套在國族的大倫理之中，麥家耿耿於懷地反芻歷史中小人物的命運，看似糾結於個人與歷史的錯位，實屬是對「抗戰」和「文革」雙重歷史記憶的摩挲與思辨。進一步說，任何時期都不存在所謂「絕對正確的人道主義」，這就可能讓我們深入思考下去：在什麼樣的情況下，才可能逾越人類社會人道主義的道義底線？文學敘事的歷史張力和現實訴求，都體現出當代人所應有的超越性，以及對歷史邏輯演繹的推陳出新。

有趣的是，這一次，麥家沒有讓當事人「日本佬」選擇「自絕於人民」，而是「爺爺」無法忍受，對父親「日本佬」的行徑憤怒、氣惱至極，為保持家族和個人的尊嚴，喝了農藥要服毒自盡。麥家在敘事中始終讓「我」保持一個中性的姿態和立場，讓三代人共同走進歷史的現場，人物的性格、心理、精神以及倫理，多種元素在文本中呈現，張力十足、舉重若輕。看上去，這個小說整體敘事上輕鬆、詼諧，充滿誇張和調侃的語氣，鼓蕩著那個時代的特有的生活氛圍和政治氣息，但敘述中人物、故事和環境的凝重感顯而易見，最後，「祖輩」喧鬧的悲劇性的結尾，頗具隱喻性，足以體現那個年代的政治、道德、人性的倫理，展示了啼笑皆非的遭遇和種種不堪。歷史的風車，猶如《堂吉訶德》一般，生命個體的存在，在大歷史的了無理性中充滿自我解嘲的玄機。

在前面的敘述裏，我還始終在想，麥家為何在 2003 年還要寫早已屬於往事的《兩位富陽姑娘》這樣的小說，2009 年，他寫出了《漢泉耶穌》，在 2014 年，又寫出《日本佬》。現在，寫於 2018 年的這篇《雙黃蛋》，再一次令我感受到麥家所具有的進入當代史的衝動、欲望和勇氣，以及他自覺而強烈的時間觀念和歷史感。可見，麥家願意將自己深陷在歷史的幽谷裏，勘探、爬梳歷史激流中人性裂變的可能性或者「極端狀態」，不斷地在重現大時代中小人物離奇的悲劇時，書寫出歷史和人性的「異端性」。也許，一個好作家遍布文本間的情緒，或激越，或冷靜，或從容，或調侃幽默，從不矯情，既顯得異峰突起，也必然順理成章，從容道來。可以想見，作家隔著時空，遙望前塵往事，雖一己境遇與之無關，仍會體現為一種責任，一種歷史的擔當和仗義豪邁。無法湮滅的前塵往事，俗世裏小人物的命運沉浮，孰是孰非，今天又該如何面對，無論以什麼樣的方式，歷史終究會有一個可以揭開的謎底。幽靈般的歷史，隱藏著個人命運的蒼涼和無奈，都是實實在在的存在，令人難以置之度外。作為有良知的作家，麥家一定牢記約翰·多恩的那句「任何人的死亡都將使我蒙受損失，因為我包蘊在人類之中。所以，不要打聽喪鐘為誰而鳴，它為你敲響。」也許，作家最基本的良知，就在於發掘歷史和現實煙雲中弱小生靈的呼吸和吶喊，幽沉柔韌，甚至紊亂蒼涼，一己悲歡。

也許，《雙黃蛋》是一篇關於歷史煙雲中小人物俗中有奇的故事。這個故事同樣暗含著巨大的歷史隱喻。從一定意義上講，這也是一篇以個人性悲劇演繹時代、歷史悲劇的文本。至此，我們可以猜測，麥家正逐步建立通過短篇進入「革命」歷史的文學敘述譜系。也許，我們可以將這個「譜系」與《暗算》《解密》《風聲》聯繫在一起，梳理出麥家進入中國現代歷史的基本脈絡，洞察他的歷史觀和敘事美學理想。

描寫出生於五十年代，活躍於六十年代中後期的「雙胞胎」——「雙黃蛋」兄弟倆畢文和畢武，其實就是想以此隱喻一種歷史的多幅面孔，畢文、畢武，——「必文必武」，不僅隱喻「文攻武衛」的歷史暴力，也隱喻文化革命歷史的「瘋癲諸相」，以及在「革命」廝殺中所展示出來的殘酷人性。選擇「雙胞胎」作為主要敘述對象，也暗示一種歷史的宿命和那些驚人的相似。不錯，這依然是隱匿在歷史深處的不可忽視的弔詭，在「小鎮篤定是小的，裏鎮的小又是過於小了」這樣一個「郵票大小的地方」，竟然還會有這麼多「浩浩蕩蕩的樣貌」。在這裡，麥家又開始試探歷史的深度和人性的畸變，再次將人置於特殊境遇下，尋找暴力與人性的辯證。不僅探討個人主體性的根源，而且在不經意間深度質詢歷史進程中「集體無意識」和教育、成長、革命的諸多母題，以紮實貼地的寫實，展開歷史的細部和幽微之處。無疑，麥家要在一個看似短篇小說不可能承載的體量裏，進行「四兩撥千斤」的敘事實驗。

小說中的人物及其關係格外簡單——一個母親和兩個雙胞胎兒子，還有一個叫做「王八蛋」的壞人。故事情節也不複雜——主要是一場「復仇」之戰，兄弟倆為蒙羞的母親登門報復被稱為「王八蛋」的「仇家」，結果釀成殺身之禍。小說肆意鋪排的主要情節，也就是兩兄弟得知母親遭受了「王八蛋」的侮辱和威脅之後，如同走火入魔一般，與「王八蛋」進行的一場「肉搏」。兇險、殘酷、狼藉、流血，小說幾乎用掉三分之一的篇幅來細緻地描述這場惡戰及其結局，寫真這場廝殺，那場景肆無忌憚、殘酷荒謬，「王八蛋」和這兄弟倆都如發瘋的巨獸，一脈對惡，可謂殺氣即景，暴力奇觀。為什麼雙胞胎兄弟倆視「命」如兒戲？很簡單，不僅在於他們是「頑童」，而是因為正在發生著「革命」。整個小小的裏鎮，就是一個「武鬥」競技場，在這裡，「眼看著，好人一個個變壞，『壞人』一個個被抓挨打」。仔細分析這場「報復」之戰的因果關係和邏輯鏈條，主要有兩個因素：先是近乎無知的母親勾結「王八蛋」，盜取試卷，因此引發出被脅迫形成的「偷情」交易，這是一樁罪惡的開始；繼而，在大揭發中反目成仇，扭曲、變態的「革命」成為極端暴力的淵藪。麥家有意無意間，在這篇小說裏控訴和反思著暴力的起源和人性中的盲目和惘然。

對於一個人來講，如果對一件事走火入魔，奮不顧身，窮凶極惡，那一定是魔由心生，實質上最大的問題是，兄弟倆的「魔」從何而來？現在看問題已經變得十分簡單，這就完全回到了事物的根本——教育，或者說，成人的示範。母親就是一位教師，在整個小說中的敘述稱謂就是「張老師」，在這樣一個荒誕的故事裏，這是一個荒唐、諷刺而滑稽的指代，她作為一個地理教師，竟然「國內，不知道洱海是個湖；國外，不知道新加坡的首都」。從身教、「家教」到學校教育，這位「張老師」，都是那個時代畸形社會政治和文化病態的體現者、踐行者，是孩子走向暴力和罪惡的教唆者。在一定意義上，這個母親就是兩個魔鬼孩子的魔鬼教父。她慫恿和支持兩個兒子去找「王八蛋」報復，「母親立在門口目送他們走遠」，而兩兄弟受令出門時，「心裏沒有半絲雜念，是滿當當的信心，勝券在握的從容」。這其實是一幅多麼可怕的圖景！首先我們喟歎的是，天下竟然會有這樣的母親嗎？簡直是不可理喻。以至於兩個懵懂的孩子，全然不知政治風雲和俗世利害，他們沿著一條「瘋癲」的道路疾馳而去。因為，整個時代瘋癲了，充滿臆想的欲望，尤其令人不寒而慄。在小說裏，對孿生兄弟不稱「雙胞胎」而稱「雙黃蛋」，學校教務處那個「半個流氓」——根本就沒有名字，文中索性直呼其「王八蛋」，這似乎是敘事中一種刻意的設計。整個小鎮，彷彿是一個「牛鬼蛇神」魑魅魍魎的世界，「鎮上最臭的是人，地主、富農、反革命、壞蛋分子、破鞋、流氓、臭老九，都臭氣薰天的：比爛的屍體要臭」。在特定歷史時期，這又是怎樣的一片人的狼藉之地？

然而，暴力之中潛隱著不可名狀的宿命。麥家沒有忘記小說的敘事「噱頭」——「雙黃蛋」雙胞胎的命運，孿生兄弟生理、心理和身體驚人的一致性，催生出敘事中新的暴力和懸念。父親在小說中一出現，就是立即去充當另一個兒子的替死鬼。由於這個「雙黃蛋」同體同心，驚人一致，他們生來所接受的一切都別無二致，因此，沒有人會懷疑其命運的同構性。那麼，可以籍此推斷：「雙黃蛋」中的一個，在暴力搏鬥中斃命了，另一個的性命該如何安妥？「雙黃蛋」歸根結底是一個蛋，這個「雙胞胎」，實際是喻指一個時代悲劇無盡的循環的影射，在這裡，既是一種嘲諷，也蘊含著一種刻薄的辛酸。這個小說在整體上，寫的亦莊亦諧，令人忍俊不禁，陡生含淚的苦澀。這個小說也再次顯示出麥家豐富的敘事風貌，以及風格變化的多元。

我們看到，這三個短篇小說，都各自以一個生命的終結——死亡作為結尾，而它發生的時間則是「文化革命」的背景，以及這個背景之下全民「集體無意識」般的瘋狂和暴力魔魘。麥家先後寫出那個年代裏三種離奇而暴力的死法，這種死亡，徹底突破了人性和道德的底線，令人驚詫。那麼，我們現在是否可以這樣詰責：終究是死亡暴力構成了「終結」暴力的暴力，還是無法「終結」暴力的暴力還在「延異」？這一切並非語焉不詳的荒謬，而是在一定情境和時間座標上的歷史變動和宿命，是一種完全沒有任何理性邏輯可尋的「罪與罰」，也是一種無法救贖自己和他人的「罪與罰」。它組合成一個不斷延宕的死亡譜系。雖然，死亡絲毫不能消解或救贖一切，人性只能在那個不可思議的時代，像是遭遇了凌遲而不斷抽搐。在長篇小說《暗算》裏，麥家寫了在特定時空裏天才阿炳和黃依依之死，看似某種偶然與荒誕，可他們又何嘗不是死於某種「暴力」？現在，麥家在幾個短篇裏，繼續書寫這些普通人的命運危急、內心風暴，以及生命在驚濤駭浪之後的死寂。生也有涯，死亦有涯，我感到，麥家正在歷史的塵埃里找尋令人驚悚和震撼的一絲蒼涼，而這蒼涼在字裏行間，滲透著絲絲縷縷的無限憂傷。

小說是如何變成寓言的
——東西的中、短篇小說

一

我們看到，曾寫出過優秀的長篇小說《耳光響亮》《後悔錄》《篡改的命》的作家東西，他的中、短篇小說也特別令人喜愛、令人著迷。他的《沒有語言的生活》《我為什麼沒有小蜜》《救命》《我們的父親》《私了》等，都堪稱佳作。像許多作家一樣，二十多年來，東西在長篇小說、中短篇小說、話劇和電影劇本幾種文體之間遊弋。不同文體的寫作，都讓人感到敘述、文字表現的穩健和厚重，感受力、想像力和虛構力的沉實，體現出作家東西對多種敘述可能性的自覺探索。可以說，東西是一位始終堅守自己藝術原則的作家，他保持著自己安靜的創作心態，而且，不斷地嘗試著更準確、更細膩的方式表達靈魂深處的真切感受。他相信，寫作最終依賴的是作家的毅力和耐性，「慢工出細活」看似一種寫作形態，其實，它體現著一個有遠大抱負的作家敘述的耐心和虔誠。因此，對於堅實的敘述結構的尋找，對存在世界和人的靈魂的探索，成為東西寫作不懈的追求。

我想，許多作家可能會很好地駕馭一個長篇小說的結構，可以有板有眼、有條不紊、遊刃有餘地在漫長的敘述過程裏，讓人物、故事、情節在一個精心預設的結構中生機處處、雜花生樹、花團錦簇。文本中所呈現的歷史、社會、時代、生活、人物及其相互關係，經由敘述話語從容不迫、相得益彰、洋洋灑灑的表達而熠熠生輝。這樣的文本所揭示的思想和精神內涵，既能夠表現出深刻的文化價值和飽滿的藝術含量，又能夠在不同的情境裏展開一個作家對於存在世界整體性的觀照。當然，我們所關注的敘述重心，更在於作家整體上對生活和存在世界的把握能力及其文本氣象。進一步講，即使在一部長篇小說的局部或某個節點，作家的處理，意外地表現出些許的瑕疵甚至紕漏，但由於長篇小說本身宏闊的格局及它的有一定敘事長度的篇幅，這些「瑕疵」和「紕漏」，極可能被小說敘事整體的氣韻和更大的宏旨所遮蔽和「吞沒」。就是說，長篇小說在一定程度上「允許」作者偶而在不經意間犯下尚可饒恕的錯誤，從大局觀考量，細枝末節的臧否，瑕可掩瑜，似乎都在情理之中。

但是，對於一個短篇小說文體來講，絲毫的錯誤和紕漏都是絕對不可饒恕的。在兩三萬字甚至更短的篇幅裏，小說的敘述、行文裏的每一個細節，每一個句子，甚至每一個詞語，都應該嚴絲合縫、字斟句酌，來不得些微的瑕疵和不經意的輕妄，一處失誤，滿盤皆輸。在一個有限的敘述空間維度裏，作家的意識、感受力和注意力，絕對不可以「走神兒」。因此，短篇小說的文體並不是任何擅寫長篇小說的作家都可以較好把握的。這就如同優秀的馬拉松選手，其一百米和四百米跑的單項成績，可能根本無法與短跑選手相比。我們這樣來理解一位作家的寫作狀態和可能性，無非想說，真正同時擅長不同文體寫作的作家是不多的。這裡面也許還有其他深層的原因，就是不同的作家對不同文體各自的把握各有千秋。就是說，每一個寫作者都有自己癡迷的文體，小說的結構是更內在、更自然的，也是更精細、更複雜、更沒有定式和有迹可求的。一個作家能夠擁有什麼樣的文體、結構，取決於他對存在世界的理解，取決於他處理經驗的方式和途徑。蘇東坡說：「但常行於所當行，止於所不可不止」。這也許就是作家行文時把握敘述和結構的秘笈，也是對作家所表現內容的控制能力的檢驗。

其實，我在這裡談及長篇小說和中短篇小說的文體以及作家寫作中的文體選擇意識，主要是想進一步說明不同文體的文本所能夠釋放出來的價值容量對於作家寫作的意義。實際上，無論一部文本的長度如何，比拼的是其意義能指，它體現著小說的容量和縱深度，這是一個小說文本最重要的審美價值所在。一部（篇）真正傑出的小說文本，無不洋溢著象徵和寬廣的寓意，或奇崛瑰偉，或樸實無華，或虛擬抒情，或語言迷狂，或寫實，或魔幻，在文本複雜或簡潔的敘事平面上，都會漲溢、蔓延著詞語生長出來的隱喻意義和寓意修辭。這樣的文本，古今中外，並不多見。卡夫卡的《變形記》、海明威的《老人與海》、博爾赫斯的《交叉小徑的花園》、賈平凹的《廢都》、莫言的《生死疲勞》、余華的《活著》、蘇童的《米》等等，它們都無處不洋溢著象徵，無一不是巨大的隱喻和引人深思的寓言，當然，更是一個個令人終生難忘的故事。

從這個視角看，東西創作的長篇小說《耳光響亮》《後悔錄》《篡改的命》，都是具有極強的寓言性品質的文本。而他的許多中、短篇小說，像《沒有語言的生活》就是一部充滿著寓言品質的作品。最初讀到這篇小說的時候，我立刻想到余華的長篇小說《活著》。確切地說，《沒有語言的生活》就是《活著》的「中篇版」。雖然一個是長篇，一個是中篇，但是，兩者有太多相似和相近的元素令它們在當代相互輝映，人的靈魂和人性的質地，生命中不可思議的巨大忍耐力和堅韌，在兩種不同的文體裏蟄伏著，字裏行間充盈著無限的張力。這兩部小說也成為近二十年來書寫生命、生存和命運的傑出文本。

在這裡，如果從消除中、短篇文體差異的層面看，《沒有語言的生活》擁有一個極其紮實、堅硬的敘述結構和內在的情感邏輯鏈條。它在有限但富有張力的篇幅裏，幾近完美地將一個關於生命、生存和人性的故事演繹成生命的寓言。通過對這個文本的解讀，我們也許真正的清楚了一個文本是怎樣從故事演變為寓言的。而且，我們還會在一個貌似平淡、平靜而簡潔的敘事中感受到驚人的絢爛。當敘述使故事超越了故事本身的語境時，智慧、玄思、幽默、深邃、氣度等文本氣象和格局都瞬間呈現出來，而想像力和虛構力，最終讓敘述擺脫了故事的內核，在靜穆中昇華為不可阻擋的新的語詞的洪流。並且，讓我們感受到一個故事成為寓言之後，它更具內暴力的衝擊力的生成。其實，小說中的幾個主要人物，已足以支撐起文本強有力的敘事結構並呈現堅實的生存主題，但是，讓文本從一個具有一定虛構性的「故事」，衍生成一則寓言，這中間的確需要一個較大的精神「跨度」。那麼，一個文本如何極其自然地實現這樣的文本轉化，小說怎樣完成從「故事」到寓言「嬗變」的過程，其所依賴的就是作家的想像力和虛構力。當然，作家的這種能力，定然可以將其經驗世界中本質化和「非本質化」的品性有效地傳達出來，但同時還要克服作家自身經驗侷限所帶來的判斷上的偏狹或膚淺，這是使一個故事在講述過程中難以抵達寓言層面的障礙和困擾。實際上，當代的現實生活，正以其多變的複雜性不斷地超越我們的想像力，小說文本，無論中、短篇還是長篇，都越來越難以創造令人驚奇的文本故事。這時，我們不由得會想起美國作家艾薩克・辛格在初學寫作時，辛格的哥哥經常教導他的話：「事實是從來不會陳舊過時的，而看法卻總是會陳舊過時」。在這裡，辛格的哥哥讓弟弟所警惕的，就是要充分地意識到一個作家其認識和判斷世界能力的缺憾，這也是一個作家對於世界、事物的真實結構在感受、認識和理解上可能產生的精神貧弱、迷惑、幼稚和粗俗。因此，余華說，當「文學所表達的僅僅只是一些大眾的經驗時，其自身的革命便無法避免」。我想，余華之所以這樣講，主要是在余華看來「事實」與「經驗」「看法」之間有時會達到某種「共識」、默契、對應，但是寫作者對於事實的經驗在很多時候「只對實際的事物負責，它越來越疏遠精神的本質，於是真實的含義被曲解也就在所難免。」〔註1〕就是說，沒有擺脫「大眾經驗」的對於存在世界的理解，其所呈現的事物或「事實」只能是就事論事的事實本身，這樣的文本敘述結構，根本無法接近事物、世界的真實結構。這裡，作家的敘述，僅僅可能只是講述了一個實實在在的故事而已，其中並沒有超越事物本身的精神判斷和靈魂昇華。因此說，從故事到寓言之間存在的具有本質性的轉換，就是作家對於事物和世界所進行的新的文本建構。因為作家對於事物、生活、存在、世界的看法的改變，故事的功能就處於不斷的擴大和延伸之中。可見，一個作家對「事實」的「看法」，不僅基本地確定了敘述的方向，而且決定著作家如何超越經驗的侷限，一旦作家找到有關世界和事物新的語言和結構，這個文本就可能由故事層面大踏步地真正進入寓言的層面，這時，小說的文本結構便呈現出一個新的空間維度。

二

前面我們所提及的余華的長篇小說《活著》和東西的中篇小說《沒有語言的生活》，我們注意到這兩部同樣表現人生、存在和命運的文本，在故事敘述的不同結構的背後都存在著一個堅硬的「經典結構」。但是，這並不意味著這兩個小說的結構在無限的循環中重複自身，彼此構成對方的「變體」。〔註2〕在這裡，也並不是說余華和東西的文本在本質上是可以等同的，而是我們重在強調由於作家審視世界和事物不同的敘事視點，他們都不約而同地試圖打

〔註1〕余華：《我能否相信自己》，人民日報出版社，1998年版，第158頁。
〔註2〕格非：《小說敘事研究》，清華大學出版社，2002年版。

破舊有的故事模式，各自在已有的故事結構中滲透出新的元素。這些新的元素，就是那些包括審美取向、語言形式、敘事方式、想像力、虛構力在內的作家的創作個性和小說修辭學。作家忠實於自己所感知的世界，忠實於內心對現實和事物的微妙感受，而且，在建立一個新的文本敘事結構的時候，作家可能會不斷地打破既定的、「預設」的故事結構，超越那個已經游離既定的「故事敘事結構」，使得文本產生獨特的活力和魅力。並且，文本從故事的層面，自由地遊弋到足以昇華出文本寓言性的引申義和更具開放性的價值系統。故事的所謂「事實」框架，由於作家新的、不同的「看法」，使得作品產生作家自身沒有預料到的結局或可能性，在作家擺脫了藝術思維的慣性和惰性之後，文本也產生了超越讀者閱讀心理的「先驗結構」。這個「先驗結構」之外的意蘊，就是文本寓言性的生成。東西說：「文學作品中缺的不是人物，而是缺少那些解剖我們生活和心靈的標本，缺我們還沒有意識到的那一部分，如果達不到這一水準，那我們充其量也就是在對人物進行素描。」〔註3〕可見，東西對敘述的最高追求就是超越人物、故事本身的那一部分寓言性的「心靈的標本」。

對於東西《沒有語言的生活》，我們首先會發問「沒有語言的生活」究竟是怎樣的一種生活？無疑，這種沒有語言的存在世界，又礙於精神溝通的生活是一種可怕的、令人難以想像的、驚悸甚至恐懼的存在，就如同世界只有黑夜沒有白晝，這無疑是一種直擊無奈和竭力去突圍絕望的現實。其實，這個小說講述的故事，是一個單純的關於生存的故事，表層上它寫聾、啞、瞎三個人組成了一個「看不見、聽不到、說不出」的特殊的家庭故事，實質上它也是一個書寫人生、人性和苦難的故事。說實在，三位失明、失聰、失語的人被置於一個環境裏，置放於一個家庭裏，讓他們相互借助彼此的感覺器官，共同面對這個世界，相濡以沫、共同擔當，既需要作家的想像力，也需要作家具備相當大的敘事勇氣。這樣的組合會產生怎樣的生活情境，如何想像這樣的生活，尤其是，怎樣呈現這種具體的、艱澀的生活狀態，只有切入文本敘述的細部，才能見出作家的功力，這的確是難以想像的想像。仔細想，從身體、大腦和心理的層面，一個人如何才能夠清晰和邏輯地意識到世界的存在？與正常人不同的是，一方面，聾啞人沒有自己的聲音史，盲人則存在於沒有光的黑暗裏，這樣的人群都是在有缺陷的世界裏尋找生機，保持尊嚴；另一方面，他們與存在世界之間，

〔註3〕東西：《敘述的走神》，上海文藝出版社，2016年版，第110頁。

由於殘缺的、有限空間的窗口的逼仄及通道的斷裂，他們就以迥異於正常人的方式進行思維，無論心靈是敞開的還是封閉的，內心的秩序都可能會呈現一種認知、感知上的銳角。人們常說，上帝向你關閉了一扇窗子，但是可能會向你打開另一扇門。但問題是，這扇窗子是怎樣打開的。父親王老炳不是天生的盲人，因為無意間捅了馬蜂窩而使自己從此遁入了黑暗，一切不幸、磨難、酸楚從此紛至沓來。東西並沒有發掘、描述這樣的遭遇給王老炳帶來的心理和精神上的痛苦，而是讓他繼續承受現實生活對他不斷的擠兌和碾壓，考量著一個「後天」失明者的隱忍和自我掙脫。於是，沒有期待、沒有力量、無邊無際的「狂想」，構成了他對世界進行判斷的現實。兒子王家寬的耳朵，先天就在聲音的世界裏消遁了，雖然他可以看到和說出世界的模樣，但是這種「看到」，就是一部關於存在世界的「默片」，因為，在他這裡人們的動作和口型是不可靠的。為了不在寂靜的世界裏死去，他只能借助他人的「演繹」，來求證自己看到的一切真偽。兒媳蔡玉珍是一個「啞巴」，面對她無法說出的世界，面對一切對於她都是無法呈現的存在「片段」，去進行她永遠也不能抵達的交流。這是一種生存之虞，身體的、器官的殘缺已經使她無法維持自己起碼的尊嚴。

也就是說，如果不刻骨銘心地、合理地、邏輯地整合這一家人的生活，他們的世界將永遠是破碎的，割裂的、毀損的。三個人必須相互支撐，相互借力，整合成一體。當兒媳蔡玉珍遭到侮辱和強暴後，這樣的一家人，似乎終於頓悟到他們破碎的生活究竟應該怎樣維繫：

> 蔡玉珍走到王老炳床前，王老炳說你看清是誰了嗎？蔡玉珍搖頭。王家寬說爹，她搖頭，她搖頭做什麼？王老炳說你沒看清楚他是誰，那麼你在他身上留下什麼傷口了嗎？蔡玉珍點頭。王家寬說爹，她又點頭了。王老炳說傷口留在什麼地方？蔡玉珍用雙手抓臉，然後又用手摸下巴。王家寬說爹，她用手抓臉還用手摸下巴。王老炳說你用手抓了她的臉還有下巴？蔡玉珍點頭又搖頭。王家寬說現在她點了一下頭又搖了一下頭。王老炳說你抓了他臉？蔡玉珍點頭。王家寬說她點頭。王老炳說你抓了他下巴？蔡玉珍搖頭。王家寬說她搖頭。蔡玉珍想說那人有鬍鬚，她嘴巴張了一下，但什麼也沒有說出來。她急得想哭。她看到王老炳的嘴巴上下，長滿了濃密粗壯的鬍鬚，她伸手在上面摸了一把。王家寬說她摸你的鬍鬚。王老炳說玉珍，你是想說那人長有鬍鬚嗎？蔡玉珍點頭。王家寬說她點頭。

王老炳說家寬他聽不到我說話，即使我懂得那人的臉被抓破，嘴上長滿鬍鬚，這仇也沒法報啊。如果我的眼睛不瞎，那人哪怕跑到天邊，我也會把他抓出來。孩子，你委屈啦。

蔡玉珍哇的一聲哭了，她的哭聲十分響亮。她看見王老炳瞎了的眼窩裏冒出兩行淚。淚水滾過他皺紋縱橫的臉，掛在鬍鬚上。

這是一個令人無比酸楚的場景。王老炳一家的生活，讓我想起加繆的話，想起著名的《西西弗的神話》。加繆在談及人類命運時，除了荒謬和苦難之外，他還引入了「陽光」一詞。這一點非常重要。沒有生活之絕望就不會有對生活的摯愛，這裡的深刻之處，不僅僅在於陽光以苦難為底色才可能更有力度，更加彌足珍貴。陽光、愛和美好在很大程度上正是建立在人生的苦難和艱澀的根基上。在加繆看來，苦難，也許是通向陽光的唯一一條道路，儘管「痛苦並不比幸福具有更多的意義。」面對人性之惡，任何一種突圍都是必要的選擇，對於王老炳一家更是如此。無論怎樣講，「看不見、聽不到、說不出」，三者都是可怕的存在，東西用並不變異的、並不誇張的敘述，從容地寫出了他們的突圍，也表現出他們在「逃亡」的道路上的善良、虔誠和隱忍的力量。令我們振奮的還有，在整個敘述中，看上去「語言」根本無法「在場」，但語言又無處不在。三位一體的神秘交流，使語言就像是文本中的第四位人物，也像一股股苦澀卻溫暖的泉流，傳導出人間的溫暖和愛。

小說《蹲下時看到了什麼》，作家以生動、幽默、揶揄的筆調，呈現某個人、某群人一旦形成某些習慣，就根深蒂固地變成「潛意識」而深藏於日常行為模式之中，這種「積澱」或慣性，也就形成難以撼動的結構。倘若強行改變這種習慣，這個人或是這群人，必將為「捍衛」這種行為方式付出沉重代價。小說中，人物張五的習慣是每天清晨六點在豬圈上進行「敞開式」的「蹲坑」排泄，三十年來，這個習慣雷打不動。這個詭異的「蹲」的方式，關聯著他一整天的喜怒哀樂。他因為幾次侄女和其他人無意間的打擾而「蹲不舒服」，竟然導致他一整天的不順。他很驚訝和不解自己三十年來這麼「蹲」的習慣，始終沒有一次被打擾，但為何在近半個月內被擾三次。為捍衛這一數十年來形成的生活習慣，他不惜採用各種手段去影響別人的生活節奏。張五發現，放棄了這種習慣的「蹲」法，他的事業、身體上的各種不順利都接踵而至。同樣，張五的這種做法，也嚴重地破壞了他人的生活習慣，這些人為保衛自己的習慣，也採取了很多極端的措施，最終導致親戚、鄰里、鄉親彼此間的矛盾逐步升級。在這裡，東西正是將「蹲」的這個看似奇怪、甚至有些「骯髒」的細節，作為小說敘事的觸發點，隱喻、闡釋人和社會「習慣」的強大力量，其根深蒂固就如「蝴蝶效應」，牽連著複雜的社會關係及其結構。

由是可見，一個好的小說文本，一旦進入哲學的框架內或思辨的範疇，其引申義和寓意就會顯露無遺。故事本身就會「自動」地生成一種嶄新的結構，在它被闡釋的道路上閃閃發光。

結構主義學者霍金斯說:「結構主義基本上是關於世界的一種思維方式」，在這一思維方式中，「事物的真正本質不在於事物本身，而在於我們在各種事物之間感覺到的那種關係。」〔註4〕作家余華也曾反覆強調人作為創作主體同現實世界及經驗主體的「結構關係」。他認為，「生活是不真實的，只有人的精神才是真實的……人只有進入廣闊的精神領域才能真正體會到世界的無邊無際。在人的精神世界裏，一切常識提供的價值都開始搖搖欲墜，一切舊有的事物都將獲得新的意義。在那裡，時間固有的意義被取消。」〔註5〕所以說，只有創作主體對生活重新進行結構，捕捉或尋找「在各種事物之間感覺到的那種關係」或者「取消時間固有的意義」，才能在小說文本貌似封閉性的文學空間中，獲得我們對世界新的認知和理解，真正體會到世界的無邊無際。我們還能感覺到，我們在小說的敘述語言和敘事結構中，時空最終消失在閱讀中，消失在敘述的空間中，進而抽象出寓言性的關於世界的某些道理，給我們以審美的愉悅和發現的曠達，這才是作家在時間之流和空間結構中做出的對於世界新的建構。「我們在各種事物之間感覺到的那種關係」，既是指人與人之間的關係，也指人與事物之間的關係，或許還有事物與事物之間的難以言說的隱秘聯繫，當作家在各種事物之間，感受到它們之間深層的隱秘關係，便建立起敘述中的「關係與結構」。顯然，這種「沒有語言的生活」，儼然已經成為世俗生活的一種存在方式，呈現出存在世界的某種生命之間的依存關係，我們在其間看到了人性及其內在的、精神的真實性。

三

文學深邃的審美魅力實質上取決於表現，這是文本自身品質產生並實現

〔註4〕霍金斯：《結構主義和符號學》，上海人民出版社，1990年版，第8頁。

〔註5〕余華：《虛偽的作品》載《我能否相信自己》，人民日報出版社，1999年版，第165頁。

藝術價值的關鍵。美學家喬治・桑塔耶納說：「在一切表現中，我們可以區別出兩項：第一項是實際呈現出的事物，一個字，一個形象，或一件富於表現力的東西；第二項是所暗示的事物，更深遠的思想、感情，或被喚起的形象、被表現的東西」，「用『表現』這個名詞表示表現力所促成的事物的審美變化。因此，表現力是經驗賦予任何一個形象來喚起心中另一些形象的一種能力；這種表現力就成為一種審美價值。」〔註6〕桑塔耶納在這裡所說的第二項，實際上指的就是我國傳統文論中講的「韻外之致」「象外之象」「弦外之音」。文學作品對第二項的追求，即象徵化表現，體現出創作主體對客觀世界及生活表象的穿透力，是對世界的整體觀照和把握，它使文學作品呈現出模糊而雋永的品性，既有多義性和無定性，又有嚴肅性和哲理性，甚至魔幻性、寓言性，使人們超越生活的表象，從更深的背景和層次去體悟現實、生活、人性和人生。所以，象徵成為一種審美方式，在其對世界的符號化過程中，穿透作為表象的現實世界，使審美產生寓言和神話的品質。那麼，是否可以這樣理解，對於一位作家而言，「講故事的高手」這樣的稱謂也許並不是一個譽美之詞，故事本身也許並不能直接地創造意義及其審美價值的奇蹟。問題在於，故事所「表現」的人物、事件在一個被講述的過程裏又產生了什麼新質和「歧義」，即作家敘述的故事有無故事背後「審美的第二項」的無限延展，有無新的敘事元素的誕生，並在有限的文本，呈現或潛隱著深刻的寓意。下面的幾個短篇，都是穿透故事層面，重在「表現」寓意的代表性文本。

短篇《我們的父親》是一個具有魔幻色彩的、令人感傷的「失父」的小說，讀後催人淚下。它描述一位有著三個兒子和一個女兒的父親，「走進」兩個兒子和女兒的家裏及其「此後」的遭遇。沒有哪一個孩子想真心留住父親，父親只好一次次離去、出走，走向另一個孩子的家門。最後，「我們的父親」在街頭摔傷而死去，乃至連遺體也消遁和不翼而飛，徹底「消失」。這期間，年邁的、樸實的父親每到一處，都讓我們感受到子女的「熱情」和「關心」裏所釋放的難以言傳的冷漠。這種冷漠是極其殘酷的，那種冷漠的「客氣」，足以讓父親無地自容。最讓人難以忍受的是，父親在摔倒、死亡和遺體被處理的過程中，先後都是由自己的這些最親的「親人」安排的。父親的遺體被置放在院長姐夫所在的醫院；簽署處理父親遺體的公安局長「東方紅」，正是父親的大兒子「大哥」；而掩埋父親遺體的竟然是父親的侄兒。這是何其荒唐，

〔註6〕桑塔耶納：《美感》，中國社科出版社，1982年版，第132頁。

何其荒誕，也何其令人驚詫。雖然，作家東西刻意如此設置這樣離奇的情境而超出了我們的想像，但是，東西發掘出整個荒誕故事背後巨大的社會的、時代的、人性和倫理的隱痛。我感到，東西原本無意將這個小說寫成一個「失父」和「尋父」的故事，但是，文本中數個場景無意間卻形成了一條不可思議的、沉重的「尋父」軌迹。從父親來到「我」家，到最後埋葬父親的地方，我們跟隨著兒子「我」轉換了 9 個場景，每一處對事件的描述多則一小段少則三五句，敘述節奏從容不迫，但人物性格卻在東西簡潔的敘述中凸顯出來。我們發現，每個小場景都像小學生作文「記一件小事」，而它們連在一起卻成為我們當代人試圖迴避亦無顏面對的「一件大事」。面對「我們的父親」這樣的題目，我們不禁會追問：這究竟是誰的父親？父親走失之後，三個家庭有著相似的反應：小兒媳「精神抖擻」地站在廚房裏炒菜，姐姐一家如平常一樣悠然地吃著晚飯，大哥「勉強」而「生硬」地搖著頭，對父親的走失似乎束手無策，同時也懷疑父親走失的真實性。除「我」之外，我們看不出其他人的擔心和焦急，父親的生死，似乎與他們沒有任何關係。那麼，這究竟與誰有關呢？親情如此冷漠的表象下，我們應該追問人性還是社會？這種審視的背後，還隱含著對漫長的歷史中親緣關係、倫理的檢討。我們注意到，父親來到每個孩子的家裏所表現出的局促、不安定的情緒和動作及表面上的親情生疏，都映像出城市與鄉村的文化差異和疏離。曾經「一不怕苦，二不怕死」的父親，在城市文明、文化面前竟然變得如此「緊張」「羞澀」，甚至錯愕。當我們像剝洋蔥一樣，一層一層地剝開「每一件小事」，我們便不難理解為什麼東西要不斷變換場景，因為，每一個場景都是這個世界不同層面的、隱喻的空間。二十多年前，東西的第一部長篇《耳光響亮》就曾寫到精神父親消失後，我們如何成長的問題，現在，不僅是精神之父，就連肉身的父親也徹底消失得無影無蹤了，所以，一代人的精神、靈魂如何安放，已經成為我們生活種的巨大難題。

另一個短篇小說《請勿談論莊天海》，更是一篇奇特的小說，其中的「莊天海」就是前面提到的「所暗示的事物，更深遠的思想、感情，或被喚起的形象、被表現的東西」，這個「莊天海」，人們在日常生活中總是不約而同地提及「他」。至於「他是誰」，究竟是一個男人還是女人，是一個事物還是一種傳說，到底有誰見過他，都無從知曉。雖然，可能誰也沒有見過莊天海，但你就是不能談論他。否則，不幸、不快、不知所措、不可思議、無中生有的事情都會接踵而至。戀愛中的孟泥和王小尚，兩人在一起隨便地談起他們倆是怎樣相識的，孟泥不過是糾正了他們是一見鍾情、自由戀愛的事實，否定王小尚提出的「大家都傳言他們是由莊天海介紹才開始戀愛的」說法，不料第二天王小尚就「不辭而別」「不翼而飛」，遠離孟泥而去，人間蒸發般消失。另一個名曰汪網的女孩，想請孟泥幫自己找到莊天海幫個忙，孟泥的一句「你就去找它吧，反正我不認識這個王八蛋」，結果當晚孟泥的住所被盜，手提電腦、數碼相機丟失。接下來，孟泥的裸照又被莫名其妙傳到網上；幫孟泥找回電腦的陸警察，出了孟泥的家門就平地跌倒摔成骨折。被另一個「官二代」女孩騙了的前男友王小尚，想與孟泥重歸於好，其間說到了自己與「官二代」莊敏「可能是莊天海派來報復的」，被孟泥斥責後剛出孟泥家門就車禍身亡。最為令人驚悸的是，孟泥與陸警察結婚生下的男孩，應該咿呀學語時卻不會說話，終於能開口講話時說出的竟然是「莊、莊、莊爺爺」。小說敘述，在這個時候，明顯已經脫離了故事的層面，向著隱喻和寓言轉化。我們似乎一下子就清楚了：莊天海是一個巨大的、魔咒般的、隱喻性存在。它無處不在，是敵人也是朋友，是現實也是虛幻，是他人也是自身，是話語存在也是捕風者的影像，是賊喊捉賊，也是庸人自擾。它成也蕭何，敗也蕭何，它有時就像是鬼魂附體，充斥於人們弔詭的生活。當然，它是我們頑固的思維慣性，一次次對我們自信心的瓦解，也是讓我們癡人說夢、杞人憂天般的自我放逐。在生活、存在世界裏，人的最大對手其實就是自己。小說中的孟泥、王小尚、陸警察和汪網，都在疑似道聽途說的恍惚狀態裏生活，不斷地在紛擾的現實生活中分裂自我，求證謊言。所以，我們透過故事的表層，看到了令我們觸目驚心的現實中的自我。這裡，小說文本的寓言品質，早已呼之欲出。

東西的短篇《私了》，也是一篇簡潔、精緻、引人深思又不勝唏噓的小說，而且，它所揭示的是一種負載著巨大的難言之隱的現實之痛。它埋藏著一個足以讓人的精神、心理或意志坍塌的結局，也是將文學的敘述、語言、感覺和個人的獨特經驗推到了極致的精悍文本。這篇小說講述的是，故事中的男主人公如何謹小慎微、如履薄冰地對妻子虛構現實、隱藏兒子死去的真相，細緻地摹寫這對夫婦如何面對一場人生悲劇，描述其漫長的、共同煎熬的心理過程，我幾乎是在充滿無數疑問的蒼涼和糾結中讀完整個短篇小說。父親究竟向妻子隱藏了什麼樣的真相？為什麼要隱瞞真相？最終，真相是否大白？

就是說，故事是什麼？故事的後面還有什麼？「後面」還將發生什麼？這一切，可知又不可知。一個年輕的、極其普通的農民的兒子李堂在外地打工，在一場輪渡傾覆的事故中喪生，父親被通知到現場處理後事，帶著一張存有「鉅款」的存摺回來。喪子的父親如何面對妻子？如何克服自身巨大的隱痛來消解妻子的悲痛，向妻子交代，這是一個難以想像的難題。也許，在日常現實生活中，這應該算是一個「正常」的意外或慣常性的悲劇，但是，因為這個文本敘述的內在精神起點的獨到，使這個文本生長出與眾不同的隱喻性和寓言性。我想，東西在講述它的時候，內心同樣充滿了隱痛和悲愴，這是來自現實的靈魂困擾，也是社會和時代的病症之一。正是因為如此，小說才可能在故事層面之外凸顯出更多的寓意，它不僅是不言自明的，也是令人惶恐不安的。近些年，真正將現實、時代事件帶入小說並使其成為故事推動力和支點的文本並不多見。我們反覆倡導和呼喚直面現實、切入現實、呼喚時代精神的書寫，可是，我們卻越來越難以更多地看到這種呈現時代、揭示現實、人性和心理深層隱秘的敘述。這篇《私了》，採取一種緩慢的甚至是有意滯澀的敘述語調和速度，讓人物始終在質疑性的對話中漸漸地進入基本的故事層面。我感到，閱讀這個短篇小說需要巨大的心理承受力，作家東西在這裡更像是一位沉靜的心理學家。儘管敘述是在一條線性的軌道上舒緩地前行，而其間的驚心動魄令人掩卷沉思。夫妻倆貌似平靜且緊張的話語「暗博弈」，形成了故事具有強大吸引力的爆破點，常常令閱讀者感到無所適從。孩子的父親——丈夫李三層，先將一張嶄新的存摺置放在孩子的母親——妻子面前，從這裡開始，丈夫就開始不斷地延緩、推遲妻子對他的語言和行為判斷的時間，他讓妻子不間斷地進行著無釐頭的「猜測」，在「猜謎」中盡力將時間拉長。這種「磨礪」，可能會消解終極結果所將帶來的一個人絕望的峰值。嶄新的存摺上的鉅款是哪裏來的？兒子李堂十五天來為什麼總是關機？李三層在不斷地「延宕」回答妻子的憂慮、惶惑的質問。我們當然清楚，其最終的目的就是拖延、減緩那個巨大痛苦的來臨，並消弭痛苦的程度和悲傷。弔詭的是，妻子所能夠猜測的，竟然都是當代現實生活中諸多的事實性存在，這些猜測只不過是一件件印證現實的鏡象。猜測到最後，丈夫已經無法、無力再延續自己的謊言。

然而，這依然像是一個沒有結局的小說，可是，看上去一切都已經「了結」。輪渡公司選擇了一種「了結」方式，丈夫也選擇了類似的方式，讓妻子接受這個殘酷的現實：私了。「私了」構成一種無法不認同和接受的默契，儘管它是一種無奈，或是一場安撫親人的「騙局」，甚至是凌駕於倫理、道德、親情之上的肆意選擇。

美國敘事學研究者華萊士·馬丁在回答「小說是什麼？」時這樣陳述：「『小說』意味著詞與物之間的錯誤聯繫，或者是對不存在之物的言及」「文學可以被設想為對於言語行為即語言普通用法的模仿，而非對於現實的模仿」〔註7〕多年來，有關小說、故事、結構和敘述的內涵爭論不已，但是，小說虛構的本質越來越不容置疑。上個世紀80年代中晚期以來，無論小說理論抑或寫作實踐，小說習慣的那種秩序和等級逐漸受到質疑和反思。尤其是大量文本中「真實」「現實」「寓言」和「虛構」成為頗有興味的現象。陳曉明對此所做的概括較為精到：「真實的現實消失之後，敘述僅只是虛構的遊戲——寫作和閱讀雙重快樂的虛構，小說不是讓你認識和重建現實，而是給你提示一次虛構的想像經歷。寫作和閱讀不過是面對虛構的遊戲」〔註8〕這種說法，強調文學敘事的虛構品質，強調虛構對於現實的超越，從本質上講，這種虛構並不是重建現實，而是引導我們在一場「面對虛構的遊戲」中尋找到存在的巨大的隱喻性。從另一角度講，現實不過是人們對現實應有秩序的某種幻想、理想化訴求而已，現實本身並沒有某種本源性的存在，它實質上就是話語構造的產物。那麼，無論是我們對現實的幻想，還是對歷史的想像、理解都可以被重新進行建構和虛擬，以一種新的思維方式、審美規約和修辭策略，使「現實」或「歷史」再度復活，進入一種全新的敘述和想像境地。現實性、可能性和傳奇性構成的文學敘事，必然會形成一種符號化審美功能。這種藝術表達，不再是僵死的詞彙堆積的「現實」故事載體，而是借助於對詞語的歧義性想像，復活心靈、激活事物。這樣，敘事便創造了新的現實和生命，敘事也成為主體對現實和存在的再度書寫和引申。《私了》所描述的就是一場現實的「詞與物」之間的深層錯位。實質上，丈夫李三層與妻子採菊之間的所有對話、「猜謎」，都是「對不存在之物的言及」，在這裡已經成為夫妻「私了」的邏輯起點。甚至，我感覺李三層這個人物的名字，也被東西賦予了特別寓意：「裏三層」「外三層」，就像「俄羅斯套娃」，敘述始終都在包裹著的真相裏旋轉，在李三層製造的相似的謎面裏相互間層層斡旋，在不斷的「出爾反

〔註7〕華萊士·馬丁：《當代敘事學》，北京大學出版社，1990年版，第231頁。
〔註8〕陳曉明：《仿真的年代》，山西教育出版社，1999年版，第5頁。

爾」的過程裏，夫妻最終一起耗盡了各自的耐力。所以，從一定意義上講，謊言就是「不存在之物」，它意味著詞與物之間的錯誤聯繫，這樣的情境只能導致人的靈魂的重生或涅槃。在《沒有語言的生活》中，東西格外注重「傾訴和聆聽」之間的關係，瞎父王老炳讓聾兒王家寬去買長方形的肥皂，結果王家寬卻買回了一塊毛巾，顯然，這是無法解決的錯誤聯繫，是沒有詞語的手語製造的詞與物的錯位，這更容易將謊言變成「事實」。正是因為這樣的錯位，小說從現實的描摹，引申為超現實的寓言，呈現出生活的荒謬性和可笑的狀態。這樣看，也許我們可能會更加猶疑：現實、存在和小說，到底哪個更為荒謬？也許，很多時候它們都是「無法言說」的存在，許多隱秘都靜靜地沉浮在文字的背後。

2019 年 10 月 7 日大連

小說的佛道——葉彌的兩個短篇小說

一

1997 年，葉彌發表了中篇小說《成長如蛻》，那一年，她三十三歲。她一上手，就顯示出與同輩作家不同的小說意識、精神取向和美學氣度。她生於六十年代中期，但是，她的寫作形態和路數，既不與「60 後」作家相近，也與「70 後」作家風格迥異。即使從「性別」視角看，她小說敘事的體貌和格局，也呈現出卓爾不群的獨特性：女性作家的細膩和輕柔，男性作家的寬廣和力度，有機地、複合地融會於她大氣、灑脫的敘述之中。重要的是，她此後二十年的寫作，愈益堅實、豐厚，她對小說藝術的理解力、感受力和表現力，使得她成為始終保持自己一定寫作高度的當代最重要的小說家之一。

葉彌最早的一批中篇小說，幾乎都與「成長」有關。成長是一個痛苦的蛻變過程，葉彌竭力呈現著這個艱難而複雜的過程，這是她對生命和世界的一種理解角度和方式。我感到，葉彌無疑也正是通過她的一系列所謂「成長小說」，表達在 20 世紀中國複雜的社會語境下，生活和時代，以及人的命運、精神和靈魂的顫動軌迹，對人物的生命在特殊年代和歷史情景中的自我糾結、錯位和騷動，做出了超越舊有價值觀念的內心體悟和審視。我們能夠確切地意識到，這些故事和人物的真實性，人的精神和靈魂的蛻變、衍化過程，在葉彌的筆下，楚楚動人，生機無限。她執著地選擇這類題材開始她的小說寫作，寫法上又另有蹊徑，顯然有著必然的深味。葉彌似乎與生俱來具有小說家的天分，她早期的這批小說，《成長如蛻》《耶穌的聖光》《兩世悲傷》《粉紅夜》等，根本看不出「少作」的痕跡，她自身的寫作，從生長期到成熟期，幾乎看不出經歷了怎樣激烈的蛻變過程。其文風格調、文字的氣韻、敘述的視角，自然而樸素，與上世紀八九十年代的種種潮流，若即若離，我行我素。若將其劃定在女性主義討論範疇，顯然是粗糙和草率的；如果簡單地將葉彌的大量小說，僅僅歸結為「成長小說」，也同樣是一種有侷限的界定。我認為，難以被「歸類」，是一個成熟小說家的標誌。從敘事美學的層面考慮，她的小說中似有一種清雅、古典的味道，樸拙而不事技巧，俗世的滄桑之美中還透逸出輕靈。這樣的敘述，其中是暗含哪一脈流風遺韻，至今我還未能真正地梳理明白。很久以來，我都在想，這其中，一定有某種秘不示人的「玄機」，只是她不會在文本的字裏行間輕易地袒露出來。因為，葉彌絲毫不屑那種異樣情調的淺淡，在素雅之色中，她對自己的內心總是懷有豐厚的期許。

質樸的品質，則是葉彌其人其文一貫堅持的精神面貌。也許，正是對這種品質自覺或不自覺的追求和保持，使得她更加善於在日常生活的場域裏，過濾掉粗鄙和痛感，懷著虔誠之心、敬畏之意，讓她的寧靜的文字生出清澈如練、回味無窮的氣韻。

其實，葉彌的小說寫作，能夠一直保持這種從容的姿態和「初心」，我想主要是源於她有一顆「佛心」。而我最初發現、感知葉彌的「佛心」，並不是在她的小說文本裏，而是與她近些年的交往中。其中，一件小事總是令我難忘。

2013 年 4 月初，《當代作家評論》和《作家》兩家雜誌，在宜興舉辦「中國當代短篇小說高端論壇」。參加這次會議的，有當代幾位短篇小說大家和評論家，包括蘇童、劉慶邦、格非、范小青、宗仁發、張新穎、王手等，當然也有葉彌。第一天會議報到，葉彌準時來了。這次會議的日程安排，有些與眾不同。報到的第二天，先是在當地參觀考察，第三天，才是會議主題發言和討論。而葉彌第二天卻放棄了參觀考察，急急忙忙驅車趕回蘇州家裏，說第三天開會時一定再趕回宜興。她為何這麼不怕麻煩地折騰呢？原因竟然是為了她家裏剛剛收養的一隻流浪貓。那隻貓沒有幾顆牙，難以進食，需要人工喂飼。許多人不解，為了一隻傷殘的流浪貓，驅車往返四百公里，值嗎？後來我聽說，她家裏收養了大量被遺失或被主人丟棄的流浪貓和流浪狗，與她園子裏那些已有的雞鴨鵝狗，組成了一個龐大的動物家族。因此，從那時起，我開始重新打量作家葉彌。一位存有這樣善良之心的作家，她的作品，終將會是一個怎樣的格局和氣度？她會以一種什麼樣的視角和心態，審視人性和這個複雜多變的世界？我開始對葉彌有更大的期待，因為我從她人格的另一面，體會到她內心柔軟的質地，也就是她的「佛心」。

二

葉彌的小說其實很有「道行」。這個「道」，是人道，是佛道，也是小說之道。簡言之，這個道，是葉彌寫作小說最內在的精神或靈魂的驅動力——小說的佛道。當然，這種道，源出於她的佛心。正是這樣的佛心，使她的小說經常與眾不同地改變既往的敘述方向和慣性，從而沿著「佛性」的思緒和思想攀援。小說怎麼寫，沒有定法。而想在一個短篇小說裏找到某種靈魂的承載，是非常困難的。寫一個短故事的理由是什麼？寫一個人物的命運和存在方式，對一個作家及其文本究竟意味著什麼？也就是，一個短篇小說的容量大小到底該如何理解？短篇小說自有短篇小說的格局，長篇小說自有長篇小說的規模。無論格局還是規模，價值容量的大小，才是文本的意義所在。那麼，葉彌小說的佛道，會給短篇小說這種文體，增加多大的價值容量呢？當然，小說無定法，每個作家都各自有熟悉或喜愛的套路，甚至，每一篇小說都有獨特的章法，有獨立的精神，一篇小說的原動力是什麼？推動力又是什麼？在每一位作家，每一個文本那裡都是大不相同的。小說家的道行，實際上就是小說家以自己的方式，去表達對任何人與事物的看法，處理人與世界、他人以及一切事物之間的關係，也是對生活或者事物的一種求證。賈平凹對此有這樣的表述：「物象作為客觀事物而存在著，存在的本質意義是以它們的有用性顯現的。當寫作以整體來作為意象而處理時，則需要用具體的物事，也就是生活的流程來完成。生活有它自我流動的規律，日子一日復一日地過下去，順利或困難都要過去，這就是生活的本身，所以它混沌又鮮活，如此越寫得實，越生活化，越是虛，越具有意象。」〔註1〕那麼，我覺得，葉彌的小說，就是發現了物象和存在的「有用性」，而在表現生活具體物事和流程的時候，她憑藉小說家自己的判斷，呈現生活流動的規律和有用性。也許，這就構成了生活的佛道。只有當作家梳理清楚生活的某種「佛道」，也才有可能帶著物事和生活，進入小說的佛道。

其實，葉彌小說的每一個「個案」文本，都耐人細讀。我感到，其中最令人難以忘懷的，還是那些與佛、道、禪接近或有關的篇章。而在她幾種文

〔註1〕賈平凹：《關於小說》，生活·讀書·新知三聯書店，2015年版，第115頁。

體的小說中，我最喜歡的，自然是她的短篇，短篇小說中，我又最喜歡《明月寺》和新近發表的《雪花禪》。加之以前讀過的《消失在布達拉宮的一頭鷹》《獨自升起》等，我感覺葉彌的小說，經常在有意無意地探尋著「出世」「入世」之間的「靈魂地帶」，總是想在俗世的疏朗中擷取空靈和超越的可能。這種超越，其實是作家通過作品對自身的超越。關於寫作的目的或動機，葉彌在很早時候就曾說過：「我承認我寫作的動機就是這麼簡單：活不下去了。寫作以後也繼續有活不下去的感覺。我不願丟棄這樣的感覺，它讓我在感覺良好的時候突然沉靜，它不會讓我得意很久，時刻看住我的腿，讓我不敢深涉污泥或濁水，它也過濾我要的名利，使我不能都要。」〔註 2〕那麼，發誓為了活下去寫作，過濾掉名利，以這樣情懷和信念寫作，植根於葉彌小說中的理性和感性、虛與實、張揚與節制，都應該會控制得比較好，也就會與眾不同。

《明月寺》這個短篇寫於 2003 年。記得當時讀罷這個小說，首先想到的，竟是汪曾祺老先生發表在上世紀八十年代的一個短篇《受戒》。《明月寺》中，在明月寺做住持的一對老夫婦羅師傅和薄師傅，一下子就讓我想起《受戒》裏的明子和小英子。不同的是，《受戒》寫的是一對少年男女，由於人物年齡和閱歷的關係，兩代小說家的表達各有千秋：前者《受戒》敘述的基調是明亮的，後者尤為壓抑和沉鬱；前者氣息豐沛，人性美、活力與單純共生，後者氣韻低徊，命運與複雜糾纏；前者清晰，後者則模糊曖昧。前者《受戒》，被學者孫郁譽為是「清澈、純情，童心所在，俗諦漸遠，性靈漸近，人間美意，生活麗影，在無聲之中悠然托出。此種手筆，百年之中，不過寥寥數人耳」。〔註 3〕孫郁對汪曾祺的評價，不可謂不高，卻極為契合汪曾祺的創作。後者《明月寺》，雖然出自女性之手，沒有前者敘述得老辣，但故事卻講得純熟老到，情境自然、隨和，人物描繪拿捏適度，從容舒緩，亦不失大氣。禪風禪骨，同樣寓於俗世的風氣之中，人生的冷峻，世態的炎涼，入木三分。可見，兩者都是寫佛道場域中的俗世之美。有所不同的是，《明月寺》的文字裏，潛隱著淡淡的苦澀，正是這種苦澀，滲透出隱隱的悲傷和痛楚，將一對普通人的寺中生活蒙上一層層清冷的詩情。我還在猜想和揣摩，那對老夫婦，會否就是明子和小英子的明天，抑或，曾是他們的前世今生？這也許是我不

〔註 2〕葉彌：《會走路的夢》，《江蘇作家研究．葉彌卷》，復旦大學出版社，2009 年版，第 21 頁。

〔註 3〕孫郁：《革命時代的士大夫：汪曾祺閑錄》，生活．讀書．新知三聯書店，2014 年版，第 164 頁。

經意間，將這兩篇作品聯繫在一起的理由。

其實，小說整體敘事和結構中，充滿了巨大的懸念，充滿了對人生以及世間複雜、神秘時空的想像和蘊藉，也充滿了敘事的空白和張力。原是一對俗家的普通夫妻，何以選擇一個普普通通的小寺廟，一住就是三十年？女主人公為什麼常常是「喜悅之色在臉上一掠而過，代之以淡淡的悲戚」？他們無限地熱愛俗世平凡普通的生活，淡然坦然，簡單明朗，但又為何會幾十年如一日地身居小寺，似想寧靜地終老一生？這對夫妻曾經有過怎樣的秘密？三十年前，他們曾經受了怎樣重大的人生變故？他們是與眾不同的、神秘的「出家人」，從不與人說及自己身世，他們內心具有多大的隱痛，使他們決絕地選擇在寺廟裏度過自己的一生？究竟是一種解脫，還是一種放棄？表面上看，他們與佛的「關係」似乎不即不離，命運、宿命，在文本中好似埋藏著巨大的玄機，蟄伏在兩個人的心頭。短暫的交往，就已經使「我」與這對夫婦沒有心理上的距離，因為單純和真實，成為他們之間的一座橋樑。而「我」的追問，幾乎將這對夫婦的心理、精神和神經殘酷地逼近痛楚的深淵。

我記得當時我問了一句：「什麼樣的事，才算是錯事？」

問話以後，屋子裏突然陷入一片沉默，突如其來的沉默，合乎情理的沉默，我想是這樣的。因為我們都覺得相逢有緣，太想說些什麼了，我們三個人進入一個奇怪的境地：就在剛過去不久的一剎那，我們互相眷戀了。

但是我們面面相覷，卻什麼也沒有說。前塵舊夢就在這時候如驚鴻一瞥，一掠而過。

我衝著他們說了一句：「薄師傅，人家說，你們是七〇年春天來的。來了三十多年了，從來沒有人來看過你們。」

薄師傅連忙去看羅師傅，羅師傅拉了她慌忙進了屋子，急急地拴上了門。這一切都在我一錯眼之間發生的，電光火石，等我回過神來，他們已經關上屋門了。我站在走廊上，十分無趣，也感到內疚。

不知到了什麼時候，我睡得不太踏實的身體被一樣聲音喚醒。我張開眼睛，窗子外面，月光如水，亮如白晝。風止了，滿山的樹木花叢靜如人立。我恐懼地伸長耳朵，仔細聆聽來自什麼地方的聲音。我聽見了細如蠶絲的哭泣聲……沒錯，是哭泣聲，來自薄師傅和羅師傅的房間。

這是令人無法不生的疑惑，也許，就像葉彌在文本中寫的那樣：猜測，是陰暗的。一個熱愛生活，渴望並執意地尋找生活的年輕的女性，在一個樸素願望的驅使下，原本只想走進花卉的世界，卻沒有想到不經意間踏入一個隱秘的生命空間。羅、薄這對夫婦，相依為命地躑躅在佛、俗兩界，人鳥低飛，活在佛道裏，不釋放，不執著；卻又不超離世俗，有牽掛，有人間情懷，知世俗冷暖，歎生命，尊靈魂，不卑不亢。也許，這才是人能夠以一種平和心態，擺脫、釋放掉既往的絕望，進入自由天地的最好抉擇。但是，我沒有想到，葉彌讓這個懸念一「懸」到底。直到「我」幾個月重訪明月寺，薄師傅不幸病逝，羅師傅去到另一個寺廟正式出家，羅、薄夫婦的身世之謎也沒有揭開。在葉彌看來，這對夫婦的歷史似乎已並不重要，疑竇重生的如煙往事，已經被現實遮蔽，她在文本中試圖做到的，是展現主人公如何在隱忍和從容中對命運的等待和承載。

我在想，在人性、人心的大海裏，不管曾經忍受多麼大的不幸，但只要現在仍能感知美好事物的存在，就能做到哀而不怨、傷而不怒，生命依舊會有奇妙的閃光。葉彌在「打撈」凡庸生活和歷史的碎片時，努力在整合小人物靈魂的破碎性、完整性，還原他們真實的存在狀態。

我覺得，這篇小說最重要的地方，就是在敘述中，對小人物的個人存在史、命運史，以及社會生活「大歷史」的整體性「留白」。實際上，這是一種舉重若輕的方法，人在年輕時，在社會時代的風雲際會中所遭遇的不幸或齟齬，竟然需要三十年的時光來修補或者救贖嗎？人生的沉重，尤其歷史的沉重，真的能放在三十年的歲月裏才能承受？大歷史如何深刻地捲入一個人的生活之內，一個人的內心又如何構成歷史的深度？那個時代究竟發生了什麼？不該發生什麼？會否被後人取笑？葉彌彷彿是在寫一個夢，兩個普通人的噩夢。但是她不寫這個夢的發生，而是從「結果」展開個人存在的巨大隱痛，捕捉到人物在漫長歲月的一兩個瞬間。這兩個不能安妥的靈魂，即使將身體置放在寺廟的道場裏，也依然難以擺脫歷史沉積、俗世之心的糾結和煩擾，他們，始終生活在別處。

小說的結構，不是一個圓弧，而像是一個向四周布滿道路的放射狀的橢圓形廣場，這也暗示著人物命運選擇的無所適從。這篇小說的敘事，始終保持在一個平衡、節制的維度，從下層社會人的日常存在狀況，暗示大歷史的諱莫如深，折射出人應有的生命力量，對人性中的堅韌、溫暖和善良充分地肯定，而不是粗糙地採取漠視的目光，輕薄地處理人的精神與生存環境的複雜關係。在細部、細節的流動中，帶我們體悟歷史與世事的蒼茫。但是，可能由於敘事視角存在的侷限性，人物之間關係的過於簡化，會使文本想像的空間顯得逼仄，勢必會影響和限制文本應有的更大張力，這也許就是短篇小說這種文體自身難以克服的悖論。

三

在我看來，《雪花禪》是我迄今讀到的葉彌最好的短篇小說之一，完全可以被視為葉彌小說敘事中具有濃鬱「佛道」意味和「法度」的代表性作品。

我們首先會面對這樣一個基本的問題：當戰爭氛圍籠罩，狼煙四起，敵人兵臨城下準備圍城的時候，一個終生喜歡自由快樂、風花雪月的「紈絝」，能夠或者應該做些什麼？何文淵，這個在地方上舉足輕重的大人物選擇了準備逃亡。也許，我們還會進一步地追問：葉彌寫這樣一個戰爭即將來臨之際，將「生」看得比什麼都重要的「大閒人」究竟是為什麼？因此，分析這個人物，讀解這篇小說，的確令我無限嚮往。

一個實在不好使用某種觀念來肆意界定的文學人物，是否正是一篇小說成功的開始？可不可以說，何文淵在很大程度上，是一個有古典情韻、「士大夫」之心的大俗人呢？一個「好人」在戰爭這個特殊情境下的生命形態，該如何表現和判斷？

無疑，何文淵自有自己的「頑固」的哲學，其實，這也無須爭議。性格即命運，這句話用在他的身上，最合適不過。他本能地選擇逃離，似乎已經有違家國的大義。在戰爭的背景下，寫一個人短暫的日常生活狀況，其實是難以把握的。烽煙滾滾之中，誰還能保持自己的生命本色？怎樣才算保持自己的節操？其實，如果依中國傳統文化審查人格的標準來看，何文淵的「骨」「氣」還都是很充盈的，只是「慧」呈現出某種「拙」態。那麼，我們到底應該以怎樣的眼光看待這個文學人物呢？

我們在這篇小說所描述的風聲鶴唳、草木皆兵的冰冷世界裏，感受到絲絲縷縷的溫暖，亂世的荒寒之中，竟然透射出一股力量。這就是這個小說所具有的溫暖性。葉彌顯然選擇了溫暖的、寬柔的目光，她對人性的理解和包容，在努力試圖抵達「佛家」的層面，因此，小說的敘述，才會呈現出存在的真實性、可能性情境。通常，考量何文淵這一人物的品性，可以如此概括並描述：何文淵不想自己有悲慘至極的遭遇，不想淒涼，不願意絕望，更不願站在風口浪尖，他只想隨遇而安，風來草倒，雨瀉泥下。這也是無可非議的。面對戰爭的巨變，這個樂善好施、熱愛自由和風花雪月的文人，完全無法適應和接受這樣的現實。以往的生活行將結束，遠離戰爭就可以存活，他可以怒，可以哭，可以逃避，可以處亂不驚，從容應對。只是他不甘寂寞，哪怕是苦中作樂，麻醉自我未嘗不是一種快活。他似乎不敢做太多的精神思考，因為只要思考就會痛苦起來，他在短短的時間內，努力將自己的神經不斷地拉回到自我的感覺、幻覺裏，試圖在「禪蹤」裏尋找自己的安之若命。「他不禁如此想，歷史的長河中，他，何文淵，不過是一隻偷生螻蟻，人畜無害，怎麼會有人大動干戈取他性命？」於是，在逃離戰爭的炮火硝煙之前，他去了念念寺，在雪地裏坐禪，在「心齋」裏「坐忘」，可見，自小養成的自由快樂的心性，鑄就了他一生無法更改的追求。

念念寺，讓他在一場虛空的法度裏找到片刻的安寧和迴旋。很多人的思維被囚禁的時候，有的人選擇順從，有的人選擇反抗，有的人選擇變節，為了不同的生命訴求而改變靈魂的取向。何文淵清楚，逆行必苦，或有殺身之禍。「無為」，成為他應變的哲學。無為，可以自衛，可以自尊，可以自信，是一種自我保持，一種耐性和必要的忍耐，又包含著「義」的成分，這仍不失為一種處世邏輯，一種生命境狀態。這是何文淵的聰明、智慧之處，是一種少見的情思。說到底，這裡面想表達的，就是處世之道。大道至簡，何文淵的處世之道似乎還有些幽默的成分，他善於將現實的苦澀和冷峻，衍化成輕描淡寫就獲得的片刻歡喜，同時還伴隨著清明和沉穩，難得糊塗般的放達。他有維持自己心理平衡的方法，以往，他也是依據此法活得遊刃有餘，自由自在。他的愛心，是他心性的核心；他有私欲，熱愛生命，眷顧人生，不想有大起大落、危機災禍；又不願逆來順受或淪為漢奸。這也是天然之心、平常之事。人不過是過客，帝力甚大，人力甚微，何文淵，惟想返回自己的內心，所以他要坐禪求道，沉浸其中不願自拔。人是社會的動物，人的好壞，難以簡單劃分。葉彌筆下的這個何文淵，是一個很複雜的存在，正是在消解了任何神聖、任何意識形態的東西之後，葉彌的敘述，才會變得如此輕鬆，文字裏徜徉著柔軟的氣息。

仔細想，何文潤的選擇，的確是令我們極度糾結的。但他終究是一個小人物，他不能書寫歷史，卻可以葆有操守，留下自己的靈魂的根鬚。我想，他最起碼能夠做到的，應該是「士可殺不可辱」。我們無法要求他走上戰場，因為他無縛雞之力。不苟且，不變節，選擇逃離，如果說這是應變、活命哲學也好，苟全性命於亂世，不求聞達，獨善其身也好，是否可以說，這也是一個人在危及性命時的無奈之舉呢？還是，我們今天對於人的理解採取了異化的心態？我們究竟是應該理解他，同情他，還是像他的學生潘新北那樣，極力強迫他走上戰場？在這裡，也許，潘新北永遠都無法理解，他的老師其實有著強大的自我和自覺。

實際上，在現在這個時候，我們想重新描述一個業已消逝的時代是十分困難的，因為在一個價值觀紛繁零亂、眾聲喧嘩的時期，歷史變得愈益模糊起來。那麼，再現這樣一個小人物的人生，目的何在？似乎是不言而喻的！究竟是重溫一個普通人的個人生活史，還是為了重新查勘、回顧那個時代的靈魂狀況，以審視我們今天的存在意義和價值？葉彌的文本，給我們留下了巨大的可闡釋的空間。

吾道不孤，現在，葉彌似乎是在用佛道或禪的意識，來替何文潤解釋其對生命的態度和選擇。在文本中，她對於人物的臧否，是一種不做任何價值判斷的判斷，因為對於人來說，不是惟崇高和渺小就可以一言以蔽之的。看得出，葉彌寫這個人物和故事時，感情是控制的，儘量含蓄，又不流溢自己的感情，以一種非道德化的寫法，進行人性化的審美滲透，尋覓人世間最為真實、本色的東西。雖然，這其中，有亮色的，也有晦暗的，也暗示善惡與美醜，但這些，都會輕輕地在超越世俗的層面從容地展開。在葉彌的理解空間裏，何文潤的「禪」，是「雪花禪」，是他的「住心」之處或方式，他的「不堅執」，是佛道禪心的牽引和驅使，是一種「寂定」。但這些，只能在一定程度的心境中進行，在其喜愛的市井中完成，就是說，何文潤是在俗世與「持」的邊緣處掙扎著，但卻往往不能夠自己。這是因為他總是要活在一種屬於自己的生命狀態裏。對於個人選擇與時代之間關係而言，必然構成悖論和無法避免的糾結。可見，在閱讀葉彌小說的時候，我們總是會想到很多很多小說之外的事物。

這時，我們也許就還會想，一個短篇小說的敘述和容量，是受什麼力量支配和規約的？還有，埋藏在敘述中間的氣息、色調、感覺和氛圍，如何能枝蔓叢生，雜花生樹？而且，人物主宰了敘述的進程和節奏，讓真實的煙火氣、痛感，都幻化在敘述的縫隙間，緩緩流溢。這不是簡單的技術層面的要求可以達成，必定是對短篇這種文體有深刻的體悟，而且，對生活的熱愛，對任何生命的尊重，都不可或缺。

因此，我也就明白，葉彌的小說為什麼沒有絲毫裝模作樣的俗氣。我相信，寫作，對於她來說，一定是一種快樂、嚴謹、崇高的職業。天行健，當自強不息；地勢坤，以厚德載物。也許，正是這種從善如流、熱愛文字的心態，真正地成就了葉彌。

我聽說，葉彌住在蘇州近郊的太湖邊上。她有一個頗大的鄉村風格的「田園」，花草樹木、蔬菜水果、雞鴨鵝狗貓，千姿百態，包羅萬象。葉彌每天勞碌而快活地與這些生命相處，她把以往的和現在的種種體驗平淡地過濾著，她對俗世生活、人間萬物的理解，抒情又冷峻，詩意而智慧，具秀慧於中的內斂，又不時眷顧歷史的塵埃。並且，她總能發現新的敘述視角，表現內在的訴求。她的敘述，試圖入俗又脫俗，平淡中有複雜，輕逸中蘊含沉鬱，樸素中謀求清雅之美，又含俗世之味。說到底，無論在生活中，還是於文字裏，她都要舒展一種天大的自在。

我想，這些，都是她渴望抵達並且一定能夠抵達的境界。

短篇小說的「上帝之手」
——阿成的短篇小說

文學圈內的人都知道，當代小說家中，有一位「阿城」，本名鍾阿城；還有一位「阿成」，本名王阿成。「阿城」是北京人，「阿成」是黑龍江人。兩位年齡相近，前者生於 1949 年，後者生於 1948 年，同屬一代人。兩位又都擅長中、短篇小說，又都是上世紀八十年代初走上文壇。阿城是著名文藝理論家鍾惦棐之子。最初因寫作《棋王》《樹王》《孩子王》等系列短篇小說，被歸入「文化尋根小說」一族，與韓少功一起成為領軍人物，另有《遍地風流》《閒話閒說》《威尼斯日記》等短篇和散文、文化隨筆，一度產生不小的影響。阿城還寫過一些電影劇本，成績不凡，九十年代後期，基本擱置小說創作。黑龍江的阿成，生長、生活在素有「教堂之都」的哈爾濱。業餘讀過職工大學中文班，曾經有數種職業身份，當過臨時工、司機、「夜大」教員、工會幹事、俱樂部主任、編輯、副主編。始終蟄居哈爾濱，偏安一隅，生活從容不迫。他寫作的題材和表現的生活背景，基本上沒有離開過東北，一直圍繞著黑土地尤其是哈爾濱寫東西。阿成寫過幾部長篇小說，但沒有給他帶來什麼聲望，倒是他的若干短篇小說，讓他聲名遠揚。如果從小說文體的層面梳理 1970 年代末以來的當代中、短篇小說創作，老一輩有汪曾祺和林斤瀾，稍後有蘇童、劉慶邦、遲子建、阿來、阿成、王祥夫、范小青、葉彌等，他們都執著於短篇小說寫作，都頗有成就。其他作家雖然也偶有短篇佳作，但我想，上面提及的應該更是短篇寫作的情有獨鍾者。數十年來，提到東北的文學，尤其是短篇小說，就不能不提到阿成。四十餘年來，阿成真可謂專注於短篇寫作，筆耕不輟。最早給他帶來聲望的《年關六賦》《良娼》《安重根擊斃伊藤博文》《趙一曼女士》《胡天胡地風騷》《空墳》，都堪稱短篇小說佳作，在國內屢屢獲得大獎。

阿成是我的東北老鄉。我出生、生長在距離哈爾濱幾百公里遠的佳木斯。所以，他的小說，包括其他文字，都讓我感到親切。上世紀八十年代初，我在「家門口」上大學的時候，剛從哈爾濱師大分配來學校一位青年教師佟城春，雖然那時他只有二十四、五歲，比當時的我們大不了幾歲，但我們都喊他「老佟」。老佟研究、講授當代文學史和寫作課，課上課下經常向我們提到阿成，在誇讚他的小說的時候，老佟的表情透露出極為真誠的敬畏。那真正是一個屬於文學的黃金年代，老佟經常將阿成和王蒙、劉心武、北島、顧城「相提並論」，讓我對這位「本土作家」陡生敬意。沒想到，阿成一寫就是四十餘年，而且他的筆觸一直也沒有離開過這片黑土地，他的文字已經與這塊土地融為一體。這些年，我們雖然同在東北，卻一直未曾有機會謀面。直到2012 年，遲子建擔任黑龍江省作協主席後，舉辦「首屆蕭紅文學獎」，在頒獎典禮暨「蕭紅文學論壇」上，我才第一次見到阿成，我們之間才有了一次短暫的交流。此後，我就更加不奇怪，阿成這樣的東北硬漢，何以能寫出如此大氣、如此粗獷、如此性情而溫暖的文字。

哈爾濱也是我經常造訪的城市，早年在黑龍江工作的時候幾乎每年都會去那裡七八次之多，卻沒有什麼特別的感受。只是近十來年，不知為何，這座城市，對我彷彿產生一種莫名的誘惑。每次回老家時，我總是沒有任何緣由地在哈爾濱停留一下，哪怕是住上一、二天，甚或只是一個晚上。我想，這既可能與自己眷戀故鄉有關，也與阿成的小說有關。

一

阿成有一本隨筆集《哈爾濱人》，幾乎寫盡了哈爾濱這座城市的魅力，敘述探軼到它的文化個性、俗世人生、社交禮儀、三教九流、生老病死、吃喝拉撒等種種細枝末節，堪稱一部俗世的「清明上河圖」。哈爾濱，在阿成的筆下成為一個傳奇或者「傳說」，他書寫著人與這座城市的操行評語，描摹它的前世今生，就像是二十世紀以來一座城市「百科全書」，這就使它的歷史和今天，充滿滄桑感，也隱逸著莫名的神秘感。其間歷史煙雲中許多前塵往事，都由樸素的文字凝結成為一束束難以磨滅的記憶。我感覺，阿成的《哈爾濱人》和他的另一本被稱為「筆記小說」的《閒話》，包括阿成的其他大量小說，無論在表現內容，還是寫法、文體形式，正應和鍾阿城的那本文化隨筆《閒話閒說》，它們構成了一種「互證」關係，似乎在這幾本書之間，冥冥之中存在著某種隱秘的精神聯繫。我感覺，阿成是竭力地想把小說寫「通俗」、寫「活」了的作家。既然寫的是俗世生活、市井人生、愛恨情仇，惟有大俗大雅雜糅其間，才會更見生氣、活力和真實。鍾阿城說：「世俗世俗，就是活生生的多重實在，豈是好壞興亡所能剔分的？」就是說，這樣的敘述——「小說稗類」，主要是依靠蘊藉其間的性情，而不是有什麼特別嚴肅的「主旨」要表達和張揚。阿成以世俗經驗和情感來寫小說，根本上就沒有過多地考慮「價值體系」之類噱頭的規約，他只管自顧自地表達世俗生活中「自為活躍」的狀態。敘述主體充滿世俗的「誠懇」，所以文字就很少有外在的束縛。另外，阿成的敘事始終是存在一種「腔調」的，這種「腔調」像是「說話」的語氣，儘管說話人的身份、角色又不時發生變化，但這種腔調卻是相對穩定的。而「腔調」裏又蘊藉著一股氣息，如同東北冬天的「寒氣」，彌漫開來。阿成小說敘述的整體情境依賴「故事」的胚胎向外延展，描摹裏隱含著對事物的判斷，大量關於事物的想像，直抵事物的細部。如此，阿成就可以穿越歷史的時空，揣摩歷史或「故事」的內核，彌補「故事」細部的缺失，讓「本事」更完整和豐盈，尤其是關於安重根、趙一曼等人的作品。也許，這就是史與小說之間最大的差別。阿成的敘事有時顯得「肆無忌憚」，他經常將自己裝扮成「隱性敘事者」，大肆演繹，這也許是「筆記體」小說的一種手段。冠以「筆記」的敘述，就貌似最接近「本事」的「元敘事」，個人性、傾向性難免滲透於字裏行間。這些，竟然成了阿成小說敘述的家常便飯。在這裡，「我」有時是「真」阿成，有時是「敘事人」，有時兩者相互「客串」。可以看出，阿成就是在有意無意地「混淆」敘事視角或文體的界線。

對於小說來講，惟有虛構才能製造出可能性，惟有「筆記」才會令人信服。鍾阿城認為司馬遷是「中國小說第一人」，「《史記》之前的《戰國策》可以當小說來讀。」那麼，追溯到司馬遷，他文字裏那些極其細膩的描述是怎麼來的？他又是怎麼知道這些細節、細部的？

汪曾祺先生談到小說虛構本性時，舉出司馬遷寫《史記》的例子。他認為，「不但小說，就是歷史，也不能事事有據。《史記》寫陳涉稱王後，鄉人入宮去見他，驚歎道：『夥頤！涉之為王沉沉者！』寫得很生動。但是，司馬遷從何處聽來？項羽要烹了劉邦的老爹，劉邦答話：『我翁即若翁，必欲烹而翁，則幸分我一杯羹。』劉邦的無賴嘴臉如畫。但是我頗懷疑，這是歷史還是小說？歷來的史家都反對歷史裏有小說家言，正足以說明這是很難避免的。因為修史的史臣都是文學家，他們是本能地要求把文章寫得生動一些的。歷史材料總不會那樣齊全，凡有缺漏處，史臣總要加以補充。補充，即是有虛構，有想像。這樣本紀、列傳才較完整，否則，乾巴嗤咧，『斷爛朝報』。」〔註1〕在這裡，汪曾祺還強調虛構應有生活根據，而且要合乎情理。他還舉出嘉慶二十三年，涪陵馮鎮巒遠村氏《讀〈聊齋〉雜說》的例子，道出小說的虛構品質：「『虛構』即是說謊，但要說得圓。」

> 昔人謂：莫易於說鬼，莫難於說虎。鬼無倫次，虎有性情也。說鬼到說不來處，可以意為補接；若說虎到說不來處，大段著力不得。予謂不然。說鬼亦要有倫次，說鬼亦要得性情。諺語有之：「說謊亦須說得圓」，此即性情倫次之謂也。試觀《聊齋》說鬼狐，即以人事之倫次，百物之性情說之。說得極圓，不出情理之外；說來極巧，恰在人人意願之中。雖其間亦有意為補接，憑空捏造處，亦有大段吃力處，然卻喜其不甚露痕跡牽強之形，故所以能令人人首肯也。

從所謂「正史」到「野史」「小說家言」，虛構的本性決定了小說的「閒話」性質。仔細讀阿成的《閒話》，其中的絕大部分篇章，真的像是「閒話」。這本集子裏除了《趙一曼女士》一篇，粗看都像是由俗人俗語、民間坊間的「段子」加工杜撰而成。其實不然，阿成非常擅於處理「故事」的材料或素材，他十分清楚、熟悉筆記小說和野史之間的區別。他迷戀世俗、市井中「最接地氣」之處，所以，他能夠嫻熟地將看似「雅」的東西帶進俗世，又將所謂很「俗」的內容「喬裝改扮」成「雅」。俗和雅之間，不是一道鴻溝，而是一座浮橋或彩練。《龜裂》寫一位外號叫「三仙」的人，寫他時而平淡，時而曲折，但也算得上幸運的人生道路。他表面散淡、沒有個性選擇，工作上不挑不揀，任由組織安排，政治上也有自己的積極追求——入黨。他善良、正義、耿直，當遇到不快不順時，拍案而起，絕不遷就，坦蕩君子，敢作敢為。他的「進步」遭受挫折時，自己立即尋找機會，自謀出路，「發達」後，依舊我行我素地生活。他感悟到，人生的路，就像窗外那條有些龜裂仍不失平展

〔註1〕汪曾祺：《晚翠文談新編》，生活·讀書·新知三聯書店，2001年版，第59頁。

的道路，無論怎樣走都要向前走。阿成的這篇小說，就是想將生活中的「俗」轉化成人生的「雅」。一個人對命運的最佳選擇，其實就是既要順其自然，又不輕言放棄。可見，阿成寫日常生活、人情世故，常用模糊、簡潔又含蓄的方法，點到為止，卻往往是意在言外。而其中的蘊籍，則需要細細地品味。他還經常會將某一個生活場景，引申為一個文化或現實的隱喻，或者寫出人物心理、精神境遇、個性，這些，都處於怎樣一種清醒、無奈、蒙昧、瘋癲、盲目、渾然的狀態。

《運氣》則寫一位販運西瓜的「老哥」，押著西瓜車皮一路從河南直奔哈爾濱。西瓜能否在四天的時間段內「健康」地、不腐爛地抵達目的地，能否及時在鐵路的中轉區域盡快被重新編組，直接關乎「老哥」的財運。小說描述他一路上的不安、焦灼、憂慮、擔心、自我安慰，他與鄰車販運推土機和小轎車的押運人「窄臉」和「金牙」的調侃，相互之間的寬慰，以及後者對「老哥」的心理疏導，狀寫出他們迥然不同的心態。敘述生動而逼真地傳達出「老哥」的性格和心態，他的無奈、無力改變西瓜「命運」的愁苦，抒寫出一個底層小人物的悲歡。「運氣」到底在哪裏？「運」是生命主體自身不可抗力因素，「氣」則是人本身的選擇：路徑、走法和呼吸的節律，人終究是自己在「運一口氣」。所謂「人算不如天算」的「宿命論」意味是否真的大於「事在人為」呢？

《小酒館》《小旅館》《酒吧》等文本，都是「閒話」裏隱藏深意、引人深思的作品。《小酒館》寫出了世紀之交大東北林區生活的真實面貌，寫出了林區人生活的隱憂。小說通過寫「我」在一個寒冬的大雪天，在小酒館用餐而牽扯出的飲食、狩獵、地域生活和人的精神、心理狀貌。既「鉤沉」起當地林區人的豪情、尊嚴和昔日榮光，也喚起他們對林區未來的感慨、憂慮、失望和惆悵。同時，引出林區自然環境毀損、生態平衡的重大問題，警示人們濫砍濫伐、破壞自然規律和生物鏈已經造成了林業危機、生存危機等問題。這篇小說不惜筆墨，極寫餐桌上的每一道菜——從食材的來源、烹飪的方法、味道、火候，都凸顯了獨特、濃鬱的地方特色。小說還細膩地狀寫他們之間的對話、他們的神情，也寫出東北人的樸實、厚道、豪氣和率真。雖然這個小說敘事場景，是在小酒館這樣一個封閉的空間展開，整篇文字彷彿僅僅只是世俗生活的場景描寫，但廣泛涉及到文化習俗、烹飪、地域經濟、生態環境、林區知識。作者運筆舒緩，悠然從容，描摹的就是幾個人物的「閒話」、閒聊或「閒扯」，話語、言辭真是「俗」到家。窗外寒冬，室內雪夜圍爐的氛圍令人懷舊，細節豐富、真切而樸實，也像獨幕劇，有身臨其境之意。所謂「俗到極時便是雅，雅至極處亦為俗」。只有下工夫寫好「俗」，有珍惜「世俗」的誠懇，才可以避免讓文字媚俗，滑向非審美化的空間。寫好這類小說，就是要注重表現俗世生活的質量，沙裏淘金一樣提煉出故事背後的「內核」，讓「閒話」產生力量和價值。這也是小說的使命和價值所在。阿成這些寫於數年前的小說，至今仍然能讓我們感受、重溫世俗的生氣和內在力量。

阿成的《沉塘》《春寒》《陰雨》《精神》這類文本，很像林斤瀾的「矮凳橋」系列，不禁讓我們想起他的《溪鰻》和《丫頭他媽》。

林斤瀾的小說，對社會現實、倫理、家庭、風俗和性，似乎都有許多用心良苦的思考。在他的小說裏，所謂「主題」也必定是多元的，沒有明顯確定的指向。而且，它的呈現是「淺嘗輒止」，點到為止。這種「淺嘗輒止」，就是作者對故事和人物的敘述，都有「保留」和「預留」。人和故事不斷有「機變」「空缺」和「留白」，即便沒有「險象環生」，也會有柳暗花明式的驚奇。敘述由此製造出文本張力，增加人物、世俗、人情的豐富性。在小說的整體結構上，讓人感到總有某種精神定力在隱隱地發揮作用。

在阿成的「筆記小說」中，也有自己另闢蹊徑的敘述策略。在沿襲中國傳統敘事的同時，也注意「醉翁之意不在酒」的手段，來延展更大的題意，使之慢慢地揮發出來。《沉塘》這篇小說是阿成的處女作。我沒有想到，阿成的「處女作」竟然是他寫作生涯的一次如此沉重的「出場」。這篇小說在很短的篇幅裏，承載著令人難以想像的俗世倫理，不由得令我想起魯迅的小說《藥》和《祝福》，想起格非在《雪隱鷺鷥——〈金瓶梅〉的聲色與虛無》中那篇題為《倫理學的暗夜》的文字。小說主要寫一個叫「葵花嫂」的少婦，因為「偷情」而亂了這個家族的綱常，被族人集體「判決」並處以極刑：綁縛石頭後投進廟前的水塘——荷花塘之中。我感覺，這個小說敘述的關鍵處，就在於懲罰葵花嫂的地點和時間。地點選擇一個被稱為「仁和鄉」的家廟裏，時間是舊曆的大年三十。有意選擇在這樣一個日子裏，清算一個女性的不軌，場景極其荒唐、肆意。姑且不論道德訓誡和法律規約的衝突和肆意，族人們在面對「善眉目，嘴唇自動，面若桃花」的葵花嫂時，眾人嘴裏咀嚼著王廟祝提供的葵花籽，在有滋有味的「咯——巴」聲中，像看「社戲」一樣，參與、欣賞、玩味著葵花嫂可憐的一家人的「訣別」場面。家廟的「主人」王廟堂一句「是祖宗定的規矩哩，就不好變」，似乎讓木訥的「其言常不能卒意」的葵花嫂的男人必須接受這個殘酷的現實。族人們無視葵花嫂尚在哺乳期的啞女兒的未來，他們在漫不經心地享受著葵花嫂被處置的過程，這些細部，活生生地表現出魯迅曾形容過的麻木的「殺人團」的威力。小說像是一臺獨幕劇，沒有提及葵花嫂的「偷情」細節，敘事的視角聚焦在臘月三十的家廟、家族，那種整體性的冷酷和漠然，彰顯出所謂家族倫理和道德戒律的不可藐視。難以想像，這篇不足三千字的短文，竟然具有這樣強大的內暴力。每一個場景、細節和鋪墊都惜墨如金但毫髮畢現。所有的族人如何依次進廟堂，又如何「放了眼光瞅」葵花嫂臨刑前的苦澀神情。「一人擎起葵花盤子做涼棚眯著眼瞅，眾人便學，一律擎著那個吃食瞅著。」當葵花嫂被投擲塘中喂魚後，族人都無其事般「一律擎起手中的葵花盤子作傘，四處跑去。」在小說結尾處，像往常一樣，大年初一，王廟堂依舊在塘中撒網捕魚，擔著裝滿了柳條筐的紅鯉魚到集市上賣掉，然後蹭進一家酒肆，點一盤出產自荷花塘的、被富貴人家奉為上品的「紅燜鯉子魚」，如同吞噬著葵花嫂的血肉之軀。「禮教兇猛」，令小說充滿「冷硬與荒寒」的氣息。

不言而喻，「人吃人」的巨大隱喻，沖決了人性的最後一道倫理底線。阿成簡潔、精緻、凝練的敘述，寫盡人性的殘忍、冷酷和虛偽，變態與扭曲令人瞠目。究竟是什麼東西，生生地滅殺了人性和同情心，使其變得如此殘忍無情？《沉塘》不露聲色地描摹出每個「在場者」的人性維度，含蓄、隱晦、充分地表達出一種「出離憤怒」的悲哀和感傷。《沉塘》是阿成小說非常獨特的一篇，在這裡，我們深切地感受到阿成最基本的敘事倫理和審美趨向。

二

阿成筆下的人物之間，包括人物的自身性格，都很簡單而不是過於複雜，主要是彰顯出人物特有的獨立品格。這就給敘述提出了更高的敘事倫理要求。尤其在一個篇幅很短的小說裏完成這樣的設想，其實是非常困難的。他試圖通過一些人物，實現其更多的小說寫作理想。這些人物，似乎也蘊含了作家許多難言的苦澀，時而濃鬱，時而清淡，對人性皆有入木三分的雕刻。有沁人心脾的詩意打量，有對生命底色的深度發掘，還有穿透細節和細部的智性敏感，敘述對人的語言、人的動作表達了足夠的關切和敬意，在言行連綿的展開中，有輕柔的寬容、細膩的諒解、粗放的衝撞和坦率的冷峻。阿成試圖讓人物在日常生活的艱辛裏體味到不斷的再生。更重要的，是他嘗試寫出了在不同年代的政治、文化碎影下，一個個小人物的隱痛、生存狀態，包括他們的命運、心靈、精神之史。

在阿成的許多短篇小說裏，他的敘述遊弋在虛構和「非虛構」的邊界，以文學的方式呈現這座城市以及黑土地的文化、故事、傳奇。阿成創作中有重要歷史價值和意義的文本，無疑是《安重根擊斃伊藤博文》《趙一曼女士》《上帝之手》等這一系列的文本。這幾篇「抗日小說」，是阿成寫得極其「優雅」和「書面化」的短篇。敘述文字較少使用東北地方方言、諺語和俚語。描述情節、故事和人物性格貌似漫不經心、信手拈來，實則作家早已將敘事的「觸發點」藏匿於人物性格之中。安重根、趙一曼和馮約翰，這三種不同性格類型的人物，分別在三個特殊的歷史空間被呈現出來時，阿成注重凸顯他們高度「克制」自己的情感和心理的生命狀態。

《安重根擊斃伊藤博文》《趙一曼女士》，既是歷史事件的演義，也是作家個人經驗對歷史的「重述」。只是這類文本在「處理」這些極具傳奇性的人物時，阿成選擇的是與眾不同的路數。

長久以來，小說創作中的「奇」與「正」，始終是一個容易引發爭議的問題。郜元寶在《中國小說的「奇正相生」》一文中談到過小說家們的「尚奇」和「好奇」。奇怪、奇異、奇特、奇崛、奇幻、奇妙等等，都是小說家的「終極關懷」。〔註 2〕《鬼谷子》裏也強調「正不如奇」；依據魯迅《中國小說史略》所言，魏晉的「志怪」和「志人」，唐代的「傳奇」，宋元的「話本」和「擬話本」，明清的「講史演義」「人情小說」和「諷刺小說」等，都是「尚奇」和「好奇」的。但是，劉勰在《文心雕龍》中提出的「執正馭奇」，似乎給小說家找到一條「生路」。從這個角度考慮當代敘事文學的變化、發展，似乎「奇正相生」的路數更令作家接受和喜愛。1980 年代中期，就出現了大量「新歷史主義小說」文本。作家處理歷史題材時，寫作主體「扭轉」歷史的意識成為一種時尚。其實，這就是一個文學敘事如何「奇正相生」的問題。阿成的許多小說，雖然不能草率地歸結於「新歷史主義」的範疇，但是，使得歷史事件、人物在小說裏與民間傳說、傳奇性脫鉤是否可行，以及合理操作，是歷史小說寫作的關鍵所在。阿成選擇的是，在敘述中讓「奇」平靜下來，讓「正」悄然而至。

〔註 2〕郜元寶：《小說說小》，上海文藝出版社，2019 年版，第 217 頁。

無論從哪個角度考量，《安重根擊斃伊藤博文》，無疑都是阿成最重要的作品。

刺殺事件發生之後，安重根立即成為一個傳奇人物，成為一位被人銘記的英雄。在還原安重根於 1909 年 10 月 26 日上午哈爾濱那個老式火車站的壯舉情境時，一向喜歡粗線條描摹人物性格的阿成，卻將筆觸細膩地聚焦於人物的性格。他努力地呈現出安重根在一個歷史性瞬間的剛與柔、英氣與稚氣、平凡與氣度。沉重的歷史內涵和深情的詩學詠歎，展示著安重根旁若無人、我行我素的浪漫氣質，他竟然是如此瀟灑地於不經意間讓一位當時最「傳奇」的大名鼎鼎的日本國樞密院議長伊藤博文，「輕輕地」撞上生命的暗礁。「這個年輕的刺客掏槍與舉槍射擊的動作，不僅連貫流暢，而且也頗為瀟灑。他掏出槍後，微微地向後側身，然後舉槍，扣動扳機。整個風範有點像『牛虻』。」這段描述的後面，阿成還補充了安重根的一個動作：「白鬚小翁伊藤博文走到距安重根約十步距離的時候，安重根看了那個年輕的中國軍官一眼，然後優雅地從右上衣兜裏掏出那隻八連發的布拉烏寧式手槍——。」安重根為什麼會成為阿成所描述的這個安重根？這是一個歷史性的疑問。阿成領著我們一起，潛心地追溯至安重根的童年、少年、青年時代，回望了他內心秉持的「正義」——信仰和規訓。很清楚，阿成不僅僅是想簡單地「重現」或重述「安重根擊斃伊藤博文」的場景和故事，重要的是他要努力把那個神話從至高的位置上暫時降下來，用以表現歷史背後個人的生命本色和迷人的品質。因為，歷史所給予我們的，常常只是一個模糊的輪廓，惟有對生命長久的、冷靜的凝視，才能廓清屬於正義的漫漫長路。

韓國人安重根在中國東北哈爾濱的土地上進入歷史，遺體埋葬在大連的旅順。世事變遷、滄海桑田，安重根給世間留下了一個英雄的傳奇、一種英雄的人格、一套價值體系。董炳月曾寫過一篇《安重根的遺產》〔註 3〕細緻地回顧和梳理了這位以刺殺伊藤博文的斬首行動名揚天下的「義士」「槍手」「刺客」的歷史性功績。也許，以往和以後，還會有許多研究類文獻評價他，但作為文學文本的《安重根擊斃伊藤博文》，其審美化的記載歷史瞬間的價值同樣無法忽略，因為阿成寫出的安重根的「奇」的後面，隱藏著浩瀚的「正氣」，也散發著審美的「香氣」。

《趙一曼女士》這篇小說，阿成將它寫得更像是一篇隨筆或「札記」，筆

〔註 3〕董炳月：《安重根的遺產》，《讀書》，2014 年第 7 期。

觸幾近「白描」。像這樣敘述一位女民族英雄，不僅顯得更加親切，更會使人對其產生懸疑、神秘的敬意。阿成筆下的趙一曼形象，她的信仰、勇敢、氣質、氣度和涵養，基本上是通過細膩地描述接觸她的那些日本人窘迫的表情、所使用的殘忍酷刑凸顯出來的。趙一曼身上彌漫著「拔俗的文人氣質和職業軍人的冷峻。在任何地方見到她，你都能很快在眾多的人當中看出她別於他人的風度」。阿成只用一句「他（大野泰治）恨這個女人，他覺得很沒面子，傷了作為一個日本軍人的自尊」，輕巧地嘲弄了這個日本人的無奈，同時高高地聳立起趙一曼不可撼動、堅不可摧的信仰。在描述趙一曼爭取看守警士董憲勳和女護士韓勇義時，阿成寫道：「她成功地與董警士和韓護士建立起了極其秘密、也極其危險的關係……他們（董和韓）都很激動，很興奮，都有一種崇高感。」在這篇小說的結尾，阿成寫了兩件事：一是寫他去珠河趙一曼犧牲地，拜謁那座粗糙的趙一曼紀念碑；二是他復述了趙一曼給孩子留下的兩份內容不盡相同的遺書。閱讀至此，我們才突然明白，阿成為什麼要如此簡潔地「白描」這個女英雄的故事。

二十世紀初以來的小說，作家對於個人經驗、社會性事件、虛構性想像的多重依賴和整合，使得表現歷史、現實和人性的維度更加寬廣和深厚，無論是敘事方式，還是它所描繪的對象，傳奇性、故事性都在相對削弱。敘述中對「奇」的因素及民間性元素，都呈現逐漸擺脫的趨勢。阿成樸實無華的敘述，走的就是這個路徑。

我們會注意到，阿成的短篇小說大多是第一人稱敘事。大量敘事，都是「我」騰挪於文本之中，演繹、傳遞著一個又一個小人物的命運。或者，「我」就是那個叫做阿成的作家、編輯。當然，我們不會「計較」故事中的敘述者阿成，是否真的是小說家阿成，因為，這無非是他給讀者的「設局」。在這樣的敘事轉換裏，在撲朔迷離中，讀者感受到了敘事本身的魅力。《我所知道的德北》就是這樣一個短篇。開篇寫道：「這篇小說是需要經過於德北審閱的。他審閱通過了之後，我才能送去發表。因為這篇小說與我在二〇〇四年以前寫的小說不同。以往的小說無一例外，全部是虛構的，而這一篇卻幾乎沒什麼虛構。」很清楚，虛構對於小說文體而言，佔據「本體論」地位，所以，作為故事敘述者「我」顯然非阿成本人。這樣，「我」對整個故事貌似真實的記錄和講述，便成為一種不可靠敘述，在虛實之間營造出一個敘事的陷阱，讓讀者深陷其中。同時，阿成還仿傚博爾赫斯的「騙局創做法」，在小說文本的最後故意加上「附錄」，即幾個貌似現實中人物的「證詞」，目的就是營造一個貌似真實的故事存在語境，以此表明，這篇小說的創作並非虛構的故事，而是生活本身的再現。

當然，阿成小說的「虛」與「實」，並非在炫耀敘述技巧，而是要更好地書寫人性，去表現命運的波詭雲譎。阿成小說中的「我」，很多時候是作為故事外敘述者出現的，故事並沒有提供關於敘述者個人的信息。儘管如此，第一人稱敘述者「我」的敘述功能，完全不同於作為一個「語法學範疇主語」的全知全能敘述，「我」往往會在虛實之間，將真實敘述與不可靠敘述交織在一起，從而更多層次地呈現主題。

另一篇「抗日小說」《上帝之手》，創作於 2005 年。故事的敘述者「我」，可以推斷是以「作家阿成」的身份出場。因為故事開篇就寫道「一九四五年抗日戰爭勝利之後，城市名又改了回來，還叫瀋陽。就像阿成在日本古怪地漂了一陣子之後，又排隊上飛機回國了，下了飛機，畢竟是中國人哪，於是不再叫什麼一郎或者什麼什麼九井了，還叫阿成」。但這個阿成者「我」，僅在開篇「猶抱琵琶半遮面」般閃回了一下，便隱遁起來。可以說，恰恰是這種隱遁，模糊了真實與虛構的邊界，讓敘述顯得隱秘。這個故事的背景延續著阿成一貫營構的「東北地理圖譜」，時間是 1935 年的瀋陽。主人公馮牧師原本「是學化學的，差不多就是一名高材生了」，可是在那樣一個戰亂的年代，苦難、死亡如同瘟疫一樣，彌漫在城市的上空。於是，馮牧師放棄了他的專長，轉而學了神學。或許，馮牧師的選擇會讓我們聯想到了魯迅的棄醫從文，但馮牧師顯然沒有魯迅那樣偉大的理想和抱負，宗教對他而言，更多的是尋求「一個安寧而祥和的精神港灣」。然而，他何曾想到，深陷這場侵略戰爭，哪裏還有什麼寧靜的港灣？即使上帝也無能為力。於是，最終他選擇了反抗，用「上帝之手」懲罰了侵略者。

由此看來，這部小說正是依靠故事外第一人稱敘事將本身並不複雜的故事，暈染出多層的色彩和豐富的內涵。作為敘述者的「我」，儘管與故事保持著若即若離的姿態，但卻無時不在掌控著故事的走向，在虛實之間搭建起小說的精神命脈。文本開始，「我」便繪製了一幅 1935 老瀋陽城的「清明上河圖」。這個曾經是「一朝發祥地，兩代帝王城」的盛京，儘管依然景色優美而壯麗，富庶繁華，卻也混雜進了「無處不在的偽軍、留著丹仁胡的小鬼子、傻笑的瘋子、晃動在刺刀上的膏藥旗、噔噔噔跑的人力三輪車，成群結隊的蒼蠅、無數隻膽怯的眼神兒」。「我」的這一段白描，起到了「起調」的作用。於是，一個錯位又不和諧的社會世相成為了故事的背景，既承載了故事，又蘊藏著深刻的寓意。「我」接下來在文本中的出現，是談到馮牧師的弟弟馮湯姆：「馮牧師的弟弟馮湯姆也是一個基督的信徒。按說，這篇小說裏沒他什麼事，就像單位搞郊遊沒有打更老頭兒什麼事一樣。但是，馮約翰牧師只有這麼一個親人，不提似乎不妥。小說也應當像一個和諧的家庭一樣，充滿著人情味才行。結構、章法、語言、標點符號、景物描寫，那是第二位的。遺憾的是，馮約翰沒有什麼文化，……然而，這並不妨礙他信教，信教不需要大專以上的學歷，教會也沒這種愚蠢的硬性規定。所以，很多信徒都說，上帝之手從來都是溫暖的，平等的，真誠的。從這點出發，我又注意到，自從洋教進入中國以後，不少中國人都開始信奉洋教了。特別是那些被戰爭、貧困、飢餓、疾病、恐懼、個人得失纏繞得無法解脫的人們，宗教對他們來說是一個安寧且祥和的精神港灣。」這段交代馮湯姆的元敘述，貌似是在向讀者誠懇地解釋在小說中加入馮湯姆這個人物的原因。因為，從故事的主體情節來看，馮湯姆的確可有可無。然而，顯然這並不是阿成插入這段元敘述的真正動因。實際上，這段元敘述更增添了敘述的不可靠性，「我」表述的並非是作者的真實觀點，在此，阿成顯然帶著魯迅「哀其不幸，怒其不爭」的悲憤，對麻木不仁、只顧自保、毫無家國自私狹隘的情懷，以及民眾盲目信教的情形，給予了激烈的反諷。正因為有這樣一段元敘述，才會使隨後馮牧師的遭際，在貌似偶然的傳奇中顯現出深刻的必然，他的生活也被暈染上一層善意的嘲諷色彩。生活在抗戰期間的馮牧師，不僅沒有投入抗擊侵略者的隊伍，反而，一切按部就班，悠然自得。「皮帽子、衣服、指甲，搞得乾乾淨淨，一塵不染」，「走路也輕輕的，像一隻立起來的黑色羽毛在地上一點一點地『飄』，總是一幅氣定神閒、神態可掬的樣子」。自然，這樣的氣定神閒並不能令他擺脫殘酷的現實。當被意外地抓進日本憲兵隊，經歷了種種酷刑、屈辱後，他才真正清醒。他唱響了《在東北松花江上》，這首他曾經聽過卻從未唱過的歌曲，讓他瞬間從「神壇」走向了人間。他終於體悟到了「上帝」的真正旨意究竟是什麼。那旨意不是讓他再像以往那樣在燭光下研讀《聖經》，而是用自己的知識，自己的化學專長，高揚起正義的「上帝之手」去抗擊侵略者。

顯然，《上帝之手》中的元敘述，使得文本的隱含語境再次語境化。也就是說，通過元敘述的運用，向我們展示了誰在敘述，由此將敘述者的文化和歷史語境「無意識」地融入文本，從而將作品潛在的語境引入文本，讓歷史深處的悖謬產生驚悚和震撼的力量。

三

阿成短篇小說還有一個突出特點，就是重視、擅於營構「空間敘事」。空間，對於阿成來說，它不僅僅是承載故事，構建小說結構的敘事元素，更重要的是空間本身延伸出廣袤的歷史和社會，生成文本主體性的生產機制和意義建構。我們看到，阿成短篇小說中，《北寺酒館》《藍色金槍魚社區》《小白樺西餐廳》等作品，本身的篇名就是空間載體的化身。在這些文本中，空間的結構性功能不僅表現在它為小說提供了行動發生的地點，更成為帶動敘事重心的力量。

《北寺酒館》便是一部典型的以空間鋪陳敘事的作品。文本的空間布局如同一部漸次聚焦的電影，先是採用視域宏闊的廣角鏡頭，對作為背景的「北四道街」進行了全景式拍攝。這隻廣角鏡頭先讓我們看到了北四道街的全貌。這興旺卻又無比混亂的街景正是那個社會轉型、價值觀混亂、欲望化時代的象徵。在全景掃描後，阿成啟動了長鏡頭，把鏡頭推向作為地標空間的「北寺酒館」：

> 小酒館裏面的面積不大，靠窗是一個齊胸高的玻璃熟食櫃。櫃子裏擺著各樣熟食和鹵菜。臨牆的槅格上，一溜一溜，擺著許多白酒，有高粱酒、二鍋頭、富裕大麯、玉泉大麯，等等，都是一些品在三等之外的普通貨色。其中倒是也有一兩種色酒並列其中，但是看上去並不協調。櫃檯上還坐著兩個憨憨的醬色酒罈，上面蓋著白斜紋布包著的木蓋。

與北四道街一樣，酒館的陳設同樣凌亂而不協調，而正是在這樣一個空間內，「預設」般地上演了一齣齣人間百味。在此，空間規定了人物的行動方向和必然的命運，從而成為敘事的內助力。正如盧伯克在談到巴爾扎克的《高老頭》時指出的：「伏蓋公寓一切有說服力的生活都是深思熟慮地搜集、蓄積得恰到好處的，一經釋放出來，就能以強有力的氣勢把故事向前推進。到轉入故事本題的時候，伏蓋公寓已完全造成一種強烈印象，為戲劇性場面的到

來做好了準備。」〔註 4〕

實際上,《北寺酒館》的空間敘事,不僅在於助力敘事,同時,還蘊含著中國古典美學的意蘊,那種由大到小,由宏闊的背景聚焦到具體敘事空間的寫作策略,在中國古典文學中比比皆是。正如我們所熟知的王維《送元二使安西》:開篇以空蒙的「渭城」作為詩歌大的背景;接下來鏡頭拉伸,出現了柳色新的「客舍」;再下來便是充滿深情的聚焦——兩個即將相隔天涯的人在對飲、哭泣、依依惜別;而詩歌的最後,是時間延伸到未來的那個「陽關」。敘述中蘊含著何等豐富的文化內涵,所有的離愁別緒便從這個凝固的空間炸裂開來。

這種空間美學的爆破力,還營造了阿成小說的另一個突出特質,那就是散文化。阿成的小說不是故事串起了空間,而是空間承載了故事。時間是流動的,而空間是凝固的,凝固的空間切割了時間,這就讓阿成的小說結構趨向「碎片化」、散文化。《鯰魚》就是這樣一部典型的文體結構。文本的開篇就以二千多字的長篇幅詳細介紹「東北歷史紀念館」的「前世今生」,隨後圍繞著這座地標性建築插進來四個跟日本關東軍有關,也跟鯰魚有關的『故事』」。分別是:日本遺孤趙強一郎開烤魚店,最終一家人到日本的故事;一名老工人騎車下班,路過「東北烈士紀念館」旁邊的涵洞,不小心撞死在涵洞的水泥墩子上的故事;一個快嘴李翠蓮似的「日本娘兒們」,與她窩囊的中國丈夫不離不棄的故事;一個女作家和她的「日本遺孤」丈夫去日本定居的故事。實際上,這四個所謂的「故事」,篇幅都很短,只有二、三千字,甚至五、六百字,頗有中國古典筆記體小說的韻味,將人生的一兩個片段採擷成章,呈現出一種命運多舛的淡淡憂傷。

在講述完四個故事之後,敘述再一次回到了空間,「繼續介紹東北烈士紀念館周圍『地理』情況」:從南極街到南坎街,再到下一個地標空間——一家烤魚館。「這家烤魚館是一幢普通的俄式平房——當年在這座城市裏,到處都是這種鐵皮蓋兒的俄式洋房,放眼看吧,到處都是。烤魚館的這幢洋房像其他洋房一樣,外面有一圈兒齊腰高的柵欄院。夏天的時候,食客們就在柵欄院裏吃烤魚、喝魚湯、呷燒酒。乘客坐在有軌電車上就能看到這一風景。」然而,就在這個熱鬧的烤魚館卻發生了慘絕人寰的慘案。兩個日本憲兵在小

〔註 4〕西・盧伯克:《小說的技巧》,方土人譯,載中國社會科學院外國文學研究所編《小說美學經典三種》,上海文藝出版社,2004 年版,第 147 頁。

酒館喝酒到深夜，店老闆的女兒小雪不滿意地嘟囔幾句。結果第二天便被這兩個憲兵丟到監獄秘密刑訊室「功率很大的絞人機」裏，絞成肉泥。「再兌上大量的水，倒到下水道裏去，沖走。」「警察廳的這條下水道一直通到松花江，這些人肉血水就流到松花江裏去了。據說，在江邊那個下水道的出口那兒集聚著不少鯰魚，就等著吃這些東西，鯰魚是吃葷不吃素的，天長日久，條條都吃得賊肥，滾圓，漂浮著鬚子，個個都有一張貓一樣的臉。」閱讀至此，我才遽然明白為什麼這篇小說的題目要叫做「鯰魚」，人吃魚，魚反過來吃人，那麼，這豈不也是人吃人嗎？或許，這正是那場侵略戰爭的寫照。而文本中一個個貌似毫無關聯的故事便匯聚在由鯰魚串起的空間中。在文本的最後阿成對整個故事的空間做了梳理：

> 現在，只要從那個鐵路涵洞經過，我還會從烈士館門前的那條街走一走，然後，拐過來，順著大下坡——即南坎街往下走，經過早已消失了「老達子」的烤魚館兒，經過烤魚館對過兒的那片「老達子」打柴火的白樺樹林，再經過那條鐵路，經過那個日本娘兒們曾經修過土籃子的八區，經過南極街東頭「趙強一郎」同學那個「蒸發」了的烤魚檔，經過那個去了日本的女作家的那片「新樓」，就這麼一直朝前走，一直走到「老達子」買魚的松花江邊兒——這一路的確太寧靜了，加上 1 線和 5 線有軌電車取消了，就更寧靜了。雖然說坡上的烤魚館沒了，用樺樹水燉的鯰魚湯和老達子舞也失傳了，好多人多年沒有音訊了，但「故事」還在呀。

顯然，阿成將一個又一個小人物的悲劇鎔鑄在不同的空間：鐵路涵洞、「老達子」的烤魚館、「趙強一郎」的烤魚檔、女作家的新樓……，當然，這些散落的空間，最終都匯聚到一個地標空間——東北烈士紀念館。文本的開篇就以這個空間承載了一座城市的歷史，而文本的最後，這個空間又成為所有故事空間的匯聚所。正是在這座建築的地下，那條流淌著人肉血水的下水道，直通到松花江裏，那裡有焦急等待食物的鯰魚。在此，空間成了貫通文本的靈魂。

阿成用故事截取了一個時間的斷面，空間的斷面，一個現實的或歷史的斷面，一個人物的一段旅程或生命瞬間。這個「斷面」是一個容器，承載著記憶、想像和可能性，鮮為人知的命運或「秘史」。然而，一方面，每一個空間都講述了一個故事，呈現了小人物的苦難、掙扎、抗爭與救贖。而且，阿成寫人物時，速寫了許多一般意義上的、外部的性格特徵，人的體貌和品質，似乎想超越人物「性格」的層面，在粗曠的勾勒中捕捉樸素無華的生命韌性和狀態。另一方面，由於空間切割了故事的連續性，形成了散文化的敘事風格，使得小說沒有完整複雜的情節，只是顯露片段式的、橫截面的生活。即便是這樣的生活，卻反映著多棱鏡般的人生百態，每一個空間也都可以承載歷史，鐫刻記憶。所以，在阿成的小說裏，讓我們感覺敘事的終極目標——主題或題旨，常常不是單一的，而可能是兩個或者三個主題並行不悖。文本的多義性，意味著主體敘事之外，不斷地「插入」零散的「旁白」和「畫外音」來裝點，顯得妙趣橫生，也是主體敘事的有機補充，承擔一定的修辭功能。

但是，有些篇章因為過於平淡的情節和未經潛心提煉的細節，率性而為地隨意寫下一些沒有多大趣味和深意的日常生活，敘事失去應有的整飭之感，略顯凌亂蕪雜，也就很難引發讀者的深度共鳴和思考。我想，這也是阿成創作不得不正視的一個缺憾。

總的說來，阿成小說重要的元素之一——敘事語言，是當代小說最地道、最「東北化」的敘述語言。地域方言、俚語幾乎直接影響甚至主導小說的話語情境和敘事氛圍。許多篇章在呈現風土人情、自然風貌和描摹人物、情節時，都強烈地凸顯出阿成小說所特有的語氣、味道和氣質，文字本身煥發出無限生機和活力。像《年關六賦》和《胡天胡地風騷》等文本，都是阿成「東北味道」小說的代表性坯本，這裡暫不做詳細分析。如果說，小說寫作中真有一隻「上帝之手」，那麼主宰作家及其文本精神、審美價值的恐怕就是「世俗之心」，它既能夠照亮生活和生命的美好，也可以照射出人性的幽暗和歧路。

回憶，在時間裏的形狀和聲音——讀博爾赫斯《交叉小徑的花園》

一

對於許多人來說，博爾赫斯的文本，是一個巨大的謎，博爾赫斯本人，則是一個傳奇。像是一個情結或者心結，許多年來，我一直都想最大限度地接近他。但面對這位世界級敘述大師的虛構文本，我感到很難找到一個恰切的角度，對其進行閱讀的「考古」，因此，每每感到力不從心，常常是無功而返。

出生於布宜諾斯艾利斯的博爾赫斯，跟英國家庭女教師先於自己的母語西班牙語而學會了英語。於是，六歲的時候，他用英語寫出了希臘神話手冊和第一個短篇故事；九歲的時候他翻譯並公開發表了奧斯卡·王爾德的《快樂王子》。他在用母語西班牙語創作之前，就用英語和法語寫過十四行詩。阿拉伯名著《一千零一夜》和西班牙英雄史詩《熙德之歌》，以及阿根廷古典巨著《馬丁·菲耶羅》，都是他童年時的枕邊書。毫無疑問，這些作品關於神秘和幻想的想像，為他徹底打開了上帝早已給他準備好的靈感的天窗。也許，從這個時候開始，博爾赫斯這位被稱為「為作家寫作的作家」，由於他超強的語言天賦，他的生活和命運，就不斷地趨向並敦促他建構一個個神奇的語境，在這些語境裏，他的文字，就像是一種無限神奇的發光體，讓我們讀到，觸摸到永恆的時光，及其時間和空間中人的短暫而且深不可測的命運。他生活和寫作的許多細節都令我們稱道和敬畏，他低調的姿態，更充滿傳奇的色彩。

有趣的是，當博爾赫斯在阿根廷已經是一位著名的作家時，他工作的那個小圖書館的人們根本不知道，這個名作家就是他們的同事。一位圖書館館員，在一本雜誌上看到有位名作家的名字和生日，竟然與博爾赫斯完全相同，甚感驚奇和詭異。

其實，這位阿根廷作家，無疑也是近幾十年來對中國作家和讀者影響最大的外國作家之一，而且，他本人的寫作及其文本，也與中國文化和文學的關係最為密切。有人考證出博爾赫斯的小說，在上個世紀五十年代中期就曾在香港《文藝新潮》上被翻譯成中文發表。錢鍾書在《七綴集》裏也曾兩次提及博爾赫斯，一次在《林紓的翻譯》正文裏，一次是在《中國詩和中國畫》的注釋裏。特別是，上世紀風高浪急的中國先鋒文學思潮，將這位南美作家在中國境內的聲譽，推向一個高潮。先鋒文學的代表人物格非，因為他從博爾赫斯那裡所獲得的啟悟，在小說中大量引入「空缺」「重複」的藝術手法，形成了優雅而懸疑的，又疑似「迷宮」式的敘述風格，被學者、評論家稱之為當代「中國的博爾赫斯」。時經多年，我始終想透過格非的《青黃》《迷舟》《褐色鳥群》，找到格非對博爾赫斯的體悟和理解，從前者對後者的仰望中，理解作家的敘述堂奧，並且想以此釐清小說的概念究竟該如何定義。

那麼，我們應該如何閱讀博爾赫斯的文本，他又是如何「空缺」，如何「迷宮」的？博爾赫斯的小說都表現，包容了什麼？他緣何如此這般地表現世界和存在？還有，他的小說與他的散文隨筆、詩歌之間，存在著怎樣的關係？博爾赫斯奇異的文體風貌背面，沉澱著多少文學的異質性元素。其實，最初閱讀博爾赫斯小說的時候，我簡直就是一頭霧水，可以用茫然不知所措來形容我當時的閱讀感覺，我甚至開始疑心自己的想像力、感受力和理解力出現了問題。無疑，博爾赫斯的小說、散文、隨筆和詩歌，從整體上直接地挑戰了我的閱讀，挑戰著我以往被灌輸的文學及其有關寫作的概念。這是小說嗎？雖然我對小說概念的理解是寬泛的、開放的和包容的，但博爾赫斯的敘述實在是顛覆性的。我意識到，對博爾赫斯的閱讀，將是一次奇異的文學擴張和冒險，是一次美學的歷險，或是詞與物之間可能性的無限延展。他以他的大量文本，拓展了小說的美學邊界，為小說寫作提供了更大的可能性。在博氏看來，小說敘述其實是一個哲學問題，是一場嚴肅的遊戲，也是語言的盛宴。可以說，博爾赫斯寫作的奇崛性和革命性，應該是二十世紀世界作家中最為鮮見的。實際上，這些問題，在上個世紀九十年代就已經有人探討和揣摩，時隔二十餘年，如果我們跳出當時的歷史、文化語境，不僅僅是從小說技法、小說觀念，以及「怎麼寫」的層面去思考博爾赫斯的小說，而是聯繫愛因斯坦、霍金、索恩等人的現代物理學的新理念，將小說家和物理學家的思維邏輯重新比照，就會對博爾赫斯的文本所體現出的敘事學精神和創造性，有更加清新的認識。我們會在小說家對事物的重新描述和命意中，發現形象思維在我們對於宇宙的新的認識過程中，在諸如「黑洞」「暗物質」的科學考量和猜想中的「用武之地」，找到文學表現世界和存在的新的可能性。愛因斯坦發現，物質和能量彎曲了時間和空間，根據他的方程，黑洞是時空彎曲的終結。這樣看來，小說家對物質和時空的理解，很難憑藉現有的想像力，「突破」已有的描述事物的基本途徑。他可能還會自以為是地將自己對世界和現實的思考肆意放大，從而制約了傳奇般的想像力，因此，由於太過於依賴現實，而在實際的、強大的現實面前忍氣吞聲或者附和、綏靖。而博爾赫斯的寫作，似乎為作家找到了新的想像的可能性和敘述的定力，使得作家有可能逼近事物以及人與事物之間的神秘聯繫，擺脫沉重感，實現感受力、想像方式的重塑。以至寫作者的本體自覺，特別是寫作本體對純粹敘述結構形式的創造，以內心和心智使文本抵達了難以想像的廣度和高度。這裡面，也同樣孕育著難以想像的敘述的激情。恰恰如他自己所言：「不管怎樣，我認為每個人總是寫他所能寫的，而不是他想寫的東西。」

博爾赫斯讀過莊子，讀過《周易》，並且，他喜歡在自己的小說裏，大量植入中國文化的若乾元素。這會令中國的讀者格外親切和興奮。我現在清楚了，一個懂得中國文化和試圖破譯《周易》的南美作家，在他的筆下，模糊的記憶、虛構和幻想、幽靈般的意象與各種聲音紛至沓來，糾纏環繞，靈感一觸即發。中國文化的博大精深和玄妙神秘，使博爾赫斯的小說在幻想美學和寓言層面，獲得了更大、更廣闊的可能性。現實、記憶、體驗與幻想和虛構的關係，構成了一種新的敘述方法，他以古典的幻想和理念，表達出現代的懷疑和冥思，以知識為經驗，重構時間和記憶，可謂是透徹和靈悟共生，迷夢與現實同構，邏輯並智慧永存。那篇著名的短篇小說《交叉小徑的花園》（也譯為《曲徑分叉的花園》和《小徑分叉的花園》），就是一個經典的範例。但是，這實在是一篇很難解讀的小說，是一篇極為奇特的小說，也是在不同的語境中，會獲得不同的閱讀感受和體悟的文本。

確切地說，這篇《交叉小徑的花園》，完全可以被認為是博爾赫斯敘事美學的代表作，它充分而幾近完美地體現出典型的博爾赫斯幻想和迷宮敘述風格。這是天才的博爾赫斯對小說，或者說，是對任何虛構文本的生動而充滿迷幻的演繹和闡釋，也凸顯著博爾赫斯的敘事倫理，是他對所有敘事奧秘的狂歡化演示，也是對整個世界，或者存在狀態的種種模擬，說到底，是對一種事物真相的尋找，也是對事物或人的種種可能性的捕捉。那麼，這些事物，果真就有真相嗎？他們究竟有多少可能性呢？這時，我不免想起德國電影《疾走羅拉》，導演所演繹出三個版本，故事三種戲劇性的結局，預示存在的多種可能性，都可能順理成章，也可能發生驚天逆轉。

顯然，博爾赫斯沒有陷入虛無，也沒有像畫家塞尚那樣，硬是將現實塗抹成「彩色印象」，而是自律地選擇積極地對一個謎底的尋找。於是，這個小說故事情境和人物，撲面而來，紛繁複雜，甚至凌空蹈虛。《歐洲戰爭史》、青島高等學校的教授俞聰博士、普魯士間諜、馬登上尉、《紅樓夢》、曾祖崔朋的小徑分叉的花園，時間分叉而不是空間分叉的意象，命運和迷宮，等等，不一而足，若乾元素相互交織，所有的可能性，洶湧而來。博爾赫斯究竟想在這樣一個文本裏做什麼呢？是誰想寫一部小說，是誰想蓋一座奇異的迷宮，那個神秘的小徑分叉的花園，到底是什麼呢？我相信，許多人可能會與我一樣，讀這個小說（就是小說，不是小說它又能是什麼呢？）最初的閱讀感覺，一定是略感眩暈的，很難在字裏行間找到感覺的平衡。小說所講述的故事，似乎是以一場書本上記載的戰爭為引子和線索，「我」這樣一個「間諜」，始終在躲避馬登上尉的追殺，去輸送一份重要的情報給德國，告訴他們應該攻擊的城市是艾伯特。而實際上，在敘述中艾伯特並不是一個城市，而是一個人，是一位著名的漢學家。在這裡，「我」則是一個有著顯赫影響的中國古代官宦的後代，他竟然與作為漢學家的艾伯特進行著從容的對話。這期間，博爾赫斯繼續不斷地加劇著故事的複雜程度，他又虛構出一位「我」的曾祖父，曾祖父是雲南總督，精通天文、占星、經典詮詁、棋藝，也是一位著名的詩人和書法家，他拋棄了一切，拋棄高官厚祿、嬌妻美妾，一心想寫一部比《紅樓夢》人物更多的小說，建造一座誰都走不出來的迷宮。他為此在「明虛齋」裏閉門不出，花費了十三年的時間，但是最終卻被一個外來者刺殺。他死後，後人只是找到一些雜亂無章的手稿。他的小說如同天書，他的迷宮也無人發現。後來清楚了，原來曾祖的寫書和建造迷宮其實竟然「是一件東西」。那部小說自相矛盾、錯綜複雜的章回，就像這座「小徑交叉的花園」，小說中的主人公選擇了所有的可能性，這樣，就產生了許多不同的後世，許多不同的時間，衍生不已，枝蔓紛繁。而「我」所進入的明虛齋的花園，又無法不讓我們聯想到迷宮的傳說。

「我」始終遊弋在被馬登追殺的途中。我傳遞出了關於應該攻擊的艾伯特城市的情報，我在報紙上似乎得知了這一消息；但報紙上還有另一個消息：那個同樣叫做艾伯特的漢學家，也被一位叫俞聰的人殺掉了。這樣，又一個謎面產生了，原來，一切的一切，都是解不完的混沌之謎。

這篇《交叉小徑的花園》，擁有著看似凌亂而繁複的人物、故事和情境，但是，我們卻依稀分辨出博爾赫斯敘述的最終指向——時間是存在的迷宮。其實，博爾赫斯想要闡釋的一個重要的思想，或者說，他所要表達的，就是關於小說、虛構與存在的關係。那麼，這一切，他都想通過這個複雜的敘述，不折不扣地呈現出來。交叉小徑的花園，「是一個龐大的謎語，或者是寓言故事，謎底是時間。」「在大部分時間裏，我們並不存在；在某些時間，有你而沒有我；在另一些時間，有我而沒有你；再有一些時間，你我都存在。」「因為時間永遠分叉，通向無數的未來。」我們會感到，博爾赫斯在呈現時間的存在方式時，他想給你的還有空間的多維性，人的思維、意識能夠體察的事物的原發性，在博氏的「敘述」裏是一座迷宮式的花園，而且，這個花園竟然是夢的花園。如此看來，這篇小說所凸顯的，不僅是時間的多維性，而且強調了空間的多維，時間和空間，以及時空中的我們，都是一個不可思議的幽靈。那麼，生命之謎、歷史之謎、命運之謎、存在之謎，原來都是時空之謎，弔詭的是，它們都蘊藉在博爾赫斯文本的修辭裏。在謎中發現世界，感悟世界，這樣，也才能將我們的感受和目光一起引入非常態的世界，在那個時空中，發現自我的多維性，認識自我的絲絲微茫。

這部僅有幾千字的短篇小說，完全可以視為博爾赫斯小說美學和敘事倫理的總綱，我想，理解了它，就找到了進入博爾赫斯所有敘述之門的鑰匙。我曾武斷地認為，博爾赫斯哪怕只有這一篇《交叉小徑的花園》，也足可以被稱為「短篇小說大師」。

二

博爾赫斯主要有這樣幾篇文字，描述和總結自己的生活以及寫作：《我和博爾赫斯》《我的生活》《我的創作》和《兩個博爾赫斯的故事——1983 年

8 月 25 日》。後者，是我在萬分的驚異和震撼中讀完的。從此，我的腦海裏，就經常會出現這樣的場景：一個年輕的博爾赫斯，看到小火車站的掛鐘已經指向深夜十一點的時候，「我一步步走到旅店。跟前幾次一樣，我感到十分熟悉的地方讓我們產生的那種無奈又輕鬆的心情」。博爾赫斯開始了一種尋找，他在尋找自己，一個真實的自己，尋找曾經丟失的時光，找尋記憶。他沿著一條記憶的道路向前走著，「無奈又輕鬆」，這是一種什麼樣的心境和體驗呢？「我認出了我。那個更老的我面朝上躺在狹窄的鐵床上，身材消瘦，面色蒼白，眼睛茫然地望著高高的白色貼縫板條。我聽到了說話聲。那聲音肯定不是我的。是我經常在我的錄音帶上聽到的那種聲音，有點刺耳，且很單調。」讀到這裡的時候，我陡然生出極其蒼涼的感覺。「經常在我的錄音帶上聽到的那種聲音」，實際上，應該是一個年老的博爾赫斯，聽見了一個年輕些的博爾赫斯曾經發出的聲音，現在，卻是一個年輕的博爾赫斯，在錄音帶上聽到了蒼老些的聲音。顯然，時間在這裡發生了錯位，六十一歲的博爾赫斯，去一個小旅館裏造訪了八十四歲的博爾赫斯。只不過，這一切都是在夢中完成的，這就是幻想或者幻覺的發生和製造，它無時無刻不左右著博爾赫斯。我在想，博爾赫斯的回憶，採取了一種倒敘的方式，來表達一個生命本身，在某種特定的狀態下，可以逆流而上，可以逆時空輪迴。這彷佛進入到佛家的輪迴、轉世和重生。在此，東西方的智慧交融一處，進行著優雅的對話。也可以這樣理解：博爾赫斯把自己交給了自己。兩個博爾赫斯的會面，意味深長。而《我和博爾赫斯》這個眾所周知的短篇，是博爾赫斯對斯蒂文森《化身博士》的重構。這又是兩個博爾赫斯的直接對峙，博氏將自己作為自己的另一位觀察者，他試圖揭示：在幸福和不幸的極端，「我能感受到——僅僅在一瞬間——發生在我身上的事情也發生在和我無關係的另一個人身上。」「當我寫作時，我總是強行改變我的某些特質，省略另一些特質。這一事實不禁使我想到了作為一個想像的人物博爾赫斯。」「我希望自己永遠是博爾赫斯而不是『我』。」最後，博爾赫斯再次將自己扔進了自己的迷宮：我不知道究竟是我們倆中的哪一位寫下了以上的話。顯然，博爾赫斯如願以償：他自己就是自己的鏡子。

在我寫下「回憶，在時間裏的形狀和聲音」這個題目時，我就在想，回憶、記憶的形狀和聲音，也許只有在博爾赫斯這樣的作家筆下，才能產生可觸可感、充滿神性的意象。其中，必然埋藏著深邃的哲學的神韻，而且，更是一個個發散著強大激情和活力的潛對話。

在博爾赫斯的敘述裏面，時空完全可以倒錯，時間可以統治空間，空間可以戰勝時間，所有的可能性，都能夠在自由的敘述中完成。

時間，從來就是博爾赫斯沉迷其中的一個形而上又是形而下的語境或問題，可以說，時間，幾乎「統治」了博爾赫斯的寫作。愛因斯坦所認定的「物質和能量彎曲了時間和空間，而黑洞則是時空彎曲的終結」的推斷，在博氏的文本裏呈現為一種美妙而奇特的景觀，而實現對時間「呈現」的手段，則是對記憶的「複製」或者重構。「記憶是存在的，而記憶又只能是個人的。在很大程度上，我們都是由記憶組成的」，博爾赫斯的這段話，概述了記憶和時間的品質。這種對時間的「浸淫」，完全是博爾赫斯心懷文學之本，完成對純粹文學形式的再造，這種理念，實際已經徹底越出了以往文學的邊界，大踏步地擴展了敘述的維度，使寫作成為一個真正美妙的職業和事業。

在《死亡與羅盤》《圓形廢墟》《巴別圖書館》《兩位國王和兩座迷宮》《永生》《秘密奇蹟》等篇目中，時間、記憶、迷宮、鏡子和夢，都成為敘述的爆發點和動力之源，以此舒展開存在世界和「可能存在的世界」的形狀，或圓形的建築，或是廣場，或是岔路，或是「騙人的迷宮」，甚至可能是瘋子或神所建造的宮殿。就是說，一個作家如何面對，呈現他身處於期間的世界、生活和人，不僅取決於他的想像力、審美邏輯，而且與對自身生命的理解密切相關。博爾赫斯的小說，一個最大的特徵，就是敘述中所隱藏的神話性，就是說，博氏的敘述，是一種悖逆了傳統結構方式的神話敘述。博爾赫斯曾夫子自道：「從不在自己的生活中尋找創作題材，我從來沒有這種想法。」「至於靈感，我不知道它從哪裏取得的。也許來自我為他念的所有書籍，我認識的人的閒談，我聽到的東西。」也許，我們難以置信，他一生都沒有讀過報紙，也從不主張讀報，他認為，報紙上都是一些轉瞬即逝的消息，都是一些急就章。這時，我們不得不考慮時間的神話性質，博爾赫斯所縈懷的就是時間，時間問題啟發他寫下了大量的文字，他深感我們每個人都生活在充滿神話的世界裏，他運用論證糅合著抽象的思維和神話，令我們難以覺察到他在兩個層次裏所進行的思考。而且，博爾赫斯已經意識到自己的思考和文本呈現，已經越出了自己意識的邊界，文本的意義，也由此誕生。可見，夢、記憶和時間，都是神話的基本的、必然性元素，博爾赫斯沉迷於夢和迷宮之中難以自拔，實則早已經與神性的思考達成了默契。他借《秘密奇蹟》中拉迪克之口，說出了他對夢的詮釋：人的夢是屬於上帝的。馬蒙尼德斯曾經這樣寫過，夢中的話是神聖的，只要他清晰明確，而且看不見說話的是誰。因此，圍繞著對人、世界、宇宙和歷史的玄想，敘述中的一切都成為渾然一體的存在的圖式——由話語鑄就的萬有引力之虹。

博氏對詞語和句子的感悟、修煉和對事物的指涉，也到了爐火純青的地步，像「我一連好幾天沒有找到水，毒辣的太陽、乾渴和對乾渴的恐懼使日子長的難以忍受」「行刑隊用四倍的子彈，將他打倒」令人無限驚詫。從這種鍊字、煉意所產生的魔力中，我們也深入地體悟到博爾赫斯敘述語言的抒情性和寓言品質。

而我讀到王永年翻譯的《死亡與羅盤》時，又立刻想到格非的那篇著名的短篇小說《迷舟》。兩篇小說精神上和靈感上的傳承關係，一目了然地呈現在我們面前。尤其結尾處精妙的相似令我沉醉：

> 他倒退幾步。接著，非常小心地瞄準，扣下扳機。（《死亡與羅盤》）

> 警衛員站在離蕭只有三步遠的地方，非常認真地打完了六發子彈（《迷舟》）

格非對博氏的崇尚，幾乎無法洗盡鉛華，翻譯語體的痕跡竟然也沒有半點兒遮攔，格非復現，保持了博氏一貫的內斂、從容和克制。而整個《迷舟》敘述，延展經典的「博氏空缺」，可謂異曲同工，淋漓盡致，不一而足。

三

博爾赫斯，本來就是一位耽於夢想的人，在失明之後，這種傾向和感覺則是愈發強烈，有增無已，他說，「由於我拙於思考，我便沉浸於夢想，從某種意義上說，這樣可以使我的生命在夢中流逝。這是我唯一能做的事」。沉溺於夢想的博爾赫斯，對迷宮、鏡子和寫作，迷戀到無以復加的境地，他喜歡在小說裏寫迷宮，寫夢境，所以，他在《兩個博爾赫斯的故事——1983 年 8 月 25 日》裏，寫了一個老博爾赫斯與一個年輕的博爾赫斯進行交談、對話。這時，我們就不免會猜想：對於博爾赫斯而言，寫作是夢想的延伸，或者，夢想是寫作的延伸？寫作與夢想，究竟是兩回事還是兩位一體？這也很容易讓我們想起「莊生夢蝶」的境界。物我兩忘，在我們這個時代，也許，僅僅是一個夢想的訴求了，但我相信，一位真正迷戀寫作的人，可能不經意間就會把現實和夢想混淆了，而且，極可能將寫作視為是自己的一種宿命，是一次與自己的重新邂逅。這也讓我想起另一位東方作家的寫作狀態，就是日本的三島由紀夫，他則是不由自主地混淆了生活與寫作的關係。

對於一個作家或者任何一個寫作者而言，文本的構建，都是對種種經驗的處理或個人歷史的重構。經驗從何而來？素材、題材的來源究竟在哪裏？我們曾有的一個誤區是，常常將個人的實際經歷當成經驗，並且認為只有經歷過的才是真實可靠的。從博爾赫斯的寫作看，真實性、虛構、素材的來源以及小說的結構方式，實在是一個多元的存在。因為博爾赫斯的創作素材，主要是來自於書本而不是生活。「書是記憶和想像的延伸」，「我們是虛構的書本，是一首詩、一段話或一個字，而這沒有終止的書本就是沒有終止的世界的唯一見證，確切地說也是世界本身」。由此看來，生活是形而下的，書本是形而上的，而形而下的生活和形而上的書本，都是經驗性的存在。作家的寫作，終究是在處心積慮地處理自己的種種經驗，而不是復述或複製某種個體性的生存經歷。前面提到博爾赫斯常常在寫作中，將現實、夢境和記憶混淆，而三島由紀夫卻將現實、經歷和寫作混淆了，他們之間的重大區別則在於，前者是寫作主體對經驗進行了重構，而後者則是寫作主體對自身進行了重構。於是，博爾赫斯生活在種種可能性裏，充實、豐盈而靈動，三島由紀夫活在必然性裏，一頭扎進了虛妄、逼仄和死亡。

上世紀五六十年代，博爾赫斯就開始在歐美名聲大振，影響極盛。他與貝凱特、納博科夫一起，被公認為是從現代主義向後現代主義過渡階段的大師級人物。但是，大師卻終究與諾貝爾文學獎失之交臂，許多人對諾貝爾獎微詞連連，不斷地為博爾赫斯打抱不平：「諾貝爾獎機構從福克納、聶魯達和葉芝等人獲得的聲譽，反而超過他們從它那裡獲得的聲譽。它忽略了布萊希特、納博科夫，也許還有博爾赫斯，因此遭受的損失，也比他們遭受的大。」〔註1〕對於博爾赫斯這位大師而言，這或許是一件無所謂的事情。但是，如果我們認真地「追究」一下，這個獎項與博爾赫斯文本之間存在怎樣的關係，首先，恐怕應該考慮到博爾赫斯文本的文體因素。在博爾赫斯看來，所謂長篇小說、中篇小說和短篇小說，原本就是不該存在什麼文體界限的，所以他認為是「不予區分」的。儘管他所駕馭的題材幾乎都是「重大」的題材和主

〔註1〕理查·依德爾：《從諾貝爾獎談到博爾赫斯》，《紐約時報圖書評論》，1977年8月7日。

題，但由於他追求寫作的優雅、精緻，形而上學地抽象生活，以及散文化和詩化的語言風格，注定他不願意構建卷帙浩繁、結構宏闊，有著龐大體量的長篇小說。而且，博爾赫斯在漫長的寫作生涯中，還不斷地修改甚至大量刪節自己的作品，時而將小說壓縮成散文，時而將散文改寫為詩歌，消解冗長，淬煉文體，及至詞與物能夠達到和諧共生。因此，從某種意義上講，博爾赫斯是精緻寫作的典範。這就與諾貝爾文學獎重視史詩般歷史感，張揚大體量的文體風貌，形成相對悖反的美學特徵。實質上，博爾赫斯這位跨文體寫作的大師，其先鋒性實驗早已將敘事性文本品質提升到一個新的層次。

無論怎樣評價博爾赫斯其人其文，最終，我還是願意稱他是二十世紀以來最傑出的「短篇小說大師」。

南極在哪裏——
克萊爾·吉根的短篇小說《南極》

一

我在讀完吉根這個短篇小說《南極》之後不久，很快又看到中國小說家蔣一談的短篇小說《溫暖的南極》。一個西方女人和一位東方女性，在小說裏一先一後地向我走來，或者說，是迅疾地離我而去。巧合的是，我在閱讀這兩篇小說的時候，都是在初夏的黃昏裏。敞開著的西郊山蔭裏小書房的北窗，陣陣吹拂的微風，驟然消失，空氣一下子僵硬凝固起來。我在三個星期內，兩次在小說裏強烈地感受到徹骨的寒冷和絕望。眼前的文字在抖動，彷彿巨輪撞擊冰山，轟然炸裂，慢慢地，一切歸於寧靜。南極，是這兩篇小說的題目，這個時候，在我這裡，這個詞語，正成為我閱讀視界內兩座巨大的迎面撲來的冰山。

看似兩個故事，實則是虛構的張力在相互延伸，它們所造成的文本的巨大磁力，它們相互咬合在一起的旋舞的感覺，無比強烈地攫住了我的神經。雖然兩個女人都是平靜而坦然地走出家門，一如既往，但是，她們身體內部燃燒的欲望一瀉千里，不可阻擋也無法迴避。所不同的是，東方女性是枕著西方女人的恐懼、地獄感和驚魂入夢的。這時候，我思忖，吉根不會想到，她的小說《南極》，會如此之快地點燃一位中國作家的靈感之火。東西方的女人，可能走上同一條或極其相似的道路嗎？有的時候，一個人，無論是一個女人，或者是一個男人，都可能突然地爆發出一種莫名地走進明知的危險裏的衝動，不可理喻地勇往直前，挑戰某種常態或慣性。這是一種與生俱來的本能嗎？極限，變成了大限，用朦朧的月光擁抱死神，也許是生命內部的「原型」。首先是小說的結尾，這多少有些出人意料，這是小說的本性。這也是我最感興趣的部分，也是我產生改寫的衝動，躍躍欲試地試圖補敘的緣由。儘管吉根在小說開頭已經暗示了「她想要在自己還不算太老的時候試一試，她知道結果會令她失望」，但在吉根的設想中，這個女人潛意識裏，她是被囚禁的，她需要掙脫一下，獲取一種帶有飄忽感且很刺激的自由狀態，哪怕是一個短暫的瞬間。就這樣，敘述從此拉開了帷幕。

自由究竟是什麼？是無羈，是變化，是飄逸，是忽遠忽近，還是重新選擇，任性取捨，抑或是別一種定力？也許，人的天性就是要尋求獲得純然的自由。人不可能永遠關在需求和欲望的牢籠中，吉根的這個女人虛擬了自己的牢籠，並假設了走出去體驗的可能。這時的決定，並不是取決於身體的或者說性慾的，她的身體，並不是一個年輕的、青春期的、或者中年的「問題的身體」，而主要是出於潛意識的衝動和探險的心理。一個原本並不浪蕩並不風騷的女人，現在想拿出身體滿足心理。抑或，心理也是身體的必需？那麼，這個女人不惜冒險所要企及的東西是什麼呢？里爾克說過，「身體的快感是一種觀感的體驗，與淨潔的觀賞或是一個甜美的果實放在我們舌上的淨潔的感覺沒有什麼不同；它是我們所應得的豐富而無窮的經驗，是一種對於世界的領悟，是一切領悟的豐富與光華。我們感受身體的快感並不是壞事；所不好的是：幾乎一切人都錯用了、浪費了這種經驗，把它放在生命疲倦的地方當作刺激，當作疏散，而不當作向著頂點的聚精會神」。這個女人是不是覺得，走出了家門就是走向了自由，好像一切都可以很任性、很隨意。而且，吉根發現，這個女人已經積蓄了足夠的強大的心理能量，足以戰勝她自己的意志力，甚至造成這個人的內在分裂。於是，她帶著自己的夢想、激情和欲望，來進入、理解、接受、參與這個陌生的世界或存在的空間。

因此，小說的開頭就用了一個很簡單、很隨意的句子，讓這個女人很率性地走出家門。一個女人走出家門，在這裡有了一種「儀式感」，她開始模糊自己的底線，無視自己的原則，將自己生存所需要的心理條件，當作了做人存在的理由和意義，將人性中低矮的那一部分，放大為個人具體生活的重要依據。這時，一種固有的、日積月累多年的生活內在形態被覆蓋了，並不充分的生長空間，訴求開始向外發育出別樣的枝條和天空，無風無雨的鳥巢即將坍塌。雖然，這是一個故事簡潔的開頭，只有簡單的起始的設定，但吉根的關鍵，大約是她將一個故事的開頭，直接切入或變成了一個故事發展的動機。這是故事必須發展下去的充分理由。另外，故事和虛構之間，還有很大的差異，虛構對故事的許多元素，都會有出其不意的改變。吉根與許多作家有所不同的是，她並沒有以所謂嚴密的邏輯關係推進一個事件的發展，而且，在敘述的發展過程中，每一個環節似乎也並不需要有合理的動機，也沒有在人物和情節的發展中一步比一步深入地尋找任何理由。倘若有了這樣一個尋找理由的過程，就會在敘述中形成一個我們通常所習慣的、作家不遺餘力地挖掘深度的過程，而吉根似乎根本不需要挖掘什麼。那麼，吉根的開頭，最多只能算是一個很平靜的「懸疑」。因此，我在整個敘述中，感到了一種強烈的反邏輯的力量，使我意識到了什麼是構成小說魅力的真正力量，它既不會是故事本身，也不可能是小說家的某種推斷，而是一種來自敘述對象的有吸引力的奇妙的意緒。也許，這一切都沒有理由，在生活中如此，在小說中是否更是這樣呢？敘述所表現出的別出心裁的結構，作家的目光對人性的細微洞察，特別是，難以釐清的由於人的生理、性別、心理和精神困境，所造成的命運、宿命和某種扭轉，可能使小說抵達它應該抵達的角落。就像這個短篇，它可能是在吉根深思熟慮中開始的，也可能是靈感突然襲來後，作家的又一次猝不及防的「被迫」敘述。靈感是根本不講道理的，人物的命運，人物行走的路徑，常常不以作家的意志、意識所制約。小說就是要在沒有理由的地方開始敘述，在可能找到依據的時候結束敘述的行旅。當然，也可能因為作家的一時衝動，交給讀者一個匪夷所思的結局。吉根從哪裏得來的這個短篇的靈感並不重要，重要的是，小說家吉根，一定是面對女主人公所要尋求的自由維度，在幾乎要失去如何把握底線的時候，意識到這個平凡女人的心魔的浮現。我感覺，吉根是這樣的作家，她試圖在虛構中探討清醒的生活與夢境之間存在怎樣的關係，而且，她還要將敘述擱置在一個世俗小說的框架內，用心地發揮自己的哲學思考。

二

我敢斷定，吉根式的開頭，再重重地壓上吉根式的結尾，足以與歐．亨利叫板一次，成為經典的「吉根式結尾」，就像加西亞．馬爾克斯的開頭「許多年以後」。它不是一個句式，也不僅僅是話語基調，而是一個結構方式，一個小說家進入時空進入可能性生活的方式。吉根好像是給了我們一個從容的、可以預知、可以猜測結局的開始，但仍然是一種誘惑的開始。女人、尋找「一夜情」和燃燒的欲望，這些元素無法不啟動故事的魅力，閱讀有的時候是從好奇、追根溯源甚至窺視事物的私密性開始的。吉根的結尾，雖說是情理之中，但絕對是意料之外。人物的行為和情節的進展，奇異又合理，這不僅取決於作家的敘述動機，還必須審慎地考慮小說中人物的動機，甚至在小說之外想進入另一種生活的讀者的動機。也就是說，小說家無論有怎樣想洞穿生活的欲望，但仍然要在小說中建立一種新的秩序，或者放棄寫作主體自己的某種敘述邏輯，或者重新集合起若干風馬牛不相及的生活碎片，這些，可能只是表層的秩序，而深層的秩序卻常常沒有既成的、有編碼的、現實而實用的邏輯。

走進吉根的小說世界，首先，我們會充分體會到她敘述的節制和控制力，應該說，這是這篇小說最出色的地方。疏朗從容又密集的細節，雅致的文字，舉重若輕的情節動作，如樹葉在月影中的晃動，時而斑駁，時而綿密。我不懷疑青年翻譯家姚媛充滿生機而美妙的文筆和落落大方的才氣，但我確信，吉根文本的原生態敘述所能抵達的情境，才可能給譯者提供絕佳的機會。博爾赫斯說過類似這樣的話，偉大的作品，都經得起各種各樣糟糕的翻譯的糟蹋。幸運的是，吉根和姚媛是一次有緣份的相遇，她們共同遇見了對方各自美妙的文字，姚媛用她漢語的才華出色地證明了英文的價值。這也是我在此忍不住要誠摯的讚美《南極》這部小說集翻譯水準的重要理由。

吉根就是踩著可能性，自信地注視著人物的一舉一動，並不輕易、草率的進入人物的內心。在「一夜情」發生的過程中，吉根難免也會偶而落入俗套，幾杯美酒，幾道美食，男人生疏的氣息和女人渴望的呼吸，勾兌成一種令觀感者足以產生異樣陌生感的獵豔感，以及滿足窺視欲的挑逗。即使高明的小說家也難逃其法。但吉根做的天衣無縫，渾然天成。而推動敘述、情節向前發展的，似乎已經不是浪漫欲望的邏輯，更無法用道德或者倫理的底線來衡量、駕馭。我感覺，真正統攝整個小說敘述的牽引力，一定是吉根對女人徹骨的瞭解和精微的感覺、判斷。

應該說，這個男人的面目也是模糊的。但他誘惑一個女人的一系列動作嫺熟、老道而誠懇，可謂一絲不苟，處心積慮。吉根沒有描述或者交代，這個老男人在與這個女人行事的時候，是否還聯想到，他以前對女人的情形，對女性的期待，對性的選擇等等最基本的可能性訴求。我們更不會想到，他從一個侍者或者羔羊般的男性角色，慢慢地在女人面前施展本領。可是，就在他一轉身鎖門而去的時刻，突然變成了一個金黃的野獸，獲得了嗜血後的滿足。像是蘊蓄了某種深不可測的力量，讓一個女人，以及我們，不知不覺，在一種被他肆意扭轉的氣息、氣味裏沉醉，然後再破壞掉整個世界的和諧，令人驚悚、驚駭。這已經無法用扭曲和變態，來界定或者抽象一個男人的本質和品質。現在，可以回憶一下，這個老男人，允許我這樣稱謂這個獵豔場上的「老手」，他與這個善良、單純、好奇又成熟的女人在盡情地雲雨之後，一邊從容、愜意而盡情地享受著他親手烹製的美食，一邊探討有關地獄、魔鬼和永恆的話題，盡顯他無盡的慷慨和男人氣度。此刻，我不想發生任何閱讀停頓的心理，使我對吉根的敘述魔力欽佩不已。其實，這個時候，女人幾乎是順水推舟地沉浸在床笫之間濃濃醉意的氛圍裏。吉根除了暗示性地讓女人不經意地發現收音機鬧鐘後面的獵槍彈藥筒之外，沒有讓敘述留下任何縫隙。但這個事物的出現，已經足以說明和暗示這個男人體內的暴力基因，我們隱約清楚了吉根在細部所下的工夫和思索。

> 她伸手去拿煙灰缸時看見了放在鬧鐘後面的獵槍彈藥筒。「這是什麼？」她拿起彈藥筒問。那東西拿在手裏比看上去要重。「哦，那個。那是給一個人的禮物。」
>
> 「禮物，」她說，「看來你打的不僅是檯球。」她說完大笑起來。
>
> 「到這兒來。」
>
> 她依偎在他身邊，兩人很快就睡著了，睡得像孩子一般甜美。

看起來，她的警覺和調侃，或者，內心偶然泛起的一絲細膩微小的「波瀾」，迅即就被眼下的「情境」所打破、遮蔽，性之旅後的小憩，沖淡了一絲的猶疑，身體和心理再次被新奇和刺激淹沒掉。其實，這是最應該足以引發她警惕和小心的信號和徵兆。但是，這就像是一趟沒有任何思考和疑慮的輕鬆的旅程，她深度地滑翔著，滑向了自由的深處。這篇小說究竟意味著什麼？人性中究竟有不可抗拒和克服的弱點和困境呢？也許，誘惑，是人的原罪的一種，沒有人可以擺脫。所以，她沒有任何顧及，沒有任何恐懼，也沒有任何緊張，只有沉浸其中的美妙的過程。

危險是從悄無聲息的、靜謐而溫柔的時間裏擁擠出來的，或者說，是點點滴滴滲透出來的。漸漸地，小說的敘述偏向了另一個線路，這是一種致命的敘述。這在女人欣賞那部關於南極的紀錄片，引出了冰山和寒冷時，似乎就現出了徵兆和端倪。繼而，是地獄、魔鬼、孤獨和永恆，這些沉重的話題和抽象的事物接踵而至。接著，她在慢慢的引誘下，被牢牢地銬在黃銅床頭板上。

> 她發瘋似的試圖把手銬打開，試了各種方法想要讓自己自由。她有力氣。她試圖把床頭板拉下來，但是當她把床單推到一邊時，卻發現床頭和床架是連在一起的。她把床搖晃得咯咯響，搖了很長時間。她想叫「失火了！」——警察說婦女在遇到緊急情況時要這麼叫——但她嘴裏塞著布，叫不出聲。她費了很大勁把那隻沒被銬住的腳踩在地板上，砰砰地捶地毯，但又想起來住在樓下的老奶奶耳朵聽不見。好幾個小時過去了，她終於平靜下來，開始思考、傾聽。她的呼吸變得平穩。她聽見隔壁房間裏窗簾在拍打。他沒有關窗。剛才那一陣折騰，把鵝絨被弄掉在了地上，而她是光著身子的。她夠不到被子。冷氣正從外面湧進來，湧進房子裏，充滿了房間。她打起了冷戰。冷氣是往下降的，她想。終於，她不再發抖了。持續的麻木在她身體裏擴散開來。她想像血液在血管裏流得慢了，心臟收縮了起來。貓跳到床上，在床墊上來來回回地走。憤怒已經麻木，變成了恐懼。恐懼也消失了。隔壁房間的窗簾在牆上拍打得更快了：風變大了。她想到他，卻沒有任何感覺。她想到丈夫和孩子。他們也許永遠也找不到她了。她也許永遠也見不到他們了。

當讀到這一段文字的時候，我意外地想起了杜甫《新安吏》中的那句「眼枯即見骨，天地終無情」的舊詩。我不知道為什麼會想起這個已經很古老的句子，以此形容這個女人再合適不過了。可以想像，這個女人的血管裏，此時流淌著的，或許已經不是血液。

其實，我小時候最初的願望，是成為一個小說家，沒想到成了一個沒多少準頭的、跟在作家後面或跟在理論後面亦步亦趨的批評家。讀吉根時，我竟然有了很強烈的虛構的衝動。這也許是長久的寫作壓抑狀態和羨慕小說家本事且不太服氣的結果。我讀完《南極》後，曾設計了結尾的另外幾種可能性。而且，我下決心讓自己的想像也能夠飛翔起來，出乎意料又在情理之中。

就是在編故事、虛構的時候，我才深刻地意識到理論是多麼的可笑和蹩腳，在寫作的長青樹下又是多麼的尷尬。這樣一個壓抑、慘烈的結尾，讓我們失去了閱讀高潮的體驗，在最渴望的時刻，吉根留給我們無盡的猜測。我似乎沒有能在這次閱讀中，感受到這篇《南極》最激動人心的部分，但是，她卻給了我那種強烈的虛構和改寫的衝動。

因此，對於故事的結局，我和我的朋友曾心有不甘地設想，吉根也可能在情節上還會有另外的若干種考慮。一種是，她為了滿足閱讀者，也包括她作為虛構者的女權主義寫作心理，她還可能會這樣描寫下面的情景：在女主人公第二次在賓館被男人阻截、引誘，再次回到住所，男人將女人的兩隻手和一隻腳，用手銬牢牢地銬在床上做愛的時候，男人突發中風或者腦溢血。而男人手里正緊緊地攥著打開手銬的鑰匙。女人吃力地用嘴從他手裏嗜咬出鑰匙，用牙齒緊緊地叼住它，一次次嘗試打開手銬而不能。到這個時候，小說用在人物身上的力量，似乎可以在敘述上獲得某種平衡。第二種可能是，接續前面的敘述，女主人公終於打開了手銬，將男人推倒一旁，有些倉皇不堪和恐懼，就在她立即急匆匆地獨自離去的時候，她在門廳的過道邊被絆一腳，踢開了一隻井蓋樣的東西，意外地發現了一個地板的夾層，一隻隻塑料袋整齊地擺放著，好奇心再次驅使她打開了其中的一袋，竟是死人的白骨。這樣的結局，可能是吉根早期對懸疑小說興趣的一種極大滿足，但她又實在不忍放棄一個留下空白結局、弔起讀者胃口的願望，所以，吉根沒有如此選擇。第三種情況，吉根可能會這樣設想，為了將這篇小說處理成一個徹底的情感小說、道德小說文本，她試圖用一把鎖，暗示心靈的禁錮，鎖成了某種隱喻或象徵。這個女人永遠找不到這把鑰匙，永遠也打不開自己的心鎖。我想，吉根或許還想到，讓女人在幾近絕望、被凍得瑟瑟發抖的時候，在麻木中，沉入一個似真似幻的夢中，夢見她自己戴著手銬，一個人向著南極的冰山和雪白拼命的攀爬、奔跑，去尋找一把能打開手銬的鑰匙。她一路發現了許多從未見過的奇異的景觀，愈來愈近的時候，太陽升到冰山上面，冰山開始融化。她渾身立刻變得溫暖起來，火光燒灼著她的臉頰，她聞到了焦糊的味道……她醒了，睜開眼睛，她驚呆了。眼前火光衝天，火苗從門和窗櫺瘋狂地串入，床單已經被燃起。「失火了」，她立即意識到她原本想喊叫出的詞語。原來，樓下那個耳聾的老奶奶在使用電爐的時候引起了火災。第二天淩晨時分，這個男人回來時，眼前是經過消防隊員處理過的一片廢墟。或許，這篇小說的名字，吉根也曾命名為《廢墟》。

顯然，吉根所擇的仍然是一個非常穩妥、非常周全、也非常富於彈性的短篇小說策略，無論怎樣結尾，都會令虛構簡潔、樸素而又雜花生樹。對一篇小說而言，不僅僅是敘述的起點和終點，即使是敘述的過程，也同樣可以閃現類似電影《疾走羅拉》那樣的多種可能性。

世界，有時就是這樣的，誰都想改變它已有的面目，可是誰也沒有辦法改變它的本質。小說卻可以承載這些。

三

吉根為什麼將主題曲牽引到南極？冰冷，絕望和屍體，是南極的代名詞和隱喻嗎？一種空曠的寒冷，還有無邊無際的恐懼。另一種憂慮也油然而生。吉根這篇小說的結構，敘述方式，的的確確是一次性的，不可複製和模仿的。這讓我想到李洱的《花腔》。從某種角度講，小說家的積累也是一次性，不能重複使用的，一篇小說的寫作經驗在這篇小說完成時就宣告終結。問題在於，對這種經驗的整理或者文本傳達，對一個作家或者一篇小說而言，是不是與眾不同的。

吉根的小說並不僅僅是靠細節取勝的，更多的是依賴敘述過程中整體上的覺悟感，結構的結實，小說中一個貌似封閉的結構突兀至開放性的空間。還有，敘述的世界裏，聲音和文字，流暢清雅，而且，我們在這種寫作中似乎還聽到說話的豐富的聲音、語氣。對於一個作家來說，真正的短篇，就是可遇而不可求的。吉根遇到的故事，其他的作家肯定也會輕易遇到。關鍵是，遇到故事並不等於可以找到靈感，可以寫出傑出的短篇小說。這其中的意蘊、人物、敘述的方式、節奏，甚至彌漫在字裏行間的氣息，都是巧奪天工、渾然天成的巧遇。《南極》中，始終有一種悠遠、古舊、滑潤並散發著金屬的氣息或者說是氣味的東西，它在閱讀中飄動，像浮塵，像游絲。好的小說一定是有獨特氣味的，這篇小說的氣味，好像來自那隻鑄鐵大浴缸，黃銅的大床，也可能來自那個獵槍彈藥筒，或者源自那幾隻手銬，還來自一種對南極充滿想像性體驗的極度寒冷的氣息，還包括晚餐時芫荽、青檸檬汁和洋蔥的混合氣味。最終，這些都歸結於一個來自這個男人、來自人性的寒冷的氣味。其實，寒冷是沒有氣味的，因為寒冷並不是一種物體或事物，但吉根像福克納寫作《喧囂與騷動》一樣，讓人物或者讓讀者嗅到了寒冷的氣味。作家在這裡，完全是憑藉她的想像力，賦予了沒有氣味的物體和事物以氣味，小說產生出一種具有生命的氣息。我們知道這是作家的虛構，但我們卻深陷其中，並為其感動不已。

可以說，小說的可能性，是仰仗生活的可能性的。生活的可能性進入小說之後，可能會改變或者影響既有的生活。我記不清是哪位作家講過，我們不可以按著生活的樣子寫小說，而可以照著小說的樣子去生活。中國作家蔣一談的《溫暖的南極》「赤裸裸」地踐行了這句話，他的敘述告訴人們，一個剛剛發現《南極》的女人，卻不顧敘述所呈現的冰冷，照著小說的樣子上路了。儘管，他的人物，像靈魂附體般在一個小說文本中狼奔豕突，同樣徹底地扭轉了自己有慣性的生活。我看到，吉根和蔣一談，兩種敘述方式，卻呈現出一種奇妙的相對性，都屬於那種不能自拔的一意孤行。這樣，我們可以從中看到一個小說文本的力量是多麼大。能觸發作家寫作靈感的機緣很多，中國另一位小說家魯敏，她的《郵遞員羅林》等一系列中短篇，還有長篇小說《六人晚餐》，寫作的靈感都源自梵高的繪畫。一個場景、一組對話、一個故事、一個事物都可能產生別一種呼應。其中所蘊含著許多值得放大、值得引申和深究的密碼和信息，它們與作家的內心和想像力交織起來，就會變得有恃無恐。

蔣一談借助這個愛爾蘭作家為他提供的故事「引子」，講述了一個當代東方女性在「現實生活」中對這篇小說的「接受」故事。吉根小說悲慘的結局，非但沒有絲毫影響這一個女性，反而慫恿了她內在的欲望和訴求。兩個小說裏的女人，都沒有自己的名字，也沒有特別明顯的外貌特徵，甚至也看不出她們各自的個性性格，一點兒也不符合福斯特小說中對人物進行「扁平」劃分的尺度。中國女人這樣判斷和評價吉根的構思：「她想描摹出存在於女人身體裏面不知何時會被點燃的那種內在的普遍『性』」。

短篇小說，怎麼寫才會更好？沒有一位作家可以自詡有可靠的經驗或策略。蔣一談的寫法，好像是沒有願望要做什麼突破、超越，而彷彿是有意要落入了吉根的陷阱，他讓女主人公貼著克萊爾·吉根的文本前行。兩個小說的結局，一個是開放的，一個是封閉的，但都是一氣呵成的。我沒有比較的興趣，任何兩種事物，兩個文本，都不可能具備品質共生的特性，卻不依賴它們的異質性而存在。吉根的噩夢，在蔣一談《溫暖的南極》中的主人公那裡變成了一種憧憬。這種憧憬隨即又成為一場新的噩夢。不同在於，吉根筆下的女人，過了最初的興奮期之後，立刻覺得這個東西已經無法辨認，而蔣一談則將這個還處於想像世界的女人，直接送到了南極的谷底。

胡適在 1918 年的一篇《論短篇小說》的文章中說：「短篇小說是用最經濟的文學手段，描寫事實中最精彩的一段或一方面，而能使人充分滿意的文章」。這段話，後來被許多談論短篇小說的文章提及、引用。我並不覺得所謂「經濟」的筆墨就能寫出內蘊豐厚的佳作，這不是一個充分必要條件。王安憶在談到短篇小說的時候，講到她並不欣賞和喜歡都德那篇著名的《最後一課》，儘管這篇小說歷來被認為是短篇小說的精品和典範。它為「攫取橫斷面」「以一斑窺全豹」的短篇小說觀念提供了強有力的佐證。這實質上是一種投機取巧的觀念。這一類小說，貌似巧妙，以「以小見大」的事物、事件暗示或者「比興」另一種大事物或者意義，體現為一種過人的機智。閱讀這樣同樣很精緻、煉意、做工講究的小說，卻有種看戲劇的感覺，像是濃縮、雕刻的典型場景，可能很飽滿完美，但終究給人一種片段感。吉根的《南極》寫幾十個小時內連貫發生的一個故事，既沒有嫻熟地影射、抽象出某種哲理的技巧，也沒有刻意抽象、概括什麼人性本質，但它滿足了不朽的閱讀。說到底，吉根是一位真正理解了小說品質和特性的作家。她給我們設置了一個嚴絲合縫的、體面而精緻的小說之甕。仔細想想，整個敘述，吉根沒有浪費一點筆墨，優雅、節儉而從容。好的小說，不一定都要帶來智力方面的愉悅，但小說會讓人在漫不經心的狀態中，感受到時間的流淌和命運的機變與快感。我們也看到了，蔣一談的虛構能力，同樣與他的才華、想像力一樣並駕齊驅。

托賓對吉根的小說有極其到位的評價，他認為吉根的短篇小說「具有純淨的魔力。他們帶著優雅、智慧和對節奏超凡的敏銳，為愛爾蘭優秀的短篇小說增添了新的篇章。」我想，吉根不僅是為愛爾蘭小說增添了新篇章，也是給當代世界短篇小說增添了新鮮的內容和質地。

這兩個短篇小說，都充滿了寒氣、沁人心脾。其實，小說有時也像是一座冰山，八分之一在水面，八分之七在水下。但它也可能會被融化，有時被小說中的人物融化，有時會被作家自己的寫作衝動融化，有時還會被讀者融化，甚至被蔣一談這樣的作家融化。吉根的南極在撞擊了我的閱讀衝動之後，在我的內心融化了。我的二零一二年初夏的閱讀也融化了。

這個初夏是如此的蔭涼。

第三輯

賈平凹的「世紀寫作」

一

在一個時代，或者不同時期，一位重要作家的創作及其變化，常常與這個時代的審美方式、想像方式之間存在著密切的關係，甚至會影響一個時代的審美方向，同時，它也一定呼應著這個時代特定的生活方式，精神、語境和心理狀態。對一個時代有影響的作家，才是傑出的作家，有可能對後世產生重要影響的作家，才是偉大的作家。我們期待並相信，賈平凹就是這樣的作家。

如果梳理賈平凹四十餘年的寫作史，我想，在這裡姑且可以將他的寫作劃分成三個階段：以《廢都》為界，可以稱之為「前《廢都》時期」的寫作，《廢都》到《秦腔》之前，可以稱之「後《廢都》時期」的寫作，而自《秦腔》《古爐》到《帶燈》和《老生》，完全可以視為賈平凹創作新的「爆發期」和轉型期。若執意要為這個階段「命名」的話，我覺得不妨稱作賈平凹寫作的「後《秦腔》時期」。而他在這幾個不同階段之間的變化和騰挪，不僅構成賈平凹自身寫作的發展史，而且構成了中國當代小說創作的「風向標」和轉捩點。這也正是近二十多年來，賈平凹成為中國當代文學主幹話題的重要原因。

2014 年出版的長篇小說《老生》，是他的第十五部長篇，我們能夠在這部作品的文字裏，明顯感受到其間賈平凹敘述上新的變化。文本裏沉澱著古老中國近百年社會生活、時代所發生的重大變化，尤其是，我們更能體味到賈平凹在文字中絲絲縷縷滲透出的一個個時代的波瀾萬狀。無疑，從《帶燈》

開始，到這部《老生》，我覺得賈平凹的寫作，或者說敘述，已經達到了非常高、非常自由、縱橫捭闔的文本境界，我覺得這是他創作的一個最為重要的時期。雖然，我非常喜歡紮實、樸素而富於變化、靈動的《帶燈》的敘述，但更喜歡這部簡潔、乾淨、平易而厚重的《老生》。雖然面對一百年的歷史，但賈平凹這一次好像是真正地鬆了一口氣，釋然而灑脫，無論是表現歷史還是切入當代現實，他敘述以及結構文本的心態，更加從容，純熟、老道，更加樸素，曠達和空靈，也更加忠厚；他將苦澀、憂憤和沉重淡化，彌散在機敏、幽默和寓言裏。可以說，在這個充分自足的文本裏，他創造了一個新的語境，一種歷盡滄桑的「老生」的敘事情境，在幾個時代遊走的唱「陰歌」的老生，以沉鬱而悠遠的語氣和從容、寬厚的氣度，呈現世間的蒼生。「不問鬼神問蒼生」，蒼生，以及「問蒼生」，這是一個何其曠遠的視界，其中，需要怎樣的胸懷、情懷才能包容藏污納垢的世間之萬物？看得出，在這裡賈平凹就是要用心來講一個有關生命、命運和死亡的故事。可以說，賈平凹的創作，真的躍出了既往略有「野狐禪」式的綿密而空靈的敘事，呈現性情內斂之後創作主體的文體自覺，他開始與歷史和現實中的靈魂對話。不誇張地說，賈平凹的寫作，的確正逐漸達到那種爐火純青、自由而悠遠的敘事境界。這個時候，我甚至還會有些疑慮：他源源不斷的創作力，他想像力的神奇，寫實的功力，是否已成為中國當代文學的一個神話？我猜想，也許，寫到《老生》，賈平凹的內心，是否正湧動著一種曠世的「世紀情懷」？

我之所以要梳理賈平凹創作的這幾個階段，而且，切入《老生》這部長篇，是因為在這條軌迹裏面，我看到了賈平凹創作的清晰的文學地形圖。其實，從《廢都》開始，他前瞻般地將 90 年代初中國當代知識分子和中國文化那種頹敗感和衰頽，表現得淋漓盡致，這是他對 90 年代初社會轉型和變化非常有力量的一次透視。此後的《高老莊》《土門》和《懷念狼》則處在一個相對平穩、摸索、滑行的狀態，但是到了《秦腔》，一切都不一樣了，拿起這部長篇，讀到四五十頁的時候已經令我無法放手。我們猛然意識到賈平凹要做什麼了——他真切地發現了中國傳統的鄉土世界在當代的破碎。在寫作《廢都》的時代，在上世紀 90 年代的社會轉型期，他一下子抓住了文化在歷史節點上的動盪，知識分子在轉型過程中，在各種社會情勢下，各種文化力量的相互擠壓和衝突，他們的靈魂的騷動不寧和無法安妥。賈平凹在《廢都》的後記裏，曾用《如何安妥我破碎的靈魂？》來表達他寫作這部長篇時複雜的心態。現在看過去，1990 年代初，可以說是一個「廢都時代」，也許文學最能準確地概述和描述一個時代的特徵。那麼，二十一世紀初始的幾年，則可以稱之為「秦腔時代」，在賈平凹那種散文似的筆法，神韻埋藏的字裏行間，中國當代的鄉土世界的生活，就像是很難切斷的生活流，汩汩流淌。這時，賈平凹又發現了這個時代所發生的重大變化，這種變化非常令人恐懼——中國傳統鄉土社會的瓦解和破碎，以及糾纏在其間的文化、人性的被消解，被掩抑。當所有的現代性撲面而來時，人在這個時代裏感到巨大的眩暈。而賈平凹回到他熟悉的生活，回到鄉土，他寫的是那些他所熟悉的生活，把它們很細膩地呈現出來，這種細膩，可能就是大音希聲、大道至簡、大象無形的表達。

接下來的長篇《古爐》基本上是《秦腔》敘述的延續，整部作品的敘事極其自由，開合有度。六年前的那部《秦腔》寫他對當代、當下中國鄉村的裂變，敏感、敏銳地洞悉了中國社會整體性、實質性的轉變，《古爐》則選擇追溯到上世紀六十年代的中國鄉村，回到當代史最激烈、最殘酷、最令人驚悚的那段歷史。這一次，從敘述方式上講，與《秦腔》沒有更大的不同，但這一次，我感覺作家更像是從自己內心出發來寫歷史、寫記憶、寫自己、寫命運。說到底，作家寫作最重要的動力和初衷，就是源於對自己所經歷和面對的世界的不滿意，他要以自己的文字建立起自己的世界和圖像。《古爐》就是通過回到歷史、回到另一個時間的原點，書寫賈平凹記憶的經驗，表現一種大到民族國家，小到渺小的個人的命運。我感到，《古爐》所要表達的，是中國人的命運。這是一部表達命運的最傑出的作品。賈平凹想找到或想找回的是「世道人心」。他的文字，依然細緻、精細，像流水般一樣，是流淌出來的。半個世紀前的中國形象、民族形象，在一個古老村落的形態變遷中，淋漓盡致地被呈現出來。賈平凹刻意地寫「眾生相」，寫出「世心」的變化，寫人的存在生態的變化。最初，古爐村與所有的地方一樣，都葆有一種很好的生態，完全是有秩序的存在形態，恪守三綱五常，最基本的倫理、道德，千百年來在幫助統治階級，幫助各種體制，針對人心做著一個基本的規範，維持、支撐著起碼的秩序。這部小說寫出了鄉村最基本的、亙古不變東西，無論歷史怎樣動盪，人心深處，都應該有這種不變的倫常。這可能是整個人類的積澱，或者是人類文明的支撐點。但是，「文革」政治的外力，改變了這裡的一切，社會政治、無事生非的陰謀，改變了人生活和生存的本質的、基本的格局。準確地說，「文革」的動盪，劇烈地改變了天地的靈魂——世心。於是，一代人，一個民族，在這個時段裏，宿命般地改變了命運，改變了一切。人心的正氣，慣性、常態，都突然坍塌了。能夠維持世道的人心變形、扭曲、脫軌了，人心肆意地扭曲，並且被逐漸顛覆，良心不在，人成為一種符號或傀儡。

而賈平凹在《古爐》封面上使用英文 CHINA 的寓意，像古爐村的瓷器一樣，一個民族、國家最重要的、最美好的東西，恰恰也是最容易破碎的東西。所以，《古爐》的目的或敘事野心，根本就不是所謂一段「文革」記憶，而是一部中國人命運、人心的變遷史和巨大隱喻。他寫的也不只是歷史，而是今天中國的現在進行時態。我們今天的中國世心，也就是精神、心理、倫理、道德，在今天已經跌到歷史的冰點。無疑，《古爐》是中國當下生活的一面鏡子。它也是關於中國的一個大的隱喻。

我們看到，賈平凹已將敘述推向了二十世紀六十年代。這時，他已經衍生出「清理」「整飭」「盤點」一個世紀中國百年滄桑的敘事雄心和耐性。「《廢都》是斜著翅膀飛翔的」〔註 1〕《秦腔》《古爐》，卻依然是貼著地在飛，他要逆風飛翔。在《秦腔》和《古爐》裏，有許許多多的細部令人難忘。特別是《秦腔》的細部，寫到了一條街、一個村莊的生活狀貌，細膩地、不厭其煩地敘述一年中日復一日瑣碎的日子，有許許多多對引生、丁霸槽、武林、陳亮等弱小人物的描繪，有對清風街生老病死、婚嫁「還原式」的記敘。生活細節的洪流和溪水都盡收眼底。沒有高潮，沒有結局，沒有主要人物，無需情節推動敘事，只有若干大大小小的情節、細節呈現，繁雜而黏稠，張弛自然，有條不紊，嚴絲合縫，逼真、還原、「延宕」，越來越少人工雕飾。我認為，賈平凹在這個時候，已經徹底地建立起自己新的話語修辭學或敘述美學。

二

但是，賈平凹沒有忘記現實，他在進入歷史之後，又不斷重新又回到當下現實。在《古爐》之後，他漸漸觸摸到一個叫櫻鎮的地方，開始寫一個叫帶燈的女性，開始審視到一個具體的、中國社會最基層、最普通的女性在社會變革年代的內心鏡象。

〔註 1〕賈平凹：《關於小說》，北京：生活·讀書·新知三聯書店，2015 年版，第 144 頁。

初讀這部作品的時候，我最擔心的，是《帶燈》的題材和敘事如此逼近現實，賈平凹的敘述，或許會被當代現實的破碎、臃腫和零亂所吞沒。但他採取直面當下的敘事姿態，創作主體統攝的謀篇布局，「流水般」地自然復現現實的動態流程和全景式的敘事視角，並以徹頭徹尾的貌似非虛構的「真實」，對抗虛構，對抗想像。那麼，這些究竟能夠在多大程度上梳理清楚生活本身的結構和品質呢？這是否會被一種壓迫式的真實所限制，從而喪失由無邊的想像所帶來的、富於超越感的另一種虛偽的「真實」。從根本上講，文學敘事的最大效率和彈性張力，來自於想像留下的空間和距離所產生的猜想、懸疑以及存在可能性。以文人的才情和奇詭的想像見長的賈平凹，不遺餘力地讓自己陷入無邊無際、遍布迷津的生活大澤，會否寫出的只是一部當代中國鄉村的「上訪總匯」「病象報告」或者「鄉村民情備忘錄」？在這裡，「寫實」的確是考察作家鋪排敷陳生活能力的重要因素。但是，擔心是多餘的，賈平凹不會顧忌理論上的種種考慮和規約，他一頭扎進生活的泥土，踩著泥濘出發，這些已經成為他敘述最大的自信和勇氣。這部《帶燈》的寫作發生和寫作動力，似乎也與以往大有不同，他沒有像以往那樣，獨自將敘述肆意地拋給讀者，恍兮惚兮，奇異紛呈地蕩漾開來，而是小心翼翼地呈現，沒有任何隔膜、虛幻、矯情地描摹，而是超越意識形態的慣性，堅執地表達現實的宿命、無奈和命運的歸屬，以及現實的冷峻和人性的危機。

賈平凹似乎已經將地球視為一個村落，或者，他就將這個「櫻鎮」當成了當代鄉村生活、鄉村社會的縮影，坦然地將這些村鎮聚焦為蒼穹下的一幅影像。這幅影像，是一個時顯喧囂熱鬧，時現寂寞荒寒的存在體，這個巨大的存在體之內，有世俗文化的怪影，有人性的衝撞，有生存空間里人們的不幸和暗影。這部《帶燈》，直面現實，原生態地透視現實，可以肯定，賈平凹沒有像以往那樣樂於沉浸在鄉村灰色的記憶裏，而是返身走進潛伏著種種危機的現實。早些年我在讀賈平凹的時候，在《雞窩窪的人家》《小月前本》《白夜》《商州》，甚至《廢都》裏，我都會感覺到賈平凹的字裏行間有一種野氣，多少有點兒「野狐禪」的味道，敘述自顧自般地行文拋句，起伏不定，無拘無束。那時，我猜測賈氏即便沒有沿襲民國的遺韻，也定然從野史、筆記和稗抄、小品類的文體中，吸納了不少的養分和精華，粗茶淡飯，鄉情故里，在鄉土、鄉村的厚實和粗鄙的兩面性中，與無數人的靈魂默默地交流著。文體和面貌頗顯乖吝、荒蠻，甚至有些晦暗和暮氣沉沉。但是，近年來，我持續地讀到《秦腔》《高興》和《古爐》，他的格局開始更加闊大，行文更是灑脫不羈，人物個性、謀篇布局，肆意揮灑，不再一味沉浸在自己的鄉土「幻象」之中。尤其是，無論切入當下現實，還是發掘並不久遠的「文革」歷史，在文本的背後都凝聚著一種深厚的目光，這目光似乎要穿透沉鬱的迷茫，洞悉艱澀、渾沌的存在，每當我們感到他的敘述貼近地面的時候，隨即又會體會到它已經開始超越和飛翔。就是說，整體氣韻和筆勢的風貌，已經擋不住面對現實時所產生的精神氣度和巨大衝擊力。而與以往的《秦腔》和《古爐》更加不同，這部《帶燈》似乎向現實的內裏扎得更深，地氣彷彿不斷地從大地上的莊稼，草木和房屋中絲絲縷縷滲出來，與人的呼吸相應和。漸漸地脫離了對鄉村的「幻象」的迷戀之後，賈平凹已經卸下了所有的包袱，徹底剝離了鄉村社會的非自然性質的「苔衣」，而以「凜然」的不折不扣的現實主義精神，照亮這裡的山川草木，鄉土風情和生命存在實況。帶燈，同樣也是賈平凹寄寓鄉村理想、理想人格和期待溫潤人性的載體。進一步講，《帶燈》，承載著賈平凹新的敘事理想和文化訴求。賈平凹開始從現實的視角，或者，從現實本身，思考中國的文化和現實困境與出路。我感覺到，賈平凹在這裡真的是要「表達出自己對社會人生的一份態度，這態度不僅是自己的，也表達了更多的人乃至人類的東西」。〔註 2〕

只要仔細回顧賈平凹的寫作，就會發現他真正是一位當代從未離開過書寫中國現實的作家，也許，正是因為他對自己所深嵌其中的鄉土太過殷實，他對中國鄉村生活和文化的體驗和呈現，都富有沉鬱、細膩和寥廓之感。怎樣有力量地表現出一個時代生活的鮮活一面，怎樣表達一個民族的「世紀情結」？需要作家精確地把握和呈現細部。一般地說，用文字來描繪具體的形象以及形象性場面，已經很不容易，要靠它來表現抽象的情緒和情感就會更加困難。好的真正的形象性文字，就要打破、超越文字既有的邏輯組織關係，打破日常性、約定俗成的明確限定，運用理智將最初的感受、朦朧的意念具體化為細節、細部的場面和人物。當然，這也是最需要一個作家內功的時候。這裡，也最需要作家一種強烈的、勇敢的、大的擔當。

還有一個問題，足以令我們認真地思索。中國當代作家和現代作家創作的整體水平和個體水平處在一個什麼層面上？我們的精神內涵，我們的技術，我們的敘述能力，我們的發問能力，我們把歷史和生活經驗轉化成文字、變

〔註 2〕賈平凹：《五十大話》，北京：人民文學出版社 2008 年版，第 145 頁。

成符號般的情感模式的時候，這個水準相差究竟有多少？中國現代一輩作家與當代作家的歷史感、使命感究竟有什麼不同？

那麼，我們還需要回到《老生》。

讀過《老生》之後的人都會感受到，其中的敘述者背後是賈平凹對歷史的詮釋勇氣和信心。他穿行在這些生靈亡魂，遊走在峽谷縫隙當中，所有人間的欲望、人性，扭曲的、端正的、正的、邪的，在一個歷史的陀螺裏旋轉，然後逐漸消失，文字中有無數靈魂的呼號。

「為天地立心，為生民立命，為往聖繼絕學，為萬世開太平」，賈平凹在更大的胸襟和氣度裏，想尋找的是個人和歷史之間的關係，這個民族在一個世紀裏的塵埃。幾個小村落，並不龐大的人群，看似簡單的敘事結構，是一種對歷史的鉤沉，它是一個立體的、一個家國的、一個時代的。其實歷史是一個怪獸，歷史這個怪獸所製造的陰影，使《山海經》能夠和文本互相呼應，這種呼應並不是說哪一段對應哪一段，其實它是對歷史時空的一個梳理和把握。他要寫出眾生相，寫出一個世紀的敘述。歷史和人性，必然和偶然，邏輯和無序，簡潔與浩瀚，悖論與詭譎，都交織在文字裏。關鍵是賈平凹在敘述的時候舉重若輕，又靈動，又糾纏。可以不誇張地說，《老生》是賈平凹「世紀寫作」的提綱挈領。

在《老生》裏，賈平凹無意解構中國現代史，如果認為是解構，那就將賈平凹的寫作簡單化了。他的寫作初衷是試問蒼生的尋根之旅，包括敘事中呈現的暴力，他用激進撞擊腐朽，用脆弱擠壓黑暗，他把歷史所有的力量和各種因素糾纏在一起，這就是舉重若輕。歷史就是怎麼長出來的，在小說裏有著含蓄、悠遠的表達。所以，當歷史和生活的必然性表現的異常複雜的時候，一切要麼分崩離析，要麼精疲力盡，要麼重現生機。所以，賈平凹是在用最簡單的東西對付複雜，複雜自然就變得不複雜了。面對歷史的怪獸，賈平凹是舉重若輕，這種文學敘述主要是表現人類心理狀態，演繹人的精神、靈魂圖像。

在當代，很少有人像賈平凹這樣，以「我有使命不敢怠，站高山兮深谷行」的謙卑姿態，來整理歷史這個幽靈，再現歷史的兩難。歷史是什麼？文學怎麼表現歷史？這個慣常又普通的問題對於作家來講是一個很糾結的問題，也就是說文學的邏輯、文學的敘述要不要對歷史負責？包括如何詮釋歷史？所以我覺得《老生》它不是一個戲說的問題。在這個長篇裏，作為一個傑出的作家，他不會拘泥於一時一處的糾纏，也不會輕易否定存在的合理性，包括人的原始欲望，原始衝動，包括人的苟活。那些生靈，一朵花，一根草，一隻小狗都是一個鮮活的生命，所以戰爭、暴力、死亡、飢饉、貧窮，包括政治運動和階級鬥爭等等那些人為的變故，在自然面前、在《山海經》面前都顯得不可理喻、拘謹和無奈。賈平凹依然試圖發掘善的力量，呈現歷史的流程和潛在動力。他覺得歷史是一條河，賈平凹恪守的是「與天為徒」。其實做「天徒」是心高氣傲的一種姿態，可以說，想做一個好的作家一定是想做一個「天徒」。無疑，《老生》對近一個世紀的歷史做了一次很好的整理。他在整理自己的時候，也整理了中國二十世紀的風風雨雨。我覺得他仍然一直在往前面「頂」，讓時間在文本的河床裏逆流而上。

三

每一位傑出作家都有自己與世界、與生活、與文字建立一種默契關係的方式和途徑。平凹的方式和途徑，與其他作家有相似的地方，也有更多不同之處。一個作家選擇什麼樣的方式介入生活，他擁有多少屬於自己的寫作秘密，似乎也是一種命運，「命運決定了我們是這樣的文學品種」。

上世紀七十年代，賈平凹從自己土生土長的故鄉——商洛的丹鳳棣花鎮出發，從自己生活了十九年的老宅出發，開始他至今長達幾十年的文學敘述之旅。對於平凹來說，他此後的千百萬文字的作品，無一不有故鄉商洛的影子和痕跡。就是說，他一踏上寫作的路途，就從未忘卻和遺失回家的路。這不僅是出自他生命和個性的本能，更是他願將其視為文學立身之全部的選擇。早年的《山地筆記》《商州三錄》和《浮躁》，後來的《廢都》《妊娠》《高老莊》《懷念狼》，以及《秦腔》《高興》《古爐》《帶燈》《老生》，還有剛剛寫就和發表的《極花》，十幾部長篇小說，還有大量的中、短篇小說，散文、隨筆，幾乎全部都是文學的商洛。這也不奇怪，莫言的幾乎大部分作品，也是離不開「高密東北鄉」的；蘇童的敘述，看上去千變萬化，但永遠是環繞著他從小就熟悉的江南蘇州「城北地帶」「香椿樹街」和那條古老運河；余華的故事裏，雖然常常有意遮蔽許多外在的環境形態和地域風貌，但是，我們依然很容易就辨別出，他的敘述裏彌漫的是江南小鎮蔭翳而潮濕的氣息，無疑，他的文學白日夢，是從他熟悉的小鎮延伸出來的。也許，世上就有這樣的一類作家，他們的寫作和文學的呼吸，都是依靠故鄉所給予的神示來供養的。難道這就是所謂「鳳樓常近日，鶴夢不離雲」嗎？

近年來，我曾遍訪阿來、蘇童和賈平凹這三位中國當代作家的寫作「出發地」，或者說是寫作「出發地」「發生地」，這些，都讓我更加深入地意識到，他們寫作的精神起源和物質「原型」之間，都存在一個無法分割的精神「氣場」。蘇童筆下的蘇州，還有那個「城北地帶」和「香椿樹街」，阿來的阿壩州馬爾康的「梭磨河」，賈平凹的商洛丹鳳的「棣花鎮」，它們儘管在文本中僅只是一個敘事的背景，或者虛擬的敘述平臺，但凡是有過這種體驗的人，都會覺得這個實際的存在與文本之間，存有一種「神以知來，智以藏往」的默契和神光。我感覺，一個傑出作家的寫作，一定是有一個「原點」的，這個「原點」，決定著他想像的半徑大小，而他們不同於常人的個性和「異秉」，則使他們對歷史或現實可能獲得重要的精神解碼。蘇童仰仗江南詩意、詭譎的氤氳，溫濕的氣息，生發出神秘的幽暗和飄忽；阿來的馬爾康，那條整日整夜奔騰不息的「梭磨河」，源頭是蒼莽的雪域高原，曠世的險峻，滋生出的雄渾，依然透射出浩渺的氣息。那麼，賈平凹的商洛呢？並不高聳但奇崛的秦嶺，有股撲面而來的鬼斧神工之妙，而幾十年來，貫穿賈平凹文字裏的「勢」，遊弋其間，山嶺上的奇石怪坡，培育了他行文的奇崛和沉鬱，面對貧瘠和荒寒的時候，他表達出的，卻是另一種沉重和滄桑。所以，一個作家早年生活的環境，會令作家的寫作「無可救藥」地伴隨他的一生！地域環境與相應的人文狀況，構成了作家揮之不去的獨特氣息，潛移默化地滲透在文字裏，與寫作者的志趣渾然一體，也就鑄就了文本的個性和獨特風貌。我十分贊同早逝的天才評論家胡河清以「全息」論的思維，審視作家的寫作和對文本的闡釋。他當年所倡導的以「全息主義」視角闡釋作家文本的文化學密碼，現在看來，是頗有道理的。特定的寫作發生的場域，或者作家很長時期的敘述背景，在很大程度上，決定著一個作家進入、深化文學對於人類生命景觀的描述能力。從全息的角度感知生命，可以掃除某些附麗於生命本體之外的虛假表象，而直接接近人性、人的靈魂的核心層次。我們這樣來揣度寫作的發生，並不是要將作家的寫作侷限在「地域決定論」的樊籬之中，而是為了強調因地域性因素而生成的，作家感悟生活和透視生命心史及其秘景的能力，中國作家的這種感悟，顯然具有東方神秘主義的通靈性質。也許，好作家、傑出作家，都是通靈的，他一定是以一顆少有世故、沒有功利和沒有算計的心，體驗、輯錄並呈現生活及其存在世界的可能性。進入歷史時的輕逸，把握歷史時的沉鬱和智慧。說白了，作家在文本裏面所呈現的世界，也許就是在生活中與他的「貌離神合」之處。對於賈平凹，這就是宿命般的選擇和必然。

有一點我堅信，很少有人像賈平凹那樣，在離開生活了十九年的商洛去了西安之後，還曾若干次大規模地遊歷陝西各縣，幾乎走遍所有大小村鎮，而商洛，更是在此後幾十年，每年仍多次往返不斷。「自從去了西安，有了西安的角度，我更瞭解和理解了商洛，而始終站在商洛這個點上，去觀察和認知著中國，這就是我人生的秘密，也就是我文學的秘密。」〔註3〕也就是說，賈平凹寫作的「出發地」和「回返地」，都是商洛。他說，「我是商洛的一顆草木，一塊石頭，一隻鳥，一隻兔，一個蘿蔔，一個紅薯，是商洛的品種，是商洛製造。」〔註4〕看得出來，在平凹的小說文本中，所有的原始具象都來自商洛。但是，賈平凹從故鄉所汲取的，不是簡單的歷史記憶，不是「現實景觀」，更不是敘述背景，而是深陷其中所獲得的生命體悟，是潛隱在文字深處的靈魂的包漿。他小說中每一個故事，每一個人物，每一個場景，以及一部作品的結構形態，都被故鄉的雨水淋濕過，都被秦腔的韻律撞擊過心靈，也許，還曾像幽靈一樣，飄蕩在八百里秦川。從一定角度講，莫言、蘇童、余華這幾位作家，更願意或傾向於「以虛入實」的表現方式。而平凹更喜愛和迷戀直面經驗，耐心發酵歷史與現實，「以實務虛」，在個人經驗的叢林中刪繁就簡，重新整飭現實和生活，最終，文本和敘述，以神示的意蘊，敷衍著表象，進而敘述在悄然生變中超越現實，在歷史的間隙，也能山回路轉，絕處逢生。這一切，看上去，竟然是那樣的舉重若輕。

在商洛的棣花鎮，在凜冽的朔風中，作家賈平凹在前面疾走的時候，我感覺，他正是在他自己文字的密林裏踽踽獨行。他從一個小小的村落走出去，又不斷地一次次走回來，以小見大，感知大地的蒼涼與浩蕩，人世間的有血有肉。紛紛擾擾，酣暢淋漓的萬象，在他的窮形盡相的敘述中，毫髮畢現。他對歷史、現實、人性的敘述充滿了張力，邏輯與無序，悖論與詭譎，簡潔與浩瀚，偶然與必然，都從他小說的結構和故事裏，呈現或隱逸著。而商洛、丹鳳和棣花，就像是賈平凹寫作的母體，他一刻也離不開這個母體，也一刻

〔註3〕賈平凹：《站在商洛觀察和認知中國是我文學的秘密》，2014年11月6日在「賈平凹與中國當代文學」學術研討會上的發言。

〔註4〕賈平凹：《站在商洛觀察和認知中國是我文學的秘密》，2014年11月6日在「賈平凹與中國當代文學」學術研討會上的發言。

不曾離開這個母體。在這個巨大的「母體」裏，他自己也像一個孕婦，不斷地孕育出孩子般的作品。棣花，如同是賈平凹寫作的座標或中軸線，當年這裡的每一個人，每一個物象，都與他的文本發生了新的關聯，滋生出新的生機與活氣。他說過，「人和物進入作品都是符號化的，通過象，闡述一種非人物的東西。但具體的物象是毫無意義的，現實生活中瑣瑣碎碎的事情都是毫無意義的。這樣一切都成了符號，只有經過符號化才能象徵，才能變成象。」〔註 5〕如此說來，在賈平凹的記憶深處，已經有許多符號般的物存在著，但都處於一種沒有「場」的靜物存在狀態，這些，一旦進入賈平凹的審視視域，一切就都變得富有生命力了。所謂「仰觀象於玄表，俯察式於群形」，對於寫作而言，就是一個作家選擇一個什麼樣的角度，重新看待生命、生活和存在世界的意思。「整合」生活和記憶，重新注解生活世界和人心世界的隱秘而複雜的關係，是作家創造新的世界結構的途徑和方式。賈平凹一口氣寫了四十多年，我堅信，像《秦腔》《古爐》《商州》以及《黑氏》《人極》《油月亮》這類作品，倘若是沒有他這種對生活有過切身體驗的作家，是無法寫出來的。也可以從另一個角度說，許許多多曾經有過這種體驗的人，因為缺乏這種特別的想像力，也無法將這種體驗轉換到陌生的文本領域，重新構建豐富的細節和生活的結構。這個結構，是文本的結構，是歷史的結構，是一個世紀的結構，也許，還是敘述所產生的新的世界的存在秩序。賈平凹的寫作，之所以能夠始終保持長盛不衰的狀態，主要是因為他在構建一種人倫關係的時候，既不背離生活本身的邏輯，不隨波逐流，同時又不忘記在寫作中反思人的處境，人性的變化。尤其是，他對於人性、欲望在社會發生變革時，對於其間發生的裂變和錯位，所做出的超越社會學、政治學和文化的思索。

現在，賈平凹又在寫作一部叫做《秦嶺志》的新的長篇小說，這部長篇小說，已經將敘述的時間向前推至上個世紀二三十年代。由此，我們越來越清楚，賈平凹的「世紀寫作」所試探和勘查的，原來是這個民族一百年的秘史，其中的民族興衰，時間輪轉，人性變異，滄桑歲月。

那麼，究竟誰又是那位見證了歷史風雲的「老生」呢？

〔註 5〕賈平凹，韓魯華：《關於小說創作的問答》，《當代作家評論》，1993 年第 1 期。

遲子建的「文學東北」——重讀《偽滿洲國》《額爾古納河右岸》和《白雪烏鴉》

一

從一定意義上講，遲子建的小說，就是一部百年東北史。

只是這部文學的百年「東北史」，充滿了個性、靈性、智性以及多重的可能性。三十餘年以來，她寫作出綿綿五六百萬言的小說、散文等敘事性作品，字裏行間，深入歷史與現實，重繪時間與空間地圖，再現世俗人生，柔腸百結。她描摹群山之巔、白雪烏鴉，鉤沉滄桑巨變，測試冷硬荒寒。沉實的敘述，細部的修辭，可謂抽絲剝繭，探幽入微，白山黑水，波瀾萬狀。其中，有曠世變局，有乾坤扭轉；有道義，有情懷，有格局，有「江湖」；有生命之經緯，有命運之沉浮。我感到，從遲子建的筆端流淌出來的，其實更像是一部刻滿萬丈豪情、灑脫無羈的情感史、精神史、文化史。這些「東北故事」「東北經驗」以獨特的結構和存在方式，無限地延展著文本自身持久的美學張力，成為中國當代文學中不可忽視的獨特存在。面對遲子建的文學寫作及其充滿個性化的「鄉愁」、情愫，我更願謂之「文學東北」。其實，遲子建的小說，於我這樣一個同樣生於斯、長於斯的「東北佬」而言，從題材和地域的層面看，並無太多異質性的感性經驗和「陌生化」現實語境令我驚異，但其對大歷史的書寫和小人物悲歡的演繹，早已超越了個人經驗的告白和情感訴求，蘊藉其間的萬千情愫，常常讓我感慨，反思，沉浸，心有戚戚焉。在遲子建的文本裏，百年東北的歷史，就彷彿一部流淌的文化變遷史。在這裡，這種

「文化」的蘊藉，承載著這幅文學版圖之內的政治、經濟、軍事、宗教、倫理和民俗，它呈現著東北的天地萬物、人間秩序、道德場域還有人性的褶皺、生命的肌理，讓我們看到「大歷史」如何進入一個作家的內心，構成宏闊歷史的深度。而歷史、現實和時代，人性、人與自然，在遲子建的文學想像和敘事中，呈現出東北敘事的雄渾和開闊。我更願意將其置於一個精神價值系統，從感性的體悟到理性的沉思，考量、揣度遲子建小說滲透和輻射給我們的靈魂氣息。

彷彿冥冥之中的一種機緣或宿命般默契，就在我動筆寫這篇遲子建長篇小說論的時候，我收到哈佛大學王德威教授剛剛寫就的《文學東北與中國現代性——「東北學」研究芻議》一文。王德威從一個新的思考和研究視域，對東北地域文化、東北文學及其相關問題做出了拓展性分析和闡釋，他對遲子建的評價可謂高屋建瓴，舉重若輕，其思考已經越出文學本身的邊界，體現出開闊的研究理路和格局。這樣，我的這篇小文就與王德威教授的宏文，在討論遲子建創作及其文本的「東北性」方面，形成了文學維度上的「互文性」。

當代中國作家對東北跨族群文化的描摹也不乏有心人。遲子建第一本作品《北極村的童話》（1986）描寫一位白俄老婦與當地漢人居民的互動；於是在蕭紅式「家族以外的人」有了「民族以外的人」。同樣的關懷顯現在《晚安玫瑰》（2013），處理猶太難民在當代哈爾濱凋零殆盡的話題。是在《額爾古納河右岸》（2005）裏，遲子建真正展開她跨界敘事的眼光。小說描寫中俄邊界額爾古納河右岸一支鄂溫克人的命運。他們數百年前自貝加爾湖畔逐馴鹿遷徙而來，信奉薩滿，樂天知命。但在酷寒、瘟疫、日寇、文革乃至種種現代文明的擠壓下，他們倍遭考驗，注定式微。遲子建從一位年屆九旬的女酋長眼光，見證鄂溫克人最後掙扎。額爾古納河自 1689 年尼布楚條約後一直是中俄邊界，但遲子建所思考的不僅是大歷史所劃定的邊界，也不僅是一個少數族裔或文化的終末，而更是從東北視角對內與外、華與夷、我者與他者不斷變遷的反省。

也出於類似反思，四十年代蕭紅寫下《生死場》，六十年代聶紺弩寫下《北荒草》，新世紀遲子建寫下《世界上所有的夜晚》。這些文學暴露東北作為群體或個體所經歷的挫折與困惑，而有了魯迅所謂「自在暗中，看一切暗」的警醒與自覺。東北故事不再追求表象的五光十色，而致力發現潛藏的現實暗

流，錯過的歷史機遇，還有更重要的，「豹變虎躍」的關鍵時刻。〔註1〕

王德威的文章，將遲子建的創作置於「家族」「國族」「民族」的場域之中，考量遲子建寫作「跨界敘事的眼光」，「從東北視角對內與外、華與夷、我者與他者不斷變遷的反省」，評判遲子建的「文學東北」所承載的歷史力量、地域經驗和現代性訴求，打開了一個充分而飽滿、深邃而曠達的文化及審美思辨空間。無疑，我們會想遲子建「東北故事」的文字背後，必定蘊藉著廣闊、複雜、變動不羈的大歷史的積澱和滄桑。遲子建三十餘年六七百萬字作品的體量，其中極強的所謂「地域性」「關東氣息」和認知世界的圖式，是如何凝聚、溶解在東北的性情、性格氣質、精神心理的空間的？一部東北的文明史，是如何通過文學敘事的方式，呈現出東北心靈史的藝術形態？這種形態，會不會就是作家洞悉大歷史時的一次精神、靈魂的安妥？文字後的歷史，遲子建都做出了怎樣沉重的精神穿越？我們所關懷的「歷史的寬度、厚度」和獨有的、系統的精神哲學，在遲子建這裡是否開創了沒有傳統的傳統？我能感覺到，歷史和現實本身，已經無法制約遲子建文本美學力量的彌散，而它一味地推進著小說敘事活力的迸射。孫郁認為：「許多年過去了，民族的大遷徙與文化的融合，卻未能在根本上改變東北人的性格。從現代以來的蕭軍、蕭紅，以致今日的馬原、阿成、洪峰、遲子建等，你會覺得那些異樣的文字，是除了東北人之外的其他任何一個地方的作家，很少寫出的。藝術的優劣可以暫且不論，但那種野性的、原生態的生命意象，我以為是對中國文化不可忽略的貢獻。東北文化乃至東北文學，在這樣一種粗放的線條中，呈現著東北人的歷史與性格。倘若沒有東北、西北、大西南等少數民族文化的存在，中華文明的畫軸，將顯得何等單調！」〔註2〕這是作為作為學者和評論家的孫郁對東北的「凝視」，他深刻地意識到近代、現當代的東北人和東北作家，一直以不衰竭的力量，顯示著自己的存在。他還注意到東北作家對自己故土「那份熱誠而灑脫的審美態度，注意到了他們表現出的特有的東北人的品位。」「東北文學的魅力是外化在生命的衝動形態的。」〔註3〕可見，從穆木天、楊晦、蕭軍、蕭紅、端木蕻良，到馬原、遲子建、阿成等，他們在並沒有多麼雄厚的地域文化史的語境中，直面現實，感悟自然，通過敘事文本體驗並呈現出

〔註1〕王德威：《文學東北與中國現代性——「東北學」研究芻議》，將刊於《吉林大學社會科學學報》，2019年，第5期。

〔註2〕孫郁：《文字後的歷史》，春風文藝出版社，2001年版，第97頁。

〔註3〕孫郁：《文字後的歷史》，春風文藝出版社，2001年版，第97頁。

人的生命自身的力量，表現人間的苦難、存在的無奈和世間的百態。他們講述著「黑土地」的故事，始終散發著生命的迷人的氣息，張揚著屬於這片土地的內在氣韻和律動。

遲子建在 1990 年代中後期，寫出長篇小說《偽滿洲國》，後來又陸續寫出《額爾古納河右岸》《白雪烏鴉》《群山之巔》，還有大量的中短篇小說和散文隨筆。遲子建文學敘述的視域和範疇，從未離開過「東北」這塊土地，她以自己的文字演繹這裡近百年的歷史和當代現實，呈現複雜的歷史真相。她十分清楚東北歷史和文化的這種複雜性，面對多元文化的複雜因素，她不迴避複雜，而且在漫長的文學敘述中有條不紊地呈現複雜，在撲朔迷離的歷史現場，思考人的動機、衝動、侷限和人性困境。記得初讀《偽滿洲國》時，我曾憂慮甚至質疑，三十幾歲的遲子建能否真能駕馭得了東北如此「宏大」的歷史狀貌及其複雜的敘事結構。將「東北」作為考量近代、現當代中國經驗和歷史、現實的聚焦點，顯然，這已經不僅僅是一次漫漫的文學之旅，更像是一位作家面對殘酷歷史和困頓的現實時，屢次出發，又一次次從容坦然而自信的歷險。大小興安嶺蜿蜒的龍脈，長白山天池的奇詭，烏蘇里江的孤傲，北方的曠野上多民族生活的喧囂與騷動，環境的寒冷和粗糲，本土與異邦領地、習俗諸多方面的「犬牙交錯」，在遲子建筆下，構成一部自然、社會和生命的文明變遷史。遲子建克服了東北自身文化積澱上的單薄和執拗，以審美的目光檢視這塊土地之上的人情、人性、情感的浩瀚。應該說，正是因為有遲子建這樣的作家，以其大量的虛構、「非虛構」文本，持續性地寫下東北百年滄桑的歷史和現實，才使得東北的人文面貌終成一種文化、文學的備忘。這種文學備忘，既呈現了「東北」歷史、地域及其文化的特異性、完整性，也完成了一種不同凡響的「東北」精神、靈魂的修辭。

「九一八事變」之後，傅斯年曾心焦如焚地趕寫出《東北史綱初稿》。傅斯年的這部「古代之東北卷」，主要是根據歷史事實，有力地證明東北屬於中國，駁斥日本人的「漢蒙在歷史上非支那領土」的謬論，提出「持東北以問國人，每多不知其蘊，豈僅斯文之寡陋，亦大有繫於國事者焉。」〔註 4〕傅斯年還在「卷首」的引語中，特別指出「本書用『東北』一詞不用滿洲一名詞之義」，並細緻、謹嚴地考辯自清代以來「滿洲」一詞出現的原委，憑藉民族的、地理的、政治的、經濟的歷史依據，徹底否定外寇為侵略、瓜分中國而

〔註 4〕傅斯年：《東北史綱初稿》，嶽麓書社，2011 年版，第 1 頁。

專門製造和「硬譯」的名詞。數年來，「滿洲」或「滿洲國」這樣的概念、詞語，已然隱隱約約地在光陰中隨風彌散，漸漸銷聲，淡然退出，東北作為中華民族本土的重要版圖，在共和國歷史上百折不撓地存在，不斷地被喚醒其應有的活力。遲子建的長篇小說《偽滿洲國》，在文學敘事的場域和語境下，彰顯著被歷史煙雲所席捲的滄桑，一個「偽」字，堅定地剝離、抖落百年塵埃，滌蕩可憎的虛偽和矯飾，惟「東北」成為一個真實的存在，所謂「滿洲」無非是一種軍事法西斯侵略歷史的話語暴力。的確，真實的歷史在文字裏常常被歪曲，被抹殺，但《偽滿洲國》《額爾古納河右岸》《白雪烏鴉》和《群山之巔》，這些文學敘述並非向壁虛構，它給我們巨大的歷史感及現實精神，它尊重歷史，想像、還原生活細部的肌理，刻畫人性的褶皺，更貼近歷史總體和平實的生活語境。在這裡，「『東北』既是一種歷史的經驗，也是一種『感情結構』。」〔註5〕比起當年「滿洲國」時期的端木蕻良、蕭軍、蕭紅、山丁、古丁、爵青、梅娘、袁犀、吳瑛等作家的寫作，遲子建對遠逝的歷史的眺望，進入歷史的超然、激情、想像力更具有精神和心理上充分的準備。而且，前者是壓抑的，收束的，無奈的。他們的敘述深陷東北沉淪的泥淖，幾近「噤聲」的話語管控，文本多有滯澀，難以剝離淒苦和通俗的哀情；後者則拉開時間的長度，玄覽生靈、沉澱滄桑，奔放舒展的情思，開合有度，深沉地揭示命運不可知的悲劇本質和自然、生命的神奇力量，必然使文本擁有更大的張力。儘管這種寫作的重心可能是內斂的、沉鬱的，但氣韻卻是自由的、張揚的，最接近事物和存在本身。從《北極村童話》開始，遲子建已逐步建立起敘事的雄心，「文學東北」的敘事格局，日益潛在地在調整中自覺。直到她寫出《霧月牛欄》《清水洗塵》《世界上所有的夜晚》《白銀那》《黃雞白酒》《候鳥的勇敢》等中短篇小說，及《晨鐘響徹黃昏》《樹下》《偽滿洲國》《額爾古納河右岸》《白雪烏鴉》和《群山之巔》，終於形成遲子建獨特的敘事架構。而這種超脫、超越性的文學語境以及經由遲子建個人主體性陶冶的敘事根源、精神、價值向度、美學氣度、包容性等等，或許更貼近「東北」文學敘事的特性。我感到，遲子建不僅能把握當代現實生活「寧靜的輝煌」、北方曠野的「逝川」和「格里格海」，同樣也可以駕馭歷史異態時空中精神世界的「傷懷之美」「光陰於低頭的一瞬」。

當然，文學永遠會保持我們內心、靈魂與歷史之間的密切聯繫，保持著

〔註5〕王德威：《文學東北與中國現代性——「東北學」研究芻議》。

歷史和現實在我們內心的真實狀貌。因此，可以說，遲子建的小說，就是一個巨大的關於東北的文學意象和隱喻，那些最具吸引力的歷史細節，靈魂喧嘩、世道人心，讓歲月和時代的精髓悄然積澱下來，將這塊土地的魅力和情懷，延展成人性雄渾的精神美學力量。

二

無疑，歷史感、歷史觀、歷史情懷，直接影響著作家的歷史敘事，這些因素決定作家文學敘事的「歷史選擇」倫理，決定文學文本的美學價值和意義。闡釋遲子建的這幾部長篇小說，定然無法離開文學敘事與歷史、自然和人文立場的關係，文學畢竟不是「歷史」，但這是一種敘事。那麼，這種敘事與「歷史敘事」相比，其中必然存在著某種「隱秘結構」，正是因為這種「隱秘結構」的存在，作家的想像力、信念、信仰和訴求，令小說文本顯示出「超現實」「超歷史」的品質。這裡，它隱含著作家對世界的一種目光，它揭開了事物的另一種隱秘的本質，這是一種文學經驗，也是獨特的、值得珍視的生命經驗和永遠無法失去的歷史經驗。

「我是雨和雪的老熟人了，我有九十歲了。雨雪看老了我，我也把它們給看老了。」這句素樸、簡潔的話語，一開始就像一支交響樂曲的基調，引導、統攝著小說整體敘述的走向，率真而沉鬱，哀而不傷。《額爾古納河右岸》裏，這位鄂溫克老人，是一位閱盡滄桑的歷史老人，也是一個見證了自然和人類斗轉星移、興衰變化的活化石。她在額爾古納河右岸生活了將近一百年，最後，她自己似乎也變成了一條河流，與自然融為一體。在自然、天地和人文的大背景下，我們看到她行走的軌迹，在經歷數十年風雨的洗禮之後，她幻化成大自然的精魂、活化石，因為人與自然的這種強大的親和力，必定會使一個人的命運與世界之間渾然一體，彼此不分。在這裡，遲子建借助這位鄂溫克老人的目光和緬想，試想表達人類文明進程中的尷尬、悲哀、無奈，也是她站在東北大地上書寫的世紀傳奇和人間滄桑變奏曲。

我相信，寫作這樣一部具有「史詩」品質的長篇小說，寫出歷史的滄桑和時代的年輪，一定是遲子建長久以來的願望。但是，「史詩性」的小說到底應該怎樣寫，其實這也是一個如何進入歷史的過程的問題，捕捉、聚焦歷史中的哪些點，又怎樣構成一個打開了的時間、空間交匯的「扇面」，需要卓越的想像力。我想，小說就是要處理好歷史中的俗情，寫出平民生態，寫出所謂「歷史的褶皺」和人性的溝壑。因為，小說所能表現出來的存在世界的可能性一定大於「歷史」及相關的文本本身，歷史的詩意、歷史的價值和意義，都是在文學「重構」歷史時從作家充滿情懷的書寫中傳達出來的。「八十年代以來的『史詩性』長篇小說更多地是對以往歷史認識的補寫和改寫，同樣是『史』大於『詩』。只要參照已有的給定的歷史觀，其史詩性必然只是對人所共知的重大歷史進程的文學性注釋和稍加細化而已，歷史褶皺中的生活樣態和人的存在心態等等的豐富性內藏，這些最能體現文學的藝術價值的東西一旦被抽空，就失卻了活的血肉筋骨和生動的心神表情。」〔註6〕在這裡，施戰軍從「史詩性」的角度，辨析文學敘事中「史」和「詩」的權重及其關係，強調文學敘事中「詩」的成分和品質。對於作家來講，這其實是一個巨大的敘事難題。「詩」與「史」之間的「距離」究竟有多大？儘管我們篤信「詩比歷史更永久」，但作家作為創作主體，能在多大程度上超越歷史「史實」的牽制或制約，則取決於是否順應「一切歷史都是當代史」式的意識形態強勢力量的歷史論斷。《額爾古納河右岸》從一個百歲老人的視角來貫穿、敘述一個部落、一個民族歷史的興衰，以「小人物，大歷史」的理念進行敘事，這顯然是遲子建傾心選擇的敘事倫理。看得出來，她寫這部長篇時的激情是飽滿的，一定是這個民族近百年的歷史，深深觸動了她靈魂最深處的情感，令敘述噴薄而出。這種審美選擇和氣質，一直延續到《偽滿洲國》和《白雪烏鴉》。進一步想，歷史上都曾發生過什麼？還可能發生過什麼？一個作家究竟應該記錄下些什麼？怎樣記錄？文學敘事是否有一個情感的「邏輯起點」？實質上，敘述視角就是小說的結構邏輯和敘事邏輯，敘事視角的選擇，就是小說的敘事「政治」。我們在遲子建大量的中、短篇小說中，特別是她的長篇小說中，我們能夠看出其敘事視角選擇的「執著」。從《偽滿洲國》《額爾古納河右岸》和《白雪烏鴉》這三部長篇小說看，敘事視角、敘事人稱、敘事情境的設置和產生，在一定程度上直接影響、主導著敘事邏輯和敘事方向的穩定或變化。並且，這幾個因素也決定了小說的經驗處理方式和整體美學結構的價值，特別是，我們在這種結構中能夠深刻地感受到敘事時間、敘事空間和敘事聲音的起伏和波動。所以，我們可以先從小說敘事結構的層面，考察遲子建小說內在的精神和心理結構。

〔註6〕施戰軍：《獨特而寬厚的人文情懷——遲子建小說的文學史意義》，《當代作家評論》，2006年第4期。

王德威說，「『東北』既是一種歷史的經驗，也是一種『感情結構』。」〔註7〕我認為，這種理念或判斷，實在是符合遲子建的文學寫作實績。遲子建的文學東北敘事，就是沉浸於歷史、現實經驗裏所建立的不斷豐盈的「感情結構」，這是她寫作修辭學的精神邏輯起點。正是這種「感情結構」，拓展了她藝術表現的時間和空間。我相信，遲子建文學敘述的直接震撼力量，一定來自她對生命及其命運的敬畏和尊重，在於她試圖在變幻不定、紛至沓來的歷史、存在時空中，寫出一個時代或者一個個人的生存史、命運史，寫出個人歷史的疼痛感和迷失、焦灼，寫出每一個個生命個體不可遏制的苦難、祈願、抗爭、隱忍和期冀。在《額爾古納河右岸》裏，從鄂溫克老人的生命體驗，遲子建就建立起一個女性視角和充滿感受力、情感度的「感情結構」；在《偽滿洲國》裏，遲子建幾乎傾其精神所有，她將青春時代所積攢的全部心力訴諸於「偽滿」十四年歷史的描述，其中深深嵌入了一個在東北暴雪和寒冷中「逆行精靈」的遐思與感傷。在這裡，「全景式」敘事，來自敘述者，也來自吉來、王亭業、楊昭、溥儀、楊靖宇、胡二、王小二、狗耳朵、羽田、北野南次郎、四喜等等人物的平視、仰視、俯視視角，構成了視角的政治，構成了存在世界真實鏡象及其折光。這些人物的喜怒哀樂、細枝末節都映像著那個時代的風雲變幻，斗轉星移。無論是吉來、王亭業、鄭家晴，還是溥儀、楊靖宇、北野南次郎，在亂象叢生、生靈罹患的歲月裏，彷彿一切都在混沌的狀態中蘇生、麻木、輾轉、掙扎、平庸、乖張和毀損。溥儀的「生之掙扎」可以是一個王朝徹底消逝後的最後妄想和苦相，楊靖宇的倔強、壯烈和最後一縷期待和憂傷，仍然可能重燃一個民族的豪邁，而吉來、王亭業和鄭家晴的存在狀態，他們那種沒有氣節和價值、道德底線的混沌人生，只能呻吟出俗世的蒼涼。這是一個開放的敘事視角，政治、軍事、經濟、文化、商貿、教育，各種元素雜糅兼容，生態的清明上河圖，人物、事物彼此交織呼應，流轉蹉跎，陰森鬼魅，既有濃墨重彩，也有輕描淡寫，可謂淋漓盡致、不一而足。而這些對於文學敘事來講，這無疑是智慧的、目光的、敘事的「政治」，在這樣的目光下，才可能有寫作主體的自由書寫和精神沉澱，否則，《偽滿洲國》洋洋灑灑七十萬字的篇幅就難以負載十四年歷史的「體量」和「容量」。這也正是遲子建文學敘述的「氣力」所在，她將東北這個特定時空亂世的浮生故事，演繹、再現得深入淺出，從歷史的根部刨出正義、邪惡、高

〔註7〕王德威：《文學東北與中國現代性——「東北學」研究芻議》。

尚和卑鄙的理性、非理性層面。當然，這也是遲子建對這個年代和歷史的道德省察和倫理思辨，體現出一個東北作家的責任和擔當。

我感覺，遲子建與自己所有的小說都有著極具親和力的、原生的、「曖昧的」精神聯繫，就像她的成名作《北極村童話》及其《霧月牛欄》《清水洗塵》，童年經驗作為生活原型和重要敘事題材，直接進入遲子建的創作，自然有著不可替代的「原生性」價值和自傳體意味。這篇小說對於遲子建和「東北文學」來說，都極具個人性價值和文學史意義，在一定程度上堪比中國現代文學史上蕭紅的《呼蘭河傳》和《生死場》。我本無意將兩者做任何生硬的比照，但《北極村童話》等文本之於東北文學的「在地性」和「核心性」幾乎無可爭辯。此後，《格里格海的細雨黃昏》《世界上所有的夜晚》《白銀那》《逝川》《魚骨》等的出現，盡顯「北國一片蒼茫」的美學意蘊，成為跨越地域性邊界的「東北敘事」。在這些文本裏，生活、存在世界進入作家的內心時，歷史、現實和人性，經由作家的坦誠、良知、寬柔的情愫過濾後，其中人的複雜關係、情感、生命本真的狀態和意緒起起伏伏，充滿精神的辯證。既有自覺的超越，對困厄和絕望的超越，也有作家目光的凝視和審美視域的曠達，堅韌的情懷充斥於字裏行間，作品顯示出厚實練達，精氣充盈的美學形態，情感基調，深沉厚重，就像蓄滿了泉池的水，小心翼翼，彌漫、蕩漾開來。「童話」「民族史志」「風俗史」「傳奇」特徵，形成遲子建敘事的文體風格。而不可泯滅的民族、文化、世俗根性和獨特的北極村「邊地性」，使遲子建的「感情結構」更具靈氣、樸素的氣度和感悟生命時的蒼涼。「傷懷之美」成為我們形容和描述遲子建小說人文情懷和美學氣質的關鍵詞之一。「傷懷之美像寒冷耀目的雪橇一樣無聲地向你滑來，它彷彿來自銀河，因為它帶來了一股天堂的氣息，更確切地說，為人們帶來了自己扼住喉嚨的勇氣」〔註 8〕我們在《額爾古納河右岸》裏所看到的薩滿文化信仰和民俗，鄂溫克部族的生之快樂，具有原始氣息和民族之間相互滲透的生活史、民俗史，現代城市文明對古老生活方式的毀損，安靜、安定、安寧的生活遭遇現代性滌蕩、吞噬之後，和諧被徹底打碎，命運失去根由而被同化的撕裂和疼痛。這些悲劇性的命運構成一個部族的衰落史，令人不勝唏噓，可歌可泣。

十五、六年前，戴錦華對遲子建創作的描述仍令人難忘：「遲子建是一位極地之女。她帶給文壇的，不僅是一脈邊地風情，而是極地人生與黑土地上

〔註 8〕遲子建：《傷懷之美》，雲南人民出版社，1995 年版，第 1 頁。

的生與死：是或重彩，或平淡的底景上的女人故事。儘管不再被戰爭、異族的虐殺所籠罩，那仍是一片『生死場』，人們在生命的鏈條上出生並死去；人們在災難與劫掠中蒲草般的生存或同『消融的積雪一起消融』」〔註 9〕那個時候，遲子建剛剛寫出《偽滿洲國》，這部長篇小說與後來的《額爾古納河右岸》《白雪烏鴉》，無疑構成了一個更浩瀚廣袤的、東北大地上的「生死場」，它承載著這個特殊場域的「蒼生」。《額爾古納河右岸》裏，尼都薩滿、魯尼、哈謝、坤德、伊萬、依芙琳、瓦羅加、拉吉達、拉吉米、伊蓮娜、西班、達吉亞娜，還有遲子建始終沒有給出名字的「我」，如此眾多的人物，他們幾代人在額爾古納河右岸狩獵、馴鹿、遷徙、衣食住行、生老病死，神秘的薩滿拯救蒼生，在人神之間往來。這個弱小的、游牧的、「叢林民族」鄂溫克，在命運的起伏興衰和遷徙中，走出希楞柱，只能憂傷地自我面對一個部族的憂傷。可以說，這依然是遲子建式的「感情結構」，在這裡，她勇於面對生死、悲歡、災難，但始終蘊藉著對美好生活、生命的渴求，坦然地背負無奈、殘缺和冷酷。應該說，遲子建對生命和命運的感悟和思考，是曠達的，她敬畏自然及所有生命存在的理由和方式，那種幾近宗教般的情懷和童年經驗，「作為一種先在的意向結構對創作產生多方面的影響」〔註 10〕遲子建曾回憶並描述童年時對鄂倫春人的認識：「他們游蕩在山林中，就像一股活水，總是讓人感受到那股蓬勃的生命激情。他們下山定居後，在開始的歲月中還沿襲著古老的生活方式，上山打野獸，下河捕魚。我沒有見過會跳神的『薩滿』，但童年的我那時對『薩滿』有一種深深的崇拜，認定能用一種舞蹈把人的病醫治好的人，他肯定不是肉身，他一定是由天上的雲彩幻化而成的。」〔註 11〕東北的民俗、風俗、宗教，後來很自然地進入遲子建的文本。實質上，《額爾古納河右岸》就是關於神靈和「最後的薩滿」的史詩，神性已成為她樂於書寫的對象。「通神」在遲子建的小說文本裏，成為一種不可或缺的、有意味的文化存在。我們看到，《偽滿洲國》裏，人物的命運同樣辛酸和逼仄。吉來、王亭業、楊昭、楊浩、楊靖宇、胡二、紫環、王小二、狗耳朵、羽田、北野南次郎、四喜，包括溥儀、婉容、祥貴人，他們彷彿都身處一種錯位的時空，

〔註 9〕戴錦華：《遲子建：極地之女》，遲子建小說集《格里格海的細雨黃昏》，江蘇文藝出版社，2003 年版，第 304 頁。

〔註 10〕劉豔：《童年經驗與邊地人生的女性書寫——蕭紅、遲子建創作比照探討》，《文學評論》，2015 年，第 4 期。

〔註 11〕遲子建：《遲子建散文》，人民文學出版社，2008 年版，第 127 頁。

他們的抗拒倭寇，愛恨情仇，江湖恩怨，似乎根本不是在「人間的天堂」，慘烈的生活和現實遭遇，令生命充滿裂痕，無法彌合。無疑，遲子建在這裡所講述的都是有關生與死、苦難與貧瘠的東北往事，儘管其中不乏暖色和寬柔、力量與激情，奇特而迷人，敘事始終布滿沉鬱的、艱澀的底色，充溢著奇詭、宿命感、靈魂無所依傍的陷落感，但生生不息的芸芸眾生中隱藏的則是生之困惑與堅忍。

前文提及，孫郁所說的東北文學中那種野性的、原生態的生命意象，是對中國文化不可忽略的貢獻。東北文化乃至東北文學，是在一種粗放的線條中呈現著東北人的歷史與性格。在這裡，孫郁從文化史、文學史和文體風格的角度，道出了他對東北文學的整體性判斷。無疑，這還觸及到中國小說寫作中「奇正相生」思想及敘事轉換等美學立場。但是，我覺得遲子建的文本，並不完全是沿著「粗放的線條」的美學形態表述東北的「野性和原生態」，尤其是她的幾部長篇小說。遲子建的筆觸，都幾乎深深地嵌進了生活的細部和肌理，她寫出了東北之「野氣」「浩氣」，也寫出了東北的「霸氣」和「豪氣」。從敘事的層面看，遲子建小說的敘事倫理，不能說是刻意「尚奇」，但可謂「執正馭奇」，從容不迫。幾部長篇小說中，「神人」「畸人」「病人」「狂人」「野人」無所不有，遲子建常常貼著人物書寫，野性和欲望的衝動、扭曲的人倫、暴力的衝撞、極端的巧合和意外，最終並不趨向「志怪」「演義」，而是從俗世的常理中理解和破譯人物和事件，勘察和逼視歷史、社會、人性、人心和良知，竭力地開掘出故事的深意。王德威認為，《偽滿洲國》「回顧東北那段動盪歲月和庶民生活，思考命運對中國人和日本人的意義，平心靜氣。」〔註12〕它擁有寬廣的小說結構和敘事格局，敘述像花瓣般散落，落紅卻又精魂一樣沉浸於泥土。若干人物、若干故事和情節，巨大的文本體量在一種「編年體」的歷史、時間的線性敘事中逐一呈現出立體的交融，一瀉千里。仔細想，置身十四餘年的歷史空間，如何表現、敘述這種特殊的「偽」政體、「偽政治」及軍事、社會、民間結構及其形態？對於這樣一個具有十四年時間長度的社會、時代，一個作家選擇什麼樣的敘事倫理來審視、表述自己的判斷？對於這樣一個漫漫歷史長河中的「斷代史」，該怎樣處理歷史史實和文學虛構之間的微妙關聯？在這裡，借用歷史學的觀念，我們可以在判斷文學敘事策略和方法時，釐清「大寫歷史」和「小寫歷史」之間的迥然區別。「大寫歷史」認

〔註12〕王德威：《文學東北與中國現代性——「東北學」研究芻議》。

為歷史是一個「有頭有尾」的過程，它是一種基本的假設；而且歷史的方向是進步的、積極的，是向上的、永遠向前的發展過程；歷史是有意義的，或者說，歷史事件或歷史人物的行為都是有意義的，每個歷史行為都是有意義的。為什麼每一個歷史事件，每一個單個的、看上去偶然發生的事件都是有意義的？我們認識、思考、理解這個「有頭有尾」的歷史過程，能否必須對其作出理性的「歷史判斷」？歷史有一個起點也有一個歸宿，從何處開始，以何人為敘述對象或起點？歷史的主導者在哪裏？他在文學敘事中未必是「領銜人物」。對此，歷史敘事和文學敘事恐怕面臨同樣的兩難。像《偽滿洲國》所敘述的這樣一個大歷史過程，究竟需要以什麼人和事物作為敘事的起點，又以什麼事件作為終結的代表？這是一件頗費思量的事情，實際上，人的行為和歷史本身不是無序的，但是卻可以有無數的切入點和視角。在《偽滿洲國》裏，我們所看到的「滿洲國」皇帝溥儀、「抗聯英雄」楊靖宇、日本人羽田、北野南次郎，與吉來、鄭家晴、胡二、王小二、王亭業、楊昭等人，都被置放在一個「花開幾朵，各表一枝」或「平行推進」的敘述層面上。這也絕不僅僅是為了敘事的便利和「蒙太奇」策略，我感覺，這也許就是所謂「小寫的歷史」，它是在張揚那種「歷史的」和「美學的」呈現方法，是處理歷史經驗的隱喻結構。表面上看，在這部長篇小說裏，「滿洲國」作為一個偽政體彷彿是悄然而至，又「不脛而走」。但是，平靜的外表下，火山噴發前地下岩漿的湧動令人驚悸而恐懼。涵蓋於大東北中的「滿洲」，在這個特定時空中每一個生命個體的孤獨、痛苦、幽怨、死亡、離別和絕望，都似幽靈一樣飄浮在這片廣袤大地的上空，存在著，也隱遁著，生生不息，又稍縱即逝。的確，在遲子建的小說中，東北特有的那種野性的、原生態的生命意象，構成她小說敘事的敏感地帶。「堅硬」「神力」「情愫」「野性的誘惑」，這些都是「東北」地域可能生成的美學動態。富於地緣景觀和情境的生命元素、地域性「能量」，都充滿生命、情感和命運的扭結，都無法擺脫亂象叢生時代「罪與罰」的糾結和殘酷。我相信，遲子建多年來在這塊土地上找尋的，一定是悲傷而不絕望的生存境界。

三

填補、「修繕」歷史的缺失和遺漏，保存珍貴的生命、情感記憶，反抗遺忘，這是「歷史小說」的敘事夢想和終極「欲望」。遲子建對歷史滿懷敬畏之心，她理解、感悟著存在世界的過去、現在和未來，世界便在他們心目中充滿了神力。也許，好小說就是好神話，它必定會超越歷史題材本身和文獻資料的限制，生發出富有現代精神和古典情懷的美學意蘊。《額爾古納河右岸》就像一部人間神話，儘管它終究唱成了一曲輓歌，但它畢竟是一個美妙而富有魅力的生命過程，在反思人類文明進程的尷尬、悲哀和傷痛時，讓我們仔細地傾聽歷史的回聲。《偽滿洲國》以中國歷史上最複雜的地域性「斷代史」為藍本，超越「史詩」的敘事觀念，不做英雄演義，而是捕捉生命個體在「亂世」的自在選擇或茫然狀態，留存那個時代值得珍惜的碎片式的斑駁記憶。長篇小說《白雪烏鴉》選擇、聚焦一百年前哈爾濱的一場大瘟疫。將其作為題材或敘事的背景，對於遲子建來說，可能有她與這座城市的密切關係、特殊感情相關的原因，也有追溯城市歷史的強烈願望。在這裡，她將歷史推至1910 年，如果聯繫遲子建以往的所有創作，她文學敘事所表現的時間跨度已經超過一百年，從近現代到當代，她的寫作可以堪稱「世紀寫作」。而她的題材皆出於東北大地，這無疑是一個文學的東北行旅。這樣的寫作之於一位東北作家來說，有著不凡的意義和價值。

我們記憶中的 2003 年遍及中國的「非典」疫情，也許，在一定程度上構成她的這次寫作充滿宿命意味的機緣。但我想，主要的原因恐怕還在於她始終試圖尋找一個歷史的端口，在重現歷史、描繪生命歲月滄桑時，表達人性、人的內心的堅韌與柔軟，無奈與困頓。顯然，遲子建是想通過重現記憶將我們帶回到過去，憑藉想像力和對歷史與現實的縫合力，通過敘事讓歷史的光與影、落定的塵埃重新復活。很自然地為我們重構這個叫做哈爾濱的城市一百年前的樣態。當然，如果是簡單的「再現」「重寫」和回溯，這部作品的真正價值和意義將不復存在，而遲子建的寫作訴求則是將波譎雲詭、晦暗幽深的歷史沉積，做出不同於歷史學家所謂「辯證」選擇的個人性藝術典藏，她無意對歷史變異或人事偏頗做什麼解釋，只是更看重對歷史情境中真實的世道人心和眾生相的復現。重要的是，遲子建在這部《白雪烏鴉》裏，寫出了世紀初的滄桑。可以說，「滄桑」這個詞的內涵和分量在這部小說中，或者說通過這部小說完全呈示、傳達出了它獨特的本意和詩意。寫出了一個城市的滄桑，一個民族或國家的滄桑，那些存在於大地之上的生靈的滄桑。

傅家甸，這個在極其短暫的時間裏遭遇鼠疫的城鎮，成為遲子建譜寫另一曲生命輓歌虛擬的、重構往事的悽楚、死亡之地。在這裡，竟然有那麼多的生命，在這場災難中，個個都變得像熔化了的金屬，人人都在目睹著生命在瞬間的消逝和隱遁，上蒼的回天乏術。雖然也有一些人，憑藉著難以想像的方式和力量絕處逢生，驚人地存活、偷生，但人性的袈裟早已被剝離殆盡。我們看到，巴音的暴斃街頭，吳芬旋即尾隨而去，繼寶、金蘭、紀永和、邁尼斯、周濟一家祖孫三代、謝尼科娃等等個性迥異、鮮活的生命，無論身前何等品質何種風貌，在災難中依然無法扼住自己生命的喉嚨；而像伍連德、王春申、于晴秀、傅百川、于驅興、翟役生、翟芳桂，這些或被稱為「好人」或被認定是「壞人」的角色，竟能宿命般脫離劫難。我感覺，「遲子建最在意的是，呈現災難降臨之際人們日常瑣細的生活形態，以及這種形態的逐漸變形、扭結，由此在人的內心刮起的內心的、靈魂的風暴。」〔註13〕在這裡，我們感受得到遲子建的心是熱的，儘管她所支持或努力建立的是一種超越的而非反抗的力量，遲子建並不想按某種意志力去復現自己所理解的那個時代，也沒有刻意渲染那些自然的因素，災難使原本的種種糾結、衝突、平靜、常態的生活流，還有每個人的個體的氣質、性格、歷史環境等客觀實在的東西失去了單純的、原始的實在性，使豐富的變得蕪雜，使單純的更加渾沌，但是，遲子建在處理這些生活流的時候，使用的則是最簡潔、最自然幹練的方法，即看似不見策略的敘述策略，而且在從容的敘述節奏中謀求著氣息、感覺的變化。「遲子建業已具備了努力建立自由的內在精神秩序、文化詩性、追求和諧的宗教情懷，這種內在性和富有滲透力的自我整飭，使得她在解決了諸多的自身束縛的同時，給自己的敘述找到了方向。顯然，這是沒有任何意識形態刻意規約的、自由進入歷史、生活的詩學選擇。這樣，遲子建開始在寫作中更加尊重所有人的存在形態，平等地對待她選擇的每一個人物，寫他們幾代人的生生不息，展開一個個家庭的世俗的故事，平靜地寫出他們的喜怒哀樂，愁腸百結，對那些生靈的生死愛恨做一次文學救助和精神安妥。」〔註14〕安妥靈魂，本身就是文學敘事中富於情感、宗教情懷的擔當。

如何去寫一段災難中的歷史？想要在這段歷史中看到什麼？這同樣涉及到進入歷史的方式。遲子建循著早已沒有多少殘餘的陳年舊迹，她智慧而樸實地處理歷史與虛構的關係，既沒有刻意去解構歷史，將歷史虛無化，也沒有肆意越過史料的邊界，讓某種意識形態的規約束縛自己的手腳。而是選擇

〔註13〕張學昕：《玄攬生靈 沉潛滄桑》，《文藝爭鳴》，2012年，第12期。
〔註14〕張學昕：《玄攬生靈 沉潛滄桑》，《文藝爭鳴》，2012年，第12期。

了最人性化的審美視角，在一個闊大的想像空間裏，呈現一百年前哈爾濱鼠疫背景下密集的存在。我們還能感覺得到，遲子建在敘述中竭力地彰顯萬眾生靈的日常生活形態，在她的「敘事詩學」中，在對那些日常性的、可把握的生活事物中，她所關注的外部存在世界的生活過程，並不是以現實既定的邏輯性展開並形成文本的邏輯歷史，而是發現和發掘切近人性、符合人性本質的意義，呈現其複雜性和可能性。她在傅家甸人很小的活動半徑裏，演繹無數驚心動魄的故事，寫得悠揚清俊，傷感中透射著明媚，綿密而緊湊，平實的敘述中，則隱藏著內心或神經感官的驚心動魄。當然，小說不僅要寫出災難給人性造成的異化，寫人的生存價值和尊嚴的被毀損，而且需要努力地深入到生活和人性的肌理，一個個鮮活的生命躍然紙上，演繹出人存在的孤寂、卑微、衝動、堅忍的氣息和情境。小說紮實的情節、細部與氣勢上開合放達，樸實、率真、富於激情和感染力。同時，敘述者站在一百年之後的時間視野裏，不作冷眼旁觀，而是平靜的回望，表現出對生命的敬畏、對人性的熱忱期待。那麼，這裡所需要的就絕不單單是一個小說家的使命了，而是人文理想的注入和昇華。整部小說的結構並不複雜，無論是日常生活的風雲突變，還是人性糾葛的困窘，都依照「起承轉合」的自然時序充分展開。可以說，《白雪烏鴉》以其自然、純熟、流暢的筆法，從容地寫出了俗世人間災難時期的日常生活，或者說，它的的確確地是要呈現出平民日常生活中那股「死亡中的活力」。這也許就是一種北方的「生之吶喊」。如果真的把災難看做是一種暴力，存在的動機一定會變得格外單純，那就是或者向死而生，或者坐以待斃。這既是對生命本身的考量，也是對俗世的無限感慨和惆悵。我們也注意到，《白雪烏鴉》這部小說的整體意緒、文體色彩和美學感覺，就是由黑白色彩交替、轉換、糅合而發散出來的明亮、獨立、自由而又神秘。這也是遲子建敘事東北故事經常採取的美學基調。

那麼，我們在遲子建的小說中，究竟看到的是一個什麼樣的東北形象？我們還會不斷地詰問，這是一個具有文化特異性的、不同族群交融的、兼容的東北？一個充滿血性、血光、血氣的、情緒的東北？一個肅殺、蕭瑟、駁雜、粗獷、粗俗、寂寥的、蒼白的東北？一個廣闊的、陽剛的、朗然的現代的東北？一個平庸的、有「歷史惰性」的東北？抑或一個性情的、豪放的、進取的、具有強健生命力的東北？一個骨骼和體魄結實的、心緒強大而單一的東北？我揣摩傅斯年在數年前的那句「持東北事以問國人，每多不知其蘊」，

「其蘊」又是什麼？最近，哈佛大學王德威教授正著力進行「東北學」研究，他強調：

「東北」作為地理名詞和文學表徵，同時迸發在上個世紀之初，因此任何敘事必須把握其所代表的時代意義。「東北學」的論述必須有文學的情懷。文學不是簡單的「再現」「模擬」工具，以文字或其他傳媒形式複印視為當然的歷史，甚至揣摩人云亦云的真理。文學參與也遮蔽歷史的辯證過程；文學這一形式本身已經是種創造意義的動能。

因此，「東北學」裏的東北從地緣座標的指認開始，卻必須訴諸「感覺結構」的描繪與解析。召喚「東北」也同時召喚了希望與憂懼，讚歎與創傷。從松花江到北大荒，從楊子榮到趙本山，從溥儀到雷鋒，從《生死場》到《鐵西區》，東北不只是地理區域的代名詞，而有了群體文化的象徵性，也引導我們省思其中的政治和倫理、心理動機。只有在這樣的理解下，我們才能說「東北」命名的那一刻，就是文學。〔註 15〕

在這裡，王德威從更大的文化、歷史、地理、哲學的學術層面挺進「東北」。但是，他尤為珍視的卻是「文學參與也遮蔽歷史的辯證過程；文學這一形式本身已經是種創造意義的動能」，也就是文學情懷的注入。那麼，對於「東北」的真正命名，也應該是對遲子建文學敘事的文學的命名。

其實，文學在講述歷史的時候，它正在試圖實現文學自身的可能性，而在歷史驕傲地堅信自我表述真實性、必然性時，它卻漏掉了無數存在的細節和褶皺，那些，正是曾經有生命體感和溫度的鮮活存在。所以，王德威說「『東北』既是一種歷史的經驗，也是一種『感情結構』。」〔註 16〕我想，蕭紅、遲子建式的審美感覺、「感情結構」可能難以覆蓋全部「歷史的經驗」，但是，我們從他們以及近一個世紀以來中國作家的「東北文本」裏，看到了東北人生命的迷人氣息，感受到他們精神、靈魂的律動。如此說來，東北敘事是關於我們民族的「江山的敘事」，也是重新尋找歷史的厚度、積蓄東北存在力量、整飭文化和精神哲學的敘事。

這種敘事，將與東北的歷史進程一道，生生不息。所以，遲子建的這些文本可以不斷地「重讀」。

〔註 15〕王德威：《文學東北與中國現代性——「東北學」研究芻議》。
〔註 16〕王德威：《文學東北與中國現代性——「東北學」研究芻議》。

閻連科的「夢遊詩學」——從《丁莊夢》到《日熄》的閻連科

一

從一定的角度講，20 世紀 90 年代以來，中國當代作家執著於寫夢的主要有兩位：格非和閻連科。細緻地辨析，後者寫的是關於現實的夢，前者寫的是關於未來的夢。在這裡，現實的夢是破碎的，也是殘酷的；未來的夢是縹緲的，也是遙無際涯的。我們先來看格非。他的「江南三部曲」之《人面桃花》《山河入夢》《春盡江南》，皆以細膩、溫婉、優雅的語言，讓精神和靈魂詩意地棲居在夢想的彼岸，沉浸在一代代人孜孜以求的「烏托邦」——現實與夢想交錯的理想國或桃花源裏。我感覺，這部持續寫作了十幾年的「江南三部曲」，幾乎耗盡了格非心理、精神、意志的膂力，也許他已經感到疲憊至極，但從《人面桃花》到《春盡江南》，格非的敘述，從容地呈現出了幾代知識分子前赴後繼的心中「念想」，可以說，格非在小說文本中，創造了一個特殊的夢想的「語境」，這個「語境」既幽微駁雜、飄逸悠遠，又跌宕起伏，血雨腥風；既有如夢如幻、矢志不渝的個人成長史，及其內心潮湧和生命迴響，也有潛隱在幾代人靈魂深處「理想國」「桃花源」的縷縷妙音。三部長篇，可謂從容不迫，百年夢幻，始終伴隨著無數人的孤獨漫遊。看上去，在格非的小說中，歷史、家族、革命、身體、情愛、命運等諸多元素或母題，都聚集在「烏托邦」的旗幟之下，歷盡不同時代，百年淘洗，萬千變化，綿綿書寫出無數個體的精神傳記。而時間和記憶，早已成為格非小說敘事和結構中的隱性主題。幾代知識分子的「念想」或者「魔念」，在格非的文本中彰顯著詩性和抒情的氣質。從普濟、花家舍、「風雨長廊」，一直到陸侃和秀米兩代人的後人——詩人譚端午——在承繼曾祖父、祖父以及父親譚功達的桃源夢，他們在現實中無盡的詩性「夢遊」，在所謂「現代性」的炫舞中，柔軟的內心，撞擊著有金屬質感的現實，冷峻犀利，而精神、靈魂和肉身的內在衝突、撕扯，決定了「夢的方向」。可見，格非「江南三部曲」悠長的敘述，及至《春盡江南》時，人類「烏托邦」的大夢境在這個百年中的延展和結局，依舊處於恍惚和夢遊的狀態，生生不息又漸行漸遠，幾代人難以擺脫的糾結和悖論，彷彿在一個輪迴的時間和空間，呈現出一種永遠也打不破的「魔咒」和邏輯，燃燒殆盡的激情，沒有超越，也沒有宗教感的皈依，夢想總是花有旁落，如影隨行。從陸侃「最初的瘋癲」到秀米的「禁語」，這極具象徵性的身心張揚或幽閉的意象，似乎正在挑戰種種人性的戒律，演繹著非理性時代的理性，抗拒著現代文明所滋生的思維藩籬。

對於夢想、夢境、夢幻，閻連科更是劍走偏鋒，另尋一路。

其實，自 1979 年至今四十年來，閻連科的寫作，始終在複雜的人性與現實間遊弋。他作品中所呈現的奇崛怪誕的想像、黏稠荒寒的語境、弔詭變態的人間煙火奇觀，不僅形成了獨特的敘述氣質，也暗合了他對現實、人性的感知與倔強態度。我們試想通過討論貫穿在《丁莊夢》《四書》《炸裂志》《日熄》等文本中的寓言性元素，及其在文本中的延展、衍變，來考察閻連科近十幾年來的寫作動向、變化，探尋他面對世俗、人心時，寫作的糾結、沖決、悖論和堅守。尤其是，在閻連科近十幾年間的創作中，始終反覆且繁複地呈現著諸多關於時代、內心與寫作的蕪雜夢境。面對複雜的歷史現實，閻連科始終試圖從生命個體的內在真實出發，不斷平衡著自我內心的衝突，以此釐清理想和現實的邊界。作為「神實主義」的發聲者，近年來閻連科選擇沉潛到自己敘述的長夢之中，通過釋義「血」的概念來發掘現代性存在狀態中欲望的紛亂和「人間失格」，並以泣血之痛，來抵擋其所面對的比常人更多的尷尬、負累和惶惑。可以說，閻連科的文字從現實到現實，從夢境到夢境，從絕望到絕望，從殘酷到殘酷，陰鬱沉重，不屈不撓。隱喻諷刺中，有理性的思辨也有非理性的沖決，驚人的想像，常被生命的紊亂和俗世的蒼涼折斷翅膀。因此，閻連科的夢，可以說就是一種宿命的、逼近或者試圖擺脫「瘋癲」的一場場夢魘，由此建立起閻連科獨特的「夢遊詩學」。而它與格非之夢近似之處，依然是難以擺脫生命本體的恍惚狀態，甚至是卡夫卡式的蛻變。有所不同的是，在格非的語境中，陽光般的夢想炫舞著深深的憂傷，充滿理性的信仰，滲透著浪漫、懷疑、警覺、沉鬱、無盡的想像，意緒雖然糾結綿密，留存下來的則是情感和心理的跌宕和空缺。而閻連科的語境中隱藏著一個巨大的象徵，夢是一個龐大的載體，每一個夢境都是一種有莊重儀式感的存在。它的整個形態卻是逼仄的、冷硬與荒寒的，它是奇崛的，魔幻的，顛覆性的，甚至呈現出很大程度的「病象」。甚至，連小說的敘述的語調也是向下沉的，人與事物及其相互關係的描繪，也是毀損性的，破敗的。也就是說，中國當代文學的「夢遊詩學」，由此就呈現出兩個不同的方向和形態：格非在一個個生命個體的時間中孤獨沉思，閻連科在集體的模糊、灰色的空間裏喧囂炸裂；前者在啟蒙或救贖中尋求自我寄寓，試圖竭力實現從主體到身體的遊弋和自由，後者在現實的殘酷裏無處棲身，如荷戟的戰士，雖身體力行，但誇張的自殘自迷，深陷夢魘，「會做夢還知道自己在做夢」，令其無法自我終結。

那麼，浮生若夢，夢從何處來；水隨天去，夢又將在何時將息？弗洛伊德說過：「夢是一個人與自己內心的真實對話，是向自己學習的過程，是另一次與自己息息相關的人生。」當然，夢也可能是生命力、想像力的載體，在夢境之中，彷彿一切堅固的東西都煙消雲散了，一切神聖的東西都面臨著被褻瀆的處境，人們終於不得不冷靜地直面他們生活的真實狀況和他們的緊張關係了。但是，現實與人性，兩者的關係總是變幻莫測、難以捕捉。現實就像一把無刃之刀，直抵人心深處，構成了夢想的荊棘。劉劍梅認為：「寫作可以逃逸到最深的感受中，可以進入精神的最深處」〔註 1〕，是否可以這樣理解，人類的夢境無不源自生命及其內心的真實渴望，當這份念想的結果你根本無力承擔，卻仍然渴望獲得的時候，渴念便成了難以擺脫的欲念，而此時的外部世界便在渴念與欲念的轉化中充當了催化劑的成分，於是，寫作，成為逃逸現實的夢想之所。對於閻連科和格非，最終，他們兩者都在設想未來，走出夢魘時，把自己變成了一個夢，或者衍生成夢境中的幽靈，或洞若觀火，或踟躇徘徊。在這裡，夢就成為一種存在方式，一種寄寓，成為作家自我異化的現實。那麼，人類的生命之旅，就成為想像和虛構的幻夢之旅，而對於有一定精神氣度和持久創造力的作家，他的內心也一定潛藏著一個浩瀚的敘述之夢。在夢中，他們可以褪下規約、束縛，鋪展審美志向和擔當的情懷，

〔註 1〕劉劍梅：《狂歡的女神》，生活．讀書．新知三聯書店，2007 年版，第 35 頁。

悉心觸摸外部世界，真誠地叩問內心，安妥靈魂。這樣的寫作，映像著作家對歷史、現實的感知與溫度，又蘊蓄了對美、人性的體驗。應該說，寫作猶如一場聲勢浩蕩的夢之旅，關乎歷史，關乎現實，更關乎人性。作家就是要不斷地走出慣性的窠臼，自覺地去捕捉現實、探尋人性的，超越他所處時代的現實規約。於是，想像力成為檢視作家是否有才華、敘述爆發力和精神韌性的依據。其實，每一個作家傾其一生之力，都在鑄造他們從歷史、現實和人性中提煉出的靈魂之夢，僅僅考量 1980 年代以來中國當代作家的寫作，我們就能體會到一種新的、有別於以往的想像方式與表現方式的生成，這些，無不與人生之夢、命運之夢、歷史殘夢緊密關聯。從《廢都》到《秦腔》，再到《古爐》《帶燈》和《老生》，賈平凹始終謙卑地匍匐在土地之上，艱澀但從容地描摹現代化進程中城市與鄉村的浮沉、嬗變，嘔心以文本鏈接破碎的「鄉土之夢」；對於莫言而言，無論是《紅高粱》中高密東北鄉的民間生活，還是《檀香刑》《生死疲勞》，中國鄉土都能夠在莫言的文本中找到歷史和現實闊達的想像空間，使其完成糅雜了荒誕、野蠻、柔情的「歷史迷夢」「英雄夢」或「人性狂想曲」；在《妻妾成群》《一九四三年的逃亡》《罌粟之家》《我的帝王生涯》中，蘇童用感覺化的語言來舒展時間、歷史和記憶，賦予瞬間細膩的感覺以詩性的審美體驗，演繹出充滿人性氤氳的南方「頹廢美學」:「我用我的方法拾起已成碎片的歷史，縫補綴合，這是一種很好的小說的創作的過程，在這個過程中我觸摸了祖先和故鄉的脈搏，我看見自己的來處，也將看見自己的歸宿」〔註 2〕。無疑，凡有擔當的作家，都會用自己的寫作去解構或者洞見歷史、現實和人的內心之夢。在這裡，有關夢以及「夢遊詩學」的關鍵問題，就是「真實」的問題，即作家如何從生命真實、命運真實向靈魂真實逼近，彰顯高尚，樹立尊嚴，感悟靈魂的輕重，於是，閻連科真可謂不拘一格，既敢於面對歷史和現實的幽暗，又勇於在審美策略方面大膽實踐，毋寧說，閻連科的文學敘述，建立起了自己的鄉土文化視野，擇脫神秘和虛無，不惜「生於憂患，死於憂患」。同時，人物、故事、傳奇、夢的狂歡，也在不斷地顛覆以往我們對存在世界的「真實」理念，而且，夢中有夢的虛擬，更使得敘事增添了一個新的維度。因此，當作家的寫作，沉溺在極致敘事結構——夢魘結構時，就必然造成夢想與現實的分裂：閻伯要「趁著夢遊寫出一個故事」，「世界被這夜聲夜息魘著了，人都在夢魘裹邊忙著亂著慌張著」，

〔註 2〕蘇童：《世界兩側》，江蘇文藝出版社，1993 年版，第 3 頁。

整整一個村鎮的夢遊，或者說夢的狂歡，直到時間在凌晨的停止，也就是，夢醒時分，恰恰是時間的終結。可以說，閻連科是「夢遊詩學」寫作最極端的代表，他用虛構和虛擬撕碎了真實，讓虛無更加虛無，而其每一部文本寫作的結束，都有可能是一個悲劇闡釋的開端。

二

四十餘年來，閻連科的寫作，始終在複雜的人性與現實之間逡巡。他在作品中呈現出奇崛怪誕的想像、清瘦荒寒的話語，不僅顯示出其獨特的敘述氣度，也暗合了他對時代、現實的感知與溫情，以及他針砭現實時嵌入文字的無奈和憂傷，構成當代文學表現苦難、死亡、生存和劫後餘生的獨特景觀。從「耙耬山脈系列」《日光流年》《堅硬如水》到《受活》，閻連科一路挺進，不折不扣地極寫苦難、尖銳與荒誕，描摹殘酷的自然環境和現實遭遇下中原農民在弔詭的基層權力和心理壓抑中的生存窘境，其文本以想像力的狂野奇崛，堪稱書寫鄉村苦難的極致化表達。王德威謂之寫出了「革命時代的愛與死」，是其家鄉父老「卑屈的創業史」；劉再復稱《受活》「把荒誕推向極致」，「充滿奇詭地把把席捲中國的非理性的、撕心裂肺的激情推向喜劇高峰」。這樣的評價，不可謂不中肯，不可謂不精準。「耙耬山脈系列」的許多篇章，更是令人驚悚，以至不寒而慄。啃噬親人骨肉的場景，立刻讓我們想起魯迅小說《藥》的深刻隱喻。近十年來，閻連科對自己的寫作依然毫不鬆懈，不斷深入地打開歷史、現實和人性的深層皺褶，潛入苦難沉積的魔影之下，以泣血之痛發掘人性內裏的荒誕、淒涼之境。可貴的是，在這樣的語境裏，他仍然不忘舉起荒寒中的「烏托邦」之燈。這就是寫作中的閻連科，他將更多的苦痛和激憤訴諸敘述之中。

2005 年 8 月，閻連科寫完《丁莊夢》的最後一頁，獨自坐在書桌前面，感慨良多，不能自已：「煩躁不安，無所適從」「那種孤獨和無望強烈壓迫的無奈，如同我被拋在一個渺無人煙的大海」「內心的那種無所依附的苦痛和絕望」。這部長篇小說，原本可以視為是閻連科的「重新出發」，可是他在後記中卻宣布自己「寫作的崩潰」。看上去，這像是一次寫作後的耗盡心力，實際上是恐懼自己不知將怎樣重新面對俗世，如何支撐生命的窮途末路，不誇張地說，《丁莊夢》是閻連科精神「炸裂志」的開端，從此，他從現實、寫實的夢境，遁入靈魂的夢境難以自拔。而 2010 年，他在《四書》後記裏又坦言自己終於做了「寫作的叛徒」，這既是他對既往文學寫作慣性的一次反動，更是「不為出版而胡寫」的「肆無忌憚的嘗試」，他深切地意識到：「把《四書》的寫作，當做是人生一段美好的假期，我這時候是寫作的皇帝，而非筆墨的奴隸。」看得出，閻連科的這次寫作，依然是一次並不輕鬆的沉重之旅。也就是說，他在《丁莊夢》之後稍有短暫的蟄伏之後，又一鼓作氣寫出了長篇小說《四書》《炸裂志》《日熄》《速求共眠》和《心經》，我很想知道，在這個過程中，閻連科究竟是做了寫作的皇帝和叛徒，還是在「反抗絕望」的途中筋疲力盡？

前不久，在蘇州大學召開的關於他的研討會上，他再次動情地宣稱，「他將是二十一世紀寫作最後的謝幕者之一」。在這裡，我們不難從中感受到閻連科決絕的寫作信念，也能夠體悟到他的猶疑、徘徊、孤獨和無所適從。這也令我猜想，這位作家在《丁莊夢》和《日熄》寫作之間，他的內心的圖像和精神的向度是怎樣的？特別是寫作《四書》的閻連科，讓我想起前蘇聯作家布爾加科夫，「他的寫作就更為突出地表達了內心的需要，也就是說他的寫作失去了實際的意義，與發表、收入、名譽等等毫無關係，寫作成為了純粹的自我表達，成為了布爾加科夫對自己的紀念」〔註3〕。我依稀在閻連科的身上，看見了布氏幽靈般的影子。

閱讀他這十餘年寫作的小說文本，我們看到，從《丁莊夢》中丁水陽寓言般的夢魘，《炸裂志》中炸裂村在「炸裂」之前人們踏上的「夢道」，到《日熄》當中皋田村爆發式的夢遊症：「夢」已然成為他敘述的重要手段，成為他解讀現實與人心緊張關係的方法。我們不能不考慮，這種書寫究竟潛藏著閻連科怎樣的文本意向追求？它凸顯的到底是現實、時代、人性存在的何種精神訴求？夢與靈魂的走向有怎樣的內在關聯？在閻連科「崩潰」和「叛徒」的寫作宣言背後，他自覺或不自覺地試圖建立一個怎樣的敘事美學譜系？

死亡、苦難、荒寒、人性的殘敗與缺失……這些話語及其蘊藉其間的意象，不折不扣地標簽般烙印在閻連科的文本之中。同時，我們感覺閻連科不僅僅要透過寓言呈現出人性絕對的「惡俗」，還讓許多湧動其中的莫名的情愫此消彼長。《丁莊夢》中，丁亮和玲玲之間的曖昧，鼓動、釋放著情慾卻也與溫情相伴相生；《四書》中「作家」寫作的《罪人錄》與《故道》，將他內心

〔註3〕余華：《布爾加科夫與「大師和瑪格麗特」》，《我能否相信自己》，人民日報出版社，1998年版，第67頁。

的卑瑣和良知呈現得涇渭分明；《炸裂志》中的朱穎，為了佔有孔明亮，踐踏自己作為女性的底線與尊嚴，卻在對愛情絕望後悵然若失，一夜白頭；《日熄》中夢遊症爆發之時，人們無端而盡情釋放著自己，彷彿紛紛踏上瘋癲的「愚人船」，昔日的純善之人內心卻暗藏殺戮、通姦、搶劫等種種邪念，而作惡之人卻在夢中苦守，充斥著無奈和懺悔，甚至，我們還嗅見了「屍油」腐朽不堪的氣息。由此可見，閻連科筆下所呈現出的「人間失格」，不僅僅由欲望、貪婪構成，還是真實與虛假、沖決與委頓、善良與惡意的五味雜陳的交織和對抗，它們相互關聯，構成人們靈魂和身體無法緩解和冰釋的激烈衝突。

在文本中，閻連科已經為我們復刻了人們狼奔豕突、紛繁蕪雜的內心圖景和靈魂形態，他仍不斷地試圖找出內心扭結、變形、撕裂的根源所在。當孔家、炸裂村的村民們沿著「夢道」向四面八方走去那一刻，「炸裂」的歷史即將被改寫，一切都將出現，一切也將不復存在。但是，孔家老父那個荒誕的指令緣何而來？到底是對現實的報復，還是失魂落魄之後大腦神經某種無意識的慫恿和顫動？我們無從得知。也許，我們能夠感到的，正如《炸裂志》中一切的荒誕皆源於「夢道」一般，衝突也並非完全源於時代、現實的滋擾，其中一定有著更加深邃的生命本身不可理喻的堂奧。

閻連科說：「以文學的口舌，議論今天的中國和中國人，簡單地說『人心不古』，根本無法理解今天『人』在現實面前的遭際境遇。『道德淪喪』『價值觀混亂』『之所以人還為人的底線』，這些帶有對今天社會生活和人生準則抱怨的文化歎息，只證明文學對這個社會把握的無能為力。」〔註4〕格非認為：「既然這個世界的崩潰是從外部和內部同時開始的，任何形式的外部和解都是沒有意義的。」〔註5〕由此看來，人性深處的失落，如果是由於精神的失守，靈魂的無所寄寓，那麼，就不該將一切都歸咎於時代和現實。固然，時代與現實，在一定程度上給人們的心理、精神、人性帶來了負累與惶惑，但或許，它們也為人們的內心擔負了太多本不屬於它們的「罪名」和責任。

「假如一間鐵屋子，是絕無窗戶而萬難破毀的，裏面有許多熟睡的人們，不久都要悶死了，然而是從昏睡入死滅，並不感到就死的悲哀。」面對昏聵之精神和靈魂，魯迅在《吶喊》的自序中，曾描述出關於「鐵屋」的意象或比喻，試圖通過為數不多的清醒者，喚醒沉睡者的「頑夢」，但「百年沉夢」

〔註4〕閻連科：《發現小說》，南開大學出版社，2011年版，第183頁。
〔註5〕格非：《博爾赫斯的面孔》，譯林出版社，2014年版，第215頁。

沉重如斯，即使以極端的暴力手段亦難有作為，為此，幾代文明的啟蒙者歷盡艱辛，常常無功而返。無疑，在文本的現實中，或者在寫作文本的現實中，閻連科都執著地充當著清醒者的身份，竭力去喚醒熟睡的人們。但是，他將如何為內外兼程的現代人「立心」？個中艱深，是否也曾阻塞了他的寫作之夢，使他陷落在了現實的迷夢或「迷宮」之中？當努力變得異常徒勞之後，他還是要以泣血之魄復出於光明，甚或索性也去做一個渾渾噩噩的昏睡者，拒絕再去感知這樣清醒的疼痛？「寫作的崩潰」也許就源於這無邊的沉睡不得喚醒。我們是否可以這樣推測，閻連科的寫作之夢，與已經寫入文本的歷史或現實之夢，是一次次不期而遇。《日光流年》的「賣皮」和「賣色」，以求延長壽命；《受活》裏「購買列寧遺體」和「絕術團」巡迴演出，以求得富裕；《丁莊夢》的賣血致富，以擺脫貧窮；《四書》中的知識分子和作家以血灌溉莊稼，以求萬畝產量；《日熄》裏，成為商品的「人油」「屍油」，如魔鬼噬血。如此一路下來，彷彿都是指向一個「念想」、一個「夢想」：擺脫貧窮，謀求最基本的生存狀態。可是，正是這個最卑微的願望，竟然成為一個殘酷的「夢想」。顯然，閻連科不僅僅是在寫生死之輕薄，而是要看盡人間苦難邊緣的縫隙處靈魂的飄浮，正是苦難激發出荒誕的夢想，衍生出不可思議的夢魘，才如此這般地壓榨出閻連科驚人的勇氣和想像力。不妨說，這些文本，幾乎都是令人絕望的敘事文本，其中，那些夢在內心的遊弋，向外部世界發散，因而終究成為罪惡的淵藪。

三

「一個作家之所以要寫作，其內在的動因之一，就是源於他對存在世界的某種不滿足或不滿意。他要通過自己的文本，重新建立起與存在世界對話和思考的方式。而一個作家所選擇的文體形式和敘述策略，往往就是作家與他所接觸和感受的現實之間關係的隱喻、象徵或某種確證。」〔註 6〕在文本之中，時代、環境、生存現狀與作家的寫作動機、母題、風格彼此交融，相互關聯，形成了某種獨特的「氣味」或氣息，構成屬於作家自己的品格。我們發現，許多當代作家在現實和人性中往返時，作品中時常氤氳著一股「血腥氣」。血腥，通常象徵著殺戮、暴力、狂熱、犧牲，它也暗示著一種動盪不安、波瀾起伏的生命狀態。莫言《酒國》中的侏儒「殺嬰炒菜」；余華《兄弟》中

〔註 6〕張學昕：《抵抗平庸的短篇小說寫作》，《紅豆》，2010 年第 6 期。

的李光頭靠「處女膜」發財；還有《許三觀賣血記》中的許三觀，依靠賣血度過人生的一個個難關……作家們通過對流血、肉體的殘忍想像，極致、誇張地書寫物質的強烈刺激之下異化、病態、崩潰的人性。劉再復在《「現代化」刺激下的欲望瘋狂病》中，評價莫言、余華、閻連科作品的批判指向：「都是側重於批判現實的荒誕屬性。而且批判得極有力度，讓人讀後驚心動魄。其藝術效果不是讓人感動而是讓人震動。」〔註 7〕而在這些作家當中，閻連科是將這種「血肉化殘酷書寫」做出系統性特別呈現的一位。他的許多作品，都隱隱重現魯迅《藥》中「人血饅頭」陰森、冰冷的「血氣」。在閻連科的筆下，人似乎已然成為了漸漸失去「靈」的純粹的「肉」人。三姓村、受活莊、丁莊的村民們將賣皮、賣血、展示身體缺陷作為逃離苦難的無奈選擇。當他們漸漸擺脫生存本能需求之後，鮮血作為苦難的底色之一，又逐漸顯現出衝動、焦灼、欲望的猩紅。受虐、流血、吃人成為了活命的本錢，致命的消耗：三姓人開始用整塊的腿皮去交換糧食；受活人為了掙得鈔票開始殘害自己的器官；丁莊人瘋狂賣血換來水泥磚房、冰箱彩電，甚至染上了艾滋病……閻連科在《日熄》中反覆地寫著這句話：「三年大災時，人吃人也不是啥兒稀罕事。」這看似是對集體式自虐的原諒，實則是對愚蠢、貪婪的譴責和無奈。當流血成為主動、愉快的集體性選擇，或是自我懲罰的最佳捷徑時，潺潺鮮血中便滋生出荒誕、冷硬與荒寒的哲學意味和美學想像。這種流血，實則是當下人們「精神貧血」的一種深層隱喻。隨著夾雜鋼筋混凝土氣息的現代性奔湧而來，一個時代人們的內心究竟發生了怎樣的心理、精神嬗變？閻連科作品中的「血氣」又如何承載、延續著這種變化？其中又蘊含了哪些命運的玄機？周遭世界的嘈雜、變異，絲絲入扣，祈求安身立命的「初級」烏托邦，竟然成為靈魂夢遊的泣血代價。

《炸裂志》的結尾處有這樣一段描寫：

> 他們跪著哭著從炸裂老街的博物館那兒走出來，朝郊外的墳地哭過去。而在他們跪著走過的街道和土路上，留下了一路磨破了膝蓋浸出的血。
>
> ……
>
> 而孔家跪流過的血路上，幾十年後不光開出了各樣的花，還又

〔註 7〕劉再複：《「現代化」刺激下的欲望瘋狂病》，《當代作家評論》，2011 年第 6 期。

長出了各品各樣的樹。

「血花生樹」，這是一個何等奇異的物象？在這裡，不是殺出一條血路，而是跪出一條血路，並且，血色的、苦難的現實，一直延續著，生長出有迹可循的各種各樣的樹木，預示著生存的血色烏托邦夢幻的延宕。從某種意義上講，這是否也是一種充滿了血色的夢遊？

那麼，為什麼叫「炸裂」？如何「炸裂」？「炸裂市」從小村落「炸裂」至超級大都市，後又因欲望的「炸裂」而煙消雲散。當時間絕望地「死去」，孔家人，這一切的始作俑者，終於又想起了他們昔日古老的哭墳習俗。一如流落在世界各個角落的猶太人，當他們回到聖城耶路撒冷時便會來到「哭牆」低聲禱告，哭訴流亡之苦。夏志清說：「現代中國文學之膚淺，歸根究底說來，實由於對原罪之說或者闡釋罪惡的其他宗教論說，不感興趣，無意認識。當罪惡被視為可完全依賴人類的努力與決心來克服的時候，我們就無法體驗到悲劇的境界了。」〔註8〕可以說，閻連科的小說，潛伏著強烈的人道關懷和宗教元素，凝聚著對人性滿懷深切的關懷和悲憫格局的寓言、象徵。這種寓言性隱喻，讓我們感到了閻連科疲憊且堅執的堅韌和耽溺，如同《西緒福斯神話》中的西緒福斯一般，將巨石一步步推向山頂，然後無奈地看著它迅速地滾落山下，周而復始。絕望中，他獨自承擔起受罰者的責任，一次次地將悲憫、體諒、寬容的光亮投向人們的內心。閻連科通過對「血」的鏡象的復現，重啟了魯迅小說中的「絕望的反抗」或「反抗絕望」。

無疑，閻連科近十年的長篇小說，始終保持著直面現實的姿態，通過對「血」的意象的重構，將思緒深深嵌入人性的內裏。並且，他試圖從「血念」中尋找心靈救贖以及「圓夢」和突圍的新途徑。現在看，相對於魯迅所處的年代，當代人與現實的關係更為複雜，負載更多，糾結更深。國民性的弱點，已從愚昧麻木漸漸轉向「無恥近乎勇」，因此從另一方面看，閻連科對靈魂的拷問、挖掘也愈加顯出艱難。有人認為閻連科筆下呈現的現實太過片面、荒誕、不光彩。或許，更多的時候，我們應該走出理論的窠臼，在「靈魂真實」與「控構真實」「世相真實」的辨析中，思考他作品荒誕背後的哲學意蘊，去真誠地觸摸他在漫長的寫作當中兢兢業業、飽受折磨的內心。從《四書》中的「作家」到《炸裂志》中的「主筆者」，一直到《日熄》中的「閻連科」，這些小說人物與作者本人有著直接、必然的精神聯繫，甚至代表著作者強烈

〔註8〕夏志清：《中國現代小說史》，香港中文大學出版社，2015年版，第383頁。

的主體意識。許多處於故事轉折關鍵節點的人物的主觀意識，都可以被視為是敘述的偽裝。因而，「作家」「主筆者」「閻連科」極有可能「三位一體」，在文本中呈現主體意識的「井噴」，那麼，他們思維中的「血念」就更具隱喻意味。嚴格地說，《四書》的成就，無法超過《受活》和《丁莊夢》，但前者在對存在世界的把握和經驗的沉澱方面，更能見出一個作家的抽象力和扭轉現實的能力，也能夠折射出作家生命體驗的結晶和力度。

在《四書》中，當「作家」意識到自己的自私和狹隘直接或間接地釀成了「音樂」和「學者」的悲劇時，他的腦中竟會生長出了一個驚世駭俗的圖像：

> 當我想到我曾經割破十指、雙腕、雙臂、雙腿和動脈去澆血麥時，我竟又想到我應該從我的身子上——雙腿上——割下兩塊肉，煮一煮，一塊供在音樂的墳前，一塊請人吃掉，由我看著那人一口一口嚼著我的肉。
>
> 我真的想那樣。我知道那樣會給我帶來一種輕快感。

而《日熄》中的「閻連科」在創作靈感乾枯的時候，依然還會呈現出這樣一種場景：

> 我看見他把筆桿咬在嘴裏邊，生生把筆桿咬裂嚼碎掉，滿嘴都含了咯吧咯吧聲，把嘴裏塑料筆桿的碎渣吐在面前桌上稿紙上，拿頭去邊旁的牆上咣咣咣地撞，像頭痛欲裂生不如死樣。用拳頭去朝著自己的胸口砸，像要把血從胸口砸將出來樣。淚如葡萄般一串一串掛在他臉上，可靈感，還是死麻雀樣沒有朝他飛過來。

閻連科在近年的幾部文本裏，格外在細部修辭上下工夫，這些從經驗和想像中提煉出的人間生命萬象，為「夢遊詩學」的建立，增加了引人入勝的奇觀。這原本是想像力的結晶，卻向我們展示出無所顧忌、一意孤行、我行我素的充滿爆發力的靈魂撕裂的真實，這是處於死亡與瘋狂邊緣綻放的「惡之花」。

由此可見，閻連科的內心，如同一個能夠接受冰冷、絕望血液的過濾器或中轉站。當熱望漸漸冷卻，回流至他本人的心臟後，他卻仍不斷予以溫暖，將希望再次輸送、傳導出去。《四書》《炸裂志》《日熄》，這些文本，可謂小說中的小說，文本中的文本，其中蟄伏著強烈的敘述衝動。他急迫地希望我們可以在作品中看到他想要呈現的內容，這或許已經是他的孤注一擲。這一舉動讓我們看到他的抵擋、決絕，也讓我們看到了他真實的文本意圖。一切揣測、解構、批判在這位頭髮過早花白而以血為墨的作家面前都顯得蒼白無力。我們必然想到《四書》中的「作家」，為了種出玉米粒一般大的麥子以離開「育新區」，他鬼使神差地用自己的血來培育麥子。在等待麥子成熟的過程中，「作家」開始撰寫《故道》，那部記錄真實文革歷史的作品。在聽見麥子不斷汲取「作家」血液的聲音時，也彷彿聽到了「作家」在飛速流轉的時代中，發出的絕望、爆發的咆哮。「原來死屍是能驅走瞌睡的。血氣是能把人的瞌睡趕走的」。至此，「血念」的意義得以充分呈現。閻連科用自己的心血，潤澤了寫作與現實之間那片荒寒、淒白的鹼地。正如那篇《魂靈淌血的聲響》，在行將流乾鮮血的「作家」身上，折射著閻連科面對現實、寫作的無奈。「朝現實的胸口踹上一腳的勇氣還在，卻是沒有了力氣。……於是，就在自己的寫作中默默地淌著靈魂的血汁，讓那些粗糙或細膩、節儉或多餘的文字成為魂靈出血的聲響，成為寫作的緣由和根本。」〔註 9〕閻連科反覆強調自己的寫作，是「直面現實，就是拿頭撞牆的藝術」。〔註 10〕面對荒寒冷硬的、現實的圍牆，閻連科用自己的血與靈，作困獸之鬥，因為，那條從小說向現實鋪展出的血路上，始終盛放著「各品各樣的人性之花」。我們不禁憂慮，面對豐富而複雜的世界和人們的內心世界，閻連科有著生而為人的必然的無奈、尷尬；面對無法逾越的寫實主義、寫作可能遭遇的束縛，閻連科始終懷有作為一個作家的糾結、痛苦。閻連科如何面對自己的恐懼、疲憊和無奈？我們也曾一度懷疑，閻連科的「撞牆」，真的能夠撞開「夢之門」嗎？閻連科到底憑藉怎樣的意志力支撐自己的寫作？「既然荒寒為什麼還要活著和寫作，而不去停筆和自殺？就是你心中還有那麼一點夢境的存在。我一直以為，夢境是引導我生命向前的動力和嚮導。沒有夢境的存在，我的眼前就會一片黑暗。夢經常會成為我活著的理由和活著的意義和趣味。」「無論是一個人、一個民族、整個人類，如果沒有夢境，沒有夢想，那我們就沒有存在的理由了。」〔註 11〕最初，作家閻連科的夢境，是他能夠面對現實的

〔註 9〕閻連科：《魂靈淌血的聲響》，《閻連科作品集・總序》，《當代作家評論》，2008 年第 1 期。

〔註 10〕閻連科、張學昕：《我的現實，我的主義》，中國人民大學出版社，2001 年版，第 47 頁。

〔註 11〕閻連科、張學昕：《我的現實，我的主義》，中國人民大學出版社，2001 年版，第 76 頁。

理由，而現在，他自己的夢境與他的文本的夢境已經重疊在一起，其中的結構、語言、節奏、氣息、聲音、色彩，以及文本敘述的精神、期冀、方向等等，都重疊在一起。此刻，我們的懷疑和擔憂，反而顯得脆弱和蒼白。魯迅的《在酒樓上》那段自白，十分引人注目：「北方固不是我的舊鄉，但南來又只能算一個客子，無論那邊的乾雪怎樣紛飛，這裡的柔雪又怎樣的依戀，於我都沒有什麼關係了。」在城與鄉、善與惡的交織中，無家可歸的懸浮感、無可附著的漂浮感在魯迅身上悄然而生，使魯迅作品中呈現出「離去—歸來—再離去」的懷鄉模式。而在閻連科的作品中，他在這條路上走得更為艱澀和沉重。我們看到，閻連科小說中的人物，每當感到筋疲力盡或走投無路時，大多都會做出同樣的選擇——「走」。中篇小說《朝著東南走》中的「父親」，當太平被爭鬥放逐，快活又被庸常蠶食，他「被東南方濃烈的黃土、紅褐白山脈和一望無際的神秘如一條韁繩一樣牽走了」。歡愉是短暫的，人生是虛妄的，於是，形形色色的眾人不得不在兩極中奔突、流走，而在奔突和流走之外，也還有堅韌、剛毅穿行其間。《四書》的結尾，當「作家」領著眾人走出育新區的時候，又有更多的人群朝著那片「國家最為獨有的風光和歷史，就像一棵老樹上的疤，最後成為瞭望著世界的眼」的土地走進去；《炸裂志》的結尾，霧霾籠罩之下，孔家人亦是哭著跪著朝郊外的墳地走去。離去和歸來，在閻連科的作品中反覆出現，不僅呈現人們兩極搖擺的生存困境，也將人生循環中的逃離、回歸真實地描述出來。這「走」所彰顯的，正是對世界與自我雙重絕望的抵抗。在《行走在沒有光的胡同》的演講中，閻連科說：「當下中國寫作的豐富，猶如泥沙中混合著無數的黃金，可以迎光寫作，寫正能量的作品而淘金；也可以『借光』寫作，以審美的名譽逃避一些現實的糾纏。而同時，也還有一種寫作則是要穿過光明走向黑暗的寫作。」〔註12〕無疑，閻連科所選擇的，是後面的那種寫作，這種敘事的動力，就是夢想與夢想之間的博弈。閻連科宣布寫作上的自我解放之後，《四書》的敘述，如同灑在大地上的陽光一般，呈現出汪洋恣意、奇詭斑斕的情境，形成對渾沌生態的沖決和抗衡。這是一次寫作的大解放，也是徹底拋卻禁錮後痛快淋漓的靈魂書寫，在大煉鋼鐵的浪潮裏，人們的狂熱和瘋癲，肆意製造出一個驚世駭俗的神話。

〔註12〕閻連科：《行走在沒有光的胡同》，方所「創作者現場」第141期演講。

不僅僅是《四書》，我們漸漸發現，與閻連科一道，在荒寒的場域中跋涉的太陽意象，始終懸掛在深山上空靜靜地散發出人間暖意。這是閻連科在他「在」又似乎「不再屬於」他的耙耬深山中，點起了一盞詩意之燈，將他的沖決與回歸、躁動與安寧呈現在我們面前。他在自己的語境中，自由地辨析著內心和非理性環境之間的齟齬。從《日光流年》到《日熄》，從記敘日光下的苦難歲月，到魔影裏的「眾生相」，太陽從「有」至「熄」再到最後的「升起」，都似乎與閻連科的寫作軌迹以及他對人性與現實的思索和冥想，呈現出某種精神的暗合。《日熄》這個文本，彷彿是一幕當代生活中許多人存在的鏡象，人們都行走在「沒有光的胡同」，我們不難想像，閻連科鼓足了多大的勇氣，才寫下了這部「穿越光明走向黑暗」的小說。在小說中，黑夜裏夢遊的人們將白天不敢說的話、不敢做的事，統統說了、做了。在理性缺席、秩序不在場的狀態下，人們的內心反而更加明晰，對靈魂方能洞見。在這一次書寫中，閻連科放棄了宏大敘事的格局，通過太陽的消失和復現過程，只是通過「閻連科」這個「人物」的創作軌迹，耐心地向人性的細部肌理掘進。在文本中，人們雖然一直深陷黑暗，但光火始終沒有完全熄滅。「天花板上的日光燈，累死累活照著這一切，如同從雲裏掙出來的日頭照著荒寒大地樣。」最終，李天保竟然自己站在「屍油」中作引，以自焚的方式使「太陽」復出，從荒誕到絕望，從絕望到「反抗絕望」，在這個荒煙彌漫、鬼魅橫生、荒誕又荒涼的語境裏，我們感到，「閻連科」彷彿懷著賈平凹在《老生》中自勵的「我有使命不敢怠，站高山兮深谷行」的使命，要寫出一部「冬天裏邊有火爐，夏天裏邊有個電風扇」的書來驅散苦寒，拂去燥熱，探勘人生的僻陋幽暗、紊亂蒼涼。所以說，《日熄》中，讓太陽升起的，不僅僅是人們的血肉之軀和骨骼，更是人性的覺醒。其實，閻連科作品中「血念」的根本意味也在於此。《日熄》是一部極寫絕望感的文本，而且，閻連科試圖在其中給出一條走出絕望的道路，這條道路，就是從絕望到絕望之後的「夢遊」。這樣的夢遊，就是永遠向夢裏走，一次次入夢，一次次折返，從清醒重新回到沉睡：

> 看見閻從醒裏走進夢裏走進夢遊裏，我如被人關在了一間黑屋裏。閻的娘，盯著她兒子看了一會兒，像盯著看了千年萬世樣。——別把他從夢里弄出來。就讓他在夢裏待著吧。她對人們說，人們就站在那兒木呆著，像木偶在看木偶戲一樣。——他說他不寫就會瘋掉死掉那就讓他去寫吧。寫死了他也覺得還活著。

其實，這種情境，只能以生與死來界定和規約，閻連科在苦苦思索之後，踽踽獨行地尋找著反抗絕望之路，試圖擺脫掉充滿揶揄性質的反秩序、反理性、反道德的虛妄世界。但是最終在他看來，惟有走進夢裏，才可能解決問題，在夢遊的世界裏，才可能發現清醒時所未見，悟道清醒時所未知。於是，「元敘事」文本中的閻連科，身體力行，索性將自己糾結於夢遊，在夢醒兩界踟躕徘徊，猶如彷徨於無地，或無地彷徨。這時，我們無法不想起余華的《第七天》，在敘事的精神向度上，閻連科和余華驚人一致，只是余華肆意地將人置於「陰陽」兩界，刻意模糊生死界限，更多地模擬和虛構出「死後」靈魂蛻變的場景，而閻連科卻讓人在夢中完成「死後」的清醒。

作為「命定感受黑暗的人」，閻連科飽蘸著人性的光和暗，在黑暗中感受黑暗，在黑暗中穿越黑暗，嘗試讓靈魂之力穿透偽飾的現實。在這裡，《日熄》延續了《四書》以來自我救贖的途徑，再次將現實中的扭結，賦予在變形後的時間之中，逾越晦暗，並以泣血之痛，訴說掩埋在時代之下的靈魂苦難。「當一部小說寫到人的內心去了，寫到人的靈魂中去了，它是會給很多人一些新的想像的。」〔註 13〕在探索現實的路上，閻連科從未停止腳步，他執意要在寫作中建起一座靈魂的「娟子寺廟」，寺廟中供奉的是人性，在寺廟之外，太陽照常升起。

雖然，閻連科的寫作，面對種種規約，但他始終坦誠地挖掘、呈現著靈魂深處的真相。他的文字穿越了表象，觸向現實與人性的撕裂地帶，並以他強大的敘述耐力尋找「爆破點」實現突圍。但是他所倡導的「神實主義」，並不是「神乎其神」的現實主義，而是精神現實與社會現實合而為一，是透過社會審視人的心靈與透過人心來勘察社會的結合，是對以往「現實主義」理念的重新整飭。正如孫郁所說：「神實主義的最大可能是在顛倒的邏輯裏展開審美之途，那些概念是以感性的心靈律動寫就的。」〔註 14〕小說不該成為生命和現實的簡化解讀，而應該表達「惟有小說才能發現的東西」。這或許也是神實主義的理念內核——陌生化、荒誕化、虛構，只有走向精神深處的盲區，挖掘人性深處無限廣闊的內宇宙，才是作家真正的使命。「認同俗世的生活，努力理解和親愛俗世的生活，努力理解和親愛俗世中的一切人。」「作為一個

〔註 13〕閻連科：《作家身份的焦慮》，《大公報》，2016 年 10 月 10 日。
〔註 14〕孫鬱：《從〈受活〉到〈日熄〉——再談閻連科的神實主義》，《當代作家評論》，2017 年第 2 期。

作家——永生都在探討人的靈魂的人，就要在世俗中做一個理解一切的人；愛一切人的人。我們可以沒有信仰，但不能沒有作為人的信譽；可以找不到真理，但不能失掉尋找的真誠；沒有能力在所處的環境中抗爭一些事情，但可以在這個惡劣、庸俗的環境中堅決不去謀合一些事情。不能說話，可以沉默。」〔註15〕這番話，可以說正是閻連科面對世俗，對自己內心的虔誠交待，也是他作為作家處理寫作與現實、存在與人性之間關係的率性思考。

數年前，我在北京魯迅博物館召開的閻連科創作研討會上，特別談到閻連科小說的藝術形態，我曾用「骨感」來形容他的小說的美學形態。我堅持認為，他的小說「骨感」「痛感」和「形式感」幾乎大於「美感」，或者說，是堅硬的「骨感」「形式感」和「痛感」在很大程度上覆蓋了美感，他的每一部小說都是不折不扣的文本實驗。我想，這可能恰恰構成了一種悖論式的缺失，這就可能因此會影響甚至削弱我們對閻連科寫作整體形態的美學評價。但是，我們卻在文本中強烈地感受到，那種從骨子裏滲透出來的、不可替代的寫作的精神氣度，以及那種直抵靈魂深處的倫理辯證。既然探索的道路上布滿了荊棘，寫作宿命中也就難免有事與願違的粗礪。

往事並不如煙。現在，我們所看到的閻連科，一如一個遠途的行者，在路邊喝茶聊天之後，還要沿著自己原有的路線，獨自孑然孤寂地遠行。背著行囊，如背著等待變為紙筆的時間。我們相信，他永遠都會不斷地從並不如煙的往事出發。

〔註15〕閻連科：《沒有尊嚴的生活和莊嚴的寫作》，「騰訊文化」，2014年3月24日。

余華小說的「細部修辭」

一

「很久以來，我始終有一個十分固執的想法，我覺得一個人成長的經歷會決定其一生的方向。世界最基本的圖像就是這時候來到一個人的內心深處，如同複印機似的，一幅又一幅地複印在一個人的成長裏。在其長大成人之後，不管是成功，還是失敗；不管是偉大，還是平庸；其所作所為都只是對這個基本圖像的局部修改，圖像的整體是不會被更改的。當然，有些人修改的多一些，有些人修改的少一些。」我們相信，余華在講這些話的時候，他實際上是在思考和整理自己的寫作經驗及其個人生命經驗、記憶和虛構之間的內在關係。其實，這也是一個寫作發生學的問題。一般地說，人們似乎更願意談論一個作家的童年經驗，與作家在後來寫作歷程中至關重要的作用和意義，認為童年經驗就已經決定了一個作家寫作的方向，它是作家的精神、心理、美學選擇的一個決定性因素。不錯，「一個人成長的經歷會決定其一生的方向。世界最基本的圖像就是這時候來到一個人的內心深處」，「其所作所為都只是對這個基本圖像的局部修改，圖像的整體是不會被更改的。」也就是說，在余華看來，這個圖像一旦建立起來，就難以被此後的生活、經驗所覆蓋。因此，他就將在他「此後」的寫作中，自覺或不自覺地受到其生命最基本圖像的影響，即使對「基本圖像」在做局部的調整和敘述時，他也必然會小心翼翼，謹慎地處理現實、想像和虛構的關係。

那麼，這「此後」的生活、經驗該如何具體地傳達呢？也就是，作家如何通過自己的文本實現自己的文學敘事？無疑，它首先必須依靠一個完整的敘述，實現作為一個作家對其所感受到的存在世界的認知、判斷和描繪。而這個有一定長度的敘述，則是由具體的故事、人物、情節、細節組成，或者說，通過若干對存在世界細部的描摹和敘述才能使得文本的呈現枝蔓橫生，寓意充盈。可以說，細部是作家藝術思維和創作中不可或缺的重要環節和主要內容之一，也是作家調整自己的人生、世界基本圖像的重要依據、方式和途徑。

余華曾談及幾位對他最初寫作時有著重要影響的中外作家，特別是魯迅和川端康成。而這位日本作家川端康成，恰恰是極為重視文本細部的傑出作家。「川端康成對我的幫助仍然是至關重要的。在川端康成做我導師的五、六年裏，我學會了如何去表現細部，而且是用一種感受的方式去表現。感受，這非常重要，這樣的方式會使細部異常豐厚。川端康成是一個非常細膩的作家。就像是練書法先練正楷一樣，那個五、六年的時間我打下了一個堅實的寫作基礎，就是對細部的關注。現在不管我小說的節奏有多快，我都不會忘了細部。」在這裡，余華坦然地道出了他最早的文學訓練，來自對川端康成的學習和模仿。無疑，一個作家與另一個作家相遇也是一種不結之緣，應該說就是某種「神遇」。顯然，余華將川端康成視為自己的「出道」師傅，並深刻地領悟了川端康成作品的精髓：細部是敘述之母，只有精彩的、有力量的細部，才可能支撐起小說文本的結構和內在精神價值，因為，他已經意識到細部描寫、細部表現的爆發力和深邃度。在他的長篇小說《活著》中，就有一個極其經典的細部描述，令人過目難忘：福貴的兒子有慶為學校校長輸血，生生被庸醫抽血過度死後，福貴擔心病中的妻子傷心，瞞著妻子家珍將有慶埋在一個樹下。掩埋兒子之後，他哭著站起來，這時，他看到那條通往城裏的熟悉的小路，想到有慶生前每天都在這條小路上奔跑著去學校的情形。後來，福貴陪著家珍去有慶的墳前，再次看到這條月光下的小路。寫到這裡的時候，作家余華感到他必須要寫出此時福貴內心最真實和最細膩的感受。他反覆斟酌這個細小的感受究竟應該怎樣表現出來。最後，他選擇了一個意象——鹽。「我看著那條彎曲著通向城裏的小路，聽不到我兒子赤腳跑來的聲音，月光照在路上，像是撒滿了鹽」，余華充分地意識到，他必須寫出這種感受，這是一個優秀作家的責任。一個人，當自己的親人離去，那種難以控制的思念和傷痛該怎樣表現，仔細想想，這其實並不是一個可以輕易擺脫俗套的細節。在這裡，余華沒有刻意地造勢和矯情地張揚，也沒有選擇一個很大的動作加以渲染、煽情，而只是給這種情感、情緒選擇了一個「單純」的意象，它立刻就攫住了人的心，一個我們再熟悉不過的普通的事物——鹽，但它卻呈現、構成了一個具有震撼力的細部。失去親人的巨大的傷痛，揮之不去之時，心上又撒了一把鹽，即使是美麗、姣好的月光，也如同粗糲的鹽漬，令人心如刀割。在這裡，實在是難以找到、捕捉到一個更好的比喻或象徵，或者，哪怕是一個細緻的心理描寫能夠取代這個短小、簡潔的敘述。這個細部，體現出余華的敏感和敏銳，靈感和才情，它從小說的整體敘述中突然溢出，耀眼明亮，閃著光澤，照亮了小說全部的敘述：《活著》所承載的，是不能承受之輕。一位父親，在艱苦的生存狀態中，如何忍受生命賦予的責任？這是余華以一個作家巨大的同情心，從人物內心的情感出發所做的細部的修辭。它可以產生悲天憫人的力量，會以它的動人軟化人的心靈。

余華小說中另一個經典的描繪生活細部的例子，就是其長篇小說《許三觀賣血記》中的一個片段。這部小說敘寫中國上世紀六七十年代普通中國人的日常生活，因為當時物質匱乏，許三觀的三個正處於成長期的孩子經常吃不飽飯，缺乏營養，甚至飢餓難耐。為了緩解孩子們的飢餓，許三觀竟然發明出一種近似「望梅止渴」的緩解方法。

> 這天晚上，一家人躺在床上時，許三觀對兒子們說：「我知道你們心裏最想的是什麼，就是吃，你們想吃米飯，想吃用油炒出來的菜，想吃魚啊肉啊的。今天我過生日，你們都跟著享福了，連糖都吃到了，可我知道你們心裏還想吃，還想吃什麼？看在我過生日的份上，今天我就辛苦一下，我用嘴給你們每人炒一道菜，你們就用耳朵聽著吃了，你們別用嘴，用嘴連個屁都吃不到，都把耳朵豎起來，我馬上就要炒菜了。想吃什麼，你們自己點。一個一個來，先從三樂開始。三樂，你想吃什麼？
>
> 三樂說：「我想吃肉。」
>
> 「三樂想吃肉」許三觀說，「我就給三樂做一個紅燒肉。肉肥有瘦，紅燒肉的話，最好是肥瘦各一半，而且還要帶上肉皮，我先把肉切成一片一片的，有手指那麼粗，半個手掌那麼大，我給三樂切三片。」
>
> 三樂說：「爹，給我切四片肉……」

「我給三樂切四片肉」

許三觀聽到了吞口水的聲音。「揭開鍋蓋，一股肉香是撲鼻而來，拿起筷子，夾一片放到嘴裏一咬……」

在這裡，許三繪聲繪色地用嘴分別給大樂、二樂、三樂極其詳盡地描述烹製紅燒肉、清燉鯽魚、爆炒豬肝三道菜的整個過程。他讓三個孩子閉緊眼睛，在想像中陶醉其中，「享受」從處理食材，到整個烹飪過程，直到在想像中「入口」，以獲得巨大的心理、生理的滿足。而且，余華沒有在作品中站出來借人物之口進行任何說教，也沒有選擇驚心動魄的大場面，而是通過這樣一場用嘴描述出的「非視覺」盛宴，寫出三個孩子對食物的渴望，並狀寫、昇華、渲染出一個時代的貧困和生存艱難，描述人們在走投無路、無可奈何中尋找新的生存的可能性。他選擇這樣一個令人忍俊不禁的細部，呈示出普通人在那個時代，或者那個時代普通人的艱辛生活，敘述幽默又調侃，酸楚又沉重。當讀到「屋子裏吞口水的聲音這時又響成一片」時，我們突然意識到，余華所呈現出的那個時代生活中的細部，實在是太殘酷了，彷彿有一股隱痛遍及我們的周身。這種情境，也許隨著往昔的歲月遠逝，在今天早已被生活淹沒了，卻留給我們許多我們難以承載的疼痛。余華的一個細節，或者說，一個細部，幾乎濃縮了一個時代的生活形態和實際樣貌，它成為時代生活的某種難以磨滅的記憶。

在他另一部長篇小說《兄弟》中，五十六碗三鮮麵所產生的天堂般感覺，李光頭和宋鋼兩兄弟對大白兔奶糖的貪婪癡迷的吃相，少年宋剛分別用醬油和鹽拌的兩次米飯，都是余華小說中令人難以忘記的經典細部，讀罷忍俊不禁，感慨萬千。

在談到為何寫作的理由時，余華說，他要「寫出中國的疼痛，也寫下自己的疼痛，因為中國的疼痛也是我個人的疼痛。可以說，從我寫長篇小說開始，我就一直想寫人的疼痛和一個國家的疼痛。」可以說，余華寫出了這種雙重的疼痛。

二

我們相信，小說雖然不會輕易地就從細部捕捉到一鱗半爪的所謂生活意義和本質，但生活的內在質地一定會潛隱在細枝末節中，在作家的想像、沉思和虛構中重組並發酵。這樣，作家在他的寫作中就可能產生新的圖景、情境和新的敘事美學。也許，我們還會進一步思考，一個作家在感受生活和敘述生活的時候，是否可曾想到，若干年之後，我們即使沒有記住小說文本中的有關精神、思想和意識形態等諸多層面的東西，但我們卻可能牢牢地記住了一個情節，一個細節，一個永遠也忘不掉的存在世界或人的細部。這些細節、細部的鏡象，構成了一種記憶，總是不斷地使人們在回憶中產生無盡的況味。恰如保羅・策蘭所說：「我們從堅果中剝出時間並教它行走：時間卻退回殼中」，這個細部，就像是一個堅果，它可以讓我們重返記憶的道路，讓我們思索個人生活與歷史演進中最微妙與深奧的問題，甚至可能會徹底地照亮我們略感黯淡的心理和現實生活，生發出強有力的光芒。

我們常常會想，並且期待我們的作家，能否在更多的時候暫時放下那種向上的姿勢和高昂的口氣，伏下身來，觸摸一下生活的糙面和事物的毛細血管，能夠耐心、細心地觀察一些細部和細小的存在。看似無關大局、無關緊要的細節和細部的存在，可能恰恰透射或隱藏著關鍵的信息。珍視細部，也是珍視個性，珍視生命本身，而不要淩駕於人性和生活之上，把它們當作粗糙的材料進行加工改造，那可能會成為可憐的杜撰，也是以高調形式表現出來的致命的平庸。

當一個作家知道自己寫什麼的時候，他在一定程度上就已經擬定或預設了敘事的空間維度，並且發現了應該聚焦的生活，洞悉其間或背後潛藏的價值體系，對時代生活做出深刻判斷。這完全可以視為作家創造的從整體到細部最基本的文本編碼。這裡面，就涉及到「怎樣呈現」的問題。任何修辭都是一種發現，更是一種能力或創造。「細部修辭」則是那種更為用心的發現，是很少整飭生活的獨到選擇和樸素的敘述策略，雖然文本敘述的細部可能無處不在，但它不只是作為語言層面的問題來加以討論的。因此，作家的修辭，在生活面前並不是可以輕易獲得的，那些經意或不經意的遺漏和空缺，那些需要深入精神、心理和靈魂肌理的探查，往往就可能是最重要的細部修辭。

《現實一種》是余華「先鋒時期」最具代表性的中篇小說，它與《河邊的錯誤》《一九八六》等作品，成為余華最結實的幾個中篇。《現實一種》是一部非常奇特的小說，無論在 1980 年代，還是在今天，他的敘事倫理都顯得特立獨行，雖然它寫於三十餘年前的 1987 年 9 月。這是余華大膽地進入並呈現人性的細部，直逼人性之乖張，發掘人性中暴力根性的一部寓言式小說文本。我認為，《現實一種》可以視為是中國當代小說史上，第一篇表現人性暴力和徹底顛覆人性倫理的最具敘述強度和審美衝擊力的「倫理敘事」文本。小說的敘述伴隨著死亡在親情之間的接二連三的密集地演進，令人驚悚的現實一下子撕開了人性中虛偽的面紗，令我們洞悉到倫理的脆弱，也讓我們立即看到人性內部難以想像的另一幅圖景。

如果要對小說「破題」的話，《現實一種》則透射出無盡的深意。首先可以理解為，這是現實的真實存在之一種，或僅僅是一種而已，此外還尚有種種。但「這一種」足以讓我們看見人性的真實狀態，以及最陰暗、最混沌的非理性和非人道的層面。皮皮似乎在不經意間，就將自己的襁褓中的堂弟扔到地上，腦漿溢出。

> 接著他看到堂弟頭部的水泥地上有一小攤血。他俯下身去察看，發現血是從腦袋裏流出來的，流在地上像一朵花似的在慢吞吞開放著。而後他看到有幾隻螞蟻繞過血而爬到了他的頭髮上。沿著幾根被血凝固的頭髮一直爬進了堂弟的腦袋，從那往外流血的地方爬了進去。他這時才站起來，茫然地朝四周望望，然後走回屋中。

堂弟在極其冷漠的、不以為然的狀態裏，結束了堂弟的生命，還要好奇地觀察堂弟死後的情形。接下來，就發生了山峰踢飛了皮皮，山崗將兄弟山峰置於死地。這種「連環殺人」「連環生死」，竟然發生在親兄弟兩個家庭之間，抑或就是一家人之間。親情的倫理，血緣的倫理，在這裡形同虛設，中國傳統文化和歷史中，最引以為驕傲的溫情脈脈的綱常、禮儀、孝悌，在這裡被一絲絲無情地碾壓、粉碎，成為神話的齏粉，蕩然無存。我們能夠感受到，余華正努力地沿著魯迅的道路大膽前行。余華選擇這樣一種人倫關係，來考量血緣的可靠性，甄別人性異變的種種可能性。他將人與人之間最可靠的人倫關係毀損了給你看。而且，這就是現實，而不是虛幻，這是充斥著血色的實存。我們禁不住要問，余華為什麼呈現出如此不可理喻的親情之間的相互殘殺？親情尚且如此，況且別一種人倫？文本採取「中性」敘事的語氣，呈現生死瞬間的細部景象，給我們釋放出極大的閱讀、想像空間。這幅在冷漠中呈現出人性斷裂的圖景，區分了寓言世界和現實世界這兩個層面的對立與重疊，以及兩者之間不可思議的轉化。

《現實一種》中，母親的漠然更加令人驚詫。一開始就是她的情緒、心理，或者說是她的存在形態，籠罩了整個家庭。這原本是一個聚集在一起的、有血緣關係的家族結構，但這個結構又似乎是虛擬的。糜爛、陳腐、衰朽、冰冷、死亡的氣息，彌漫在這個家庭的每一個角落。母親不時地抱怨：「骨頭發黴」，「體內有筷子折斷的聲音」，「胃裏好像長出青苔來」，「你把我的骨頭都搖斷了」，「腐爛的腸子」。她對死亡的感覺被書寫得格外特別和細膩。兩個孫子的生死，彷彿與她無關，歷史的、血緣的、本源性的人性的「根部」發生了斷裂，出現潰爛不堪的綠苔，寓意直指人性的本源性之惡。因此，我們說余華敘述的細部，是對人的感官、神經、心理和靈魂的多重的衝擊。

「山崗看見兒子像一塊布一樣飛起來，然後迅速地摔在了地上」。山崗與妻子的對話時，談到兒子的死，竟然異常地冷靜與淡漠，難以想像即使是死去了孩子的母親，也在眩暈中異常地冷漠。無疑，冷硬與荒寒，囂張與怪誕，沉鬱和壓抑，構成了這部小說的整體美感特徵。在這裡，非理性似乎成為存在世界的一種常態，無意識或有意識的殺人、暴力、死亡，一切似乎又都是自然而然要發生的事情。一個動作接著一個動作，這期間，所有的人物都沒有任何感情波瀾和理性的自省或自我約束。我們不能不驚歎余華超凡的想像力和對存在世相驚人的表現力、概括力。細節、細部，都顯示出余華驚人的想像力。這種書寫，無疑是一場藝術變革。奇異而獨特的感覺世界。全新的美學意識，放棄典型化原則，令想像力變得如此自由。

如果進一步深究小說細節、細部及敘述背後的哲學意味，就會發現倫理秩序、血緣連鎖，均被顛覆。那麼，如何來理解和闡釋余華這部小說的深層意蘊呢？這部小說的寫作邏輯起點是什麼？我們不能不慨歎世情的虛幻化和存在的不確定性，以及敘述中沒有啟蒙訴求的細部描述。在這裡，自我與人物的祛魅或符號化，情感的中性化，對暴力、死亡、逃亡等行動的極端表現，都利用錯位和意外構造成細部的演繹。胡塞爾「現象學」強調「還原」，這種主觀化的意圖，純粹的主觀性就是純粹的客觀性，胡塞爾在抹去了主客觀的區別時，其實是抹去了客觀性。與「新寫實」的敘述姿態非常近似，《現實一種》的敘述是直抵事物的「原生態」的「零度寫作」，感覺余華在一定程度上受到了羅蘭巴特《寫作的零度》影響。而且，在這種「零度」的敘述狀態下，我們感受到文本細部所發散出的人物和事物的溫度。

所謂「轉型」，是作家在另一個精神和向度上的繼續尋找和探索，是對世界和存在的另一種方式的觸摸。我們看到，一個寫過《活著》和《許三觀賣血記》的作家，余華此後又寫出了一部當代「現世」的亡靈書——《第七天》。我們感覺，這是對他有關這個世界圖像的繼續演繹和局部的調整，余華依然不會放棄對細部的發掘和呈現。

他寫的這部《第七天》，其實也完全可以叫做《死後》。小說表現了當下社會的某些亂象，所以，使得余華的敘述具有強烈批判的鋒芒。貧富懸殊，暴力拆遷，食品安全，事故瞞報，警民衝突，維穩，小三，器官買賣，在這裡，中國人現在最關心的問題幾乎全部記錄在案。所以，這部小說曾經被一些人認為是什麼「新聞串燒」。其實，余華所描述的這些生活亂象及其細部，早已不是新聞，而是那一段日子里人們的日常生活，而小說的文獻功能就在於此。應該說，這部小說，是一部詩化的批判現實主義小說。它細緻地寫出了中國人存在、生存的艱難。確切地說，這裡所呈現的，是人的生存境遇，而不僅僅是生活本身。窮人、弱者、普通人，許多人死的都很慘很冤，甚至「死也死不起」，「死無葬身之地」，彷彿魯迅那章著名的散文詩《影的告別》。這裡的人們死後都彷徨於無地，這裡也彷彿就有那麼一個地方叫做「無地」。仔細想，余華寫的這一切，其實已經不是新聞了，這些已然是中國人的日常生活。人在生活中是無能為力的，彷彿他們自己就是一個幽靈。看上去，余華的語言詩性、沉鬱，沒有力量，其實，這不僅僅是語言顯得沒有力量，余華就是要通過這樣的敘述語言，寫出主人公楊飛就是一個沒有力量的人。

> 濃霧彌漫之時，我走出了出租屋，在空虛混沌的城市裏孑孓而行。我要去的地方名叫殯儀館，這是它現在的名字，它過去的名字叫火葬場。我得到一個通知，讓我早晨九點之前趕到殯儀館，我的火化時間預約在九點半。
>
> 我出門時濃霧鎖住了這個城市的容貌，這個城市失去了白晝和黑夜，失去了早晨和晚上。我走向公交車站，一些人影在我面前倏忽間出現，又倏忽間消失。我小心翼翼走了一段路程，一個像是站牌的東西擋住了我，彷彿從地裏突然生長出來。

這樣，細膩的敘述很形象地把一個正常人在當代社會裏的那種無力感、無可奈何感，很柔軟地表達出來。同時，余華也寫出了歷史、時代和生活的滄桑。「火葬場」和「殯儀館」，「賓館」和「招待所」，「濃霧」和「霧霾」，在詞語的細微變化中，人在時代的變動不羈中的茫然，躍然紙上。可以說，這是余華對一個時代的深刻感受。

余華是一位非常成熟的小說家。他小說的語言，一貫的乾淨和詩化，情節、細節、細部都顯得單純，精粹，細膩，語言蘊藉著巨大的張力，人物關係、人物性格和心理的變化，交替推動著敘述的推進。在《第七天》中，仍然保持著余華對事物的實質性感知，表現出其敏銳和細緻。余華對詞語也極其敏感，他將現實和非現實，通過特殊的敘事視角和細部呈現出來，顯示出敘述的力量。看得出，余華在寫作中不斷地在探索和挑戰文學敘述的傳統，而我們則要改變以往的許多有關「純文學」的觀念了。

三

小說《黃昏裏的男孩》，可謂余華的一部傑出短篇小說。

其實，這篇小說只寫了兩個人物，一個是已經年過五十，花白頭髮，眼睛常常眯起來的、賣水果的攤主孫福；另一個是有著黑亮的眼睛，黑糊糊髒兮兮的手，衣衫襤褸的乞丐男孩。也許，我們很難想像他們之間會發生什麼故事，會產生什麼樣的人性衝撞和人心對峙？

> 這一次男孩沒有站在孫福的對面，而是站在一旁，他黑亮的眼睛注視著孫福的蘋果和香蕉。他對孫福說：「我餓了。」孫福看著他沒有說話，男孩繼續說：「我餓了。」孫福聽到了清脆的聲音，他看著這個很髒的男孩，皺著眉說：「走開。」男孩身體似乎抖動了一下，孫福響亮地說：「走開。」

孫福是一個曾經遭遇過重大的人生變故的中年人。他的兒子在五歲生機勃勃的時候，不幸沉入池塘溺水而亡，妻子在幾年之後，與一個剃頭匠私奔。一個原本幸福的家庭在不經意間土崩瓦解。這樣的生活變故和人生轉折也許曾經發生在很多人身上，只是時間各異罷了，有的人早一些，有的人晚一些，其中有種種誘因，都難以說清。生活中存在大量的謎，往往都是我們難以破解的。孫福的遭遇，也可以說是個人生活的磨難，就在他最好的年齡、身體最結實、最容易產生幸福感的時候發生了。這些，余華在敘述到最後的時候，才幫助孫福進行了一個短暫而平靜的回憶，這種回憶雖然輕描淡寫，但是深意盎然。或許，我們能夠想像出來，一個成年人在遭遇了喪子丟妻的生活罹患之後，性格、人性、精神、心理可能會發生一些什麼樣的變化嗎？余華將關於孫福的這些「背景」交代，留在了敘述的末尾，而讓一幅兇狠、殘暴的面孔率先登場。我們在孫福最初的形象中始終認定他的一個缺失人性善良的惡人，我們無法猜想他曾有過這樣一個幸福的家庭和還算得意的早年。一個少年，不是一個職業的乞討者，也可能是因為家庭的變故，流落在街頭，這個比孫福溺死的兒子小不了多少的孩子，儼然終於成為孫福的一隻期盼已久的獵物。飢餓覆蓋了這個少年的真實面孔，餓得發昏，已然有些恍惚狀態的時候，他抓走了孫福果攤上的一個蘋果。從此，余華的敘述開始了漫長的、令人喘不上氣的細節、細部的鋪排，開始展示一個人和另一個人之間都屬於最低的存在起點。無疑，文學的記憶，其實往往是一種感官記憶，味道、聲音、色彩、氣味、細碎的場景和細節，悠長地凝聚著生命在種種存在縫隙中的真實。上世紀末以來，看上去，我們彷彿生活在一個幾乎沒有細節的時代，意識形態化、商業化和娛樂化正在從人們的生活中刪除細節，而沒有細節就沒有記憶，細節恰恰又是極端個人化的沉澱，是與人的感官密切相連的。只是那些完全屬於個性化的、具有可感性的生動的細節，才能構成我們所說的歷史和存在的質感。余華在《黃昏裏的男孩》裏，通過極其個性化的細節，將人的所有尊嚴帶入了某種絕境，或者說，余華在一種「內心之死」般的絕境中，把一種稱為尊嚴的生命形態和存在品質、一種人區別於其他動物的存在理由，毫不虛飾地進行了割裂。讓我們面對人生最絕望、最可怕、最無奈的境地，讓我們在精神心理上，承受那種躲在黑暗中的無情和兇殘，最後，讓我們的內心走向崩潰。

於是，像是陀思妥耶夫斯基在《罪與罰》中，用長達幾頁的篇幅描寫拉斯科爾尼科夫殺人的細節和場面，余華也在不斷有意地延長敘述中的孫福的暴力。孫福拼命地追上偷走了他一隻蘋果並且咬了一口在嘴裏的男孩，他苛刻、無情地打掉男孩手裏的蘋果，一隻手抓住男孩的衣領，另一隻手去卡他的脖子，向他瘋狂地喊叫：「吐出來！吐出來！」

> 孫福抓住他右手的手腕，另一隻手將他的中指捏住。
>
> 接著孫福兩隻手一使勁，「哢」的一聲扭斷了男孩右手的中指。男孩發出了尖叫，聲音就像匕首一樣鋒利。然後男孩看到自己右手的中指斷了，耷拉到了後背上。男孩一下子就倒在了地上。
>
> 孫福對周圍的人說：「對小偷就要這樣，不打斷他一條胳膊，也要扭斷他的一根手指」。
>
> 說著伸手把男孩提了起來，他看到男孩因為疼痛而緊閉著眼睛，就向他喊：「睜開來，把眼睛睜開來。」男孩睜開了眼睛，可是疼痛還在繼續，他的嘴就歪了過去。孫福踢了踢他的腿。

余華讓孫福迅速地進入瘋狂的狀態。余華的敘述幾乎都是有近景或特寫組成，細膩地呈現這殘忍的一幕。而且，他讓敘事者敘述的時候，好像心如止水，冷靜異常，不露聲色地讓孫福繼續殘忍下去，扭曲下去，將他的瘋狂繼續舒緩地被拉長。而我們此時的感受已經是毛骨悚然，不寒而慄。孫福在得意中嫺熟地從事這一切，享受著這一切。而好奇的人們都在認真、貪婪地目睹著，心滿意足的看客，將這些當成趣味橫生的風景。余華讓他們與孫福一起創造一個人世間的奇觀：一隻蘋果約等於一隻中指，這是一個非理性、非邏輯的一種比附。也許，我們會理智清醒地以為，這是在我們時代發生的一個荒誕不經的新遊戲。故事如果就此收場，余華恐怕還不能算是「殘酷」的作家，也談不上殘忍，所以，余華就讓男孩繼續遭受孫福的折磨，肆意擴展著敘述的長度，使男孩所遭受的羞辱達到了極致。「孫福捏住男孩的衣領，推著男孩走到自己的水果攤前。他從紙箱裏找出了一根繩子，將男孩綁了起來，綁在他的水果攤前。」

> 他看到有幾個人跟了過來，就對男孩說：「你喊叫，你就叫『我是小偷。』
>
> 男孩看看孫福，沒有喊叫，孫福一把抓起了他的左手，捏住他左手的中指，男孩立刻喊叫了：「我是小偷。」孫福說：「聲音輕了，響一點。」
>
> 男孩看看孫福，然後將頭向前伸去，使足了勁喊叫了：
>
> 「我是小偷！」
>
> 孫福看到男孩的血管在脖子上挺了出來，他點點頭說：
>
> 「就這樣，你就這樣喊叫。」
>
> 這天下午，秋天的陽光照耀著這個男孩，他的雙手被反綁到了身後，繩子從他的脖子上勒過去，使他沒法低下頭去，他只能仰著頭看著前面的路。
>
> 只要有人過來，就是順路走過，孫福都要他喊叫：「我是小偷」。

對此，我們竟無法不深刻地同情這個因飢餓而偷了一隻蘋果的小偷。靈魂、道德的天平，讓我們向著小男孩無限地傾斜下去。我們在字裏行間已經聞到了秋日黃昏裏血和泥土混在一起之後，所產生的那股「腥紅」的氣息。余華讓這種人性最粗糙、最野蠻的狀態，在一個秋日的黃昏，泛濫成一場瘋癲的悲劇。余華這位對自己極其苛刻的作家，這一次，對人物的表達簡直是苛刻到極點。他在對人性最低劣品質的表達，顯示出他對人性、人的精神心理現狀的高度警覺。說到底，余華通過存在世界很小的細部，挖掘出隱匿在人性深處的卑劣現實，在這裡，人內心最黑暗的部分盡顯無遺。同時，也表現出余華極大的悲觀，「男孩走進黃昏」或「黃昏裏的男孩」，無疑是一個沉重、沉痛的意象，男孩在沉默和悲涼中的隱忍，是否也可以視為一種「反抗絕望」？讀到這裡，我們又恍惚看到了魯迅的身影，眼前的文字變得令人難以卒讀。余華這個虛構的故事，是對人性所做的一次尖銳的寫作，這對於一個作家來說，依然是需要一種特別的勇氣。我們感到，就在這短小、細碎的描述中，一種具有震撼力的事物正在從低處向高處攀援，直抵我們的內心。

可見，細節、細部是文學敘事的精要所在，它是觸動心靈的切實要素或原點。好的文學敘述，它的精華之處，一定在細部。任何一部傑出、偉大的作品，無不是無數精彩細部渾然天成的組合，細部所產生和具有的力量，一定會遠遠覆蓋人物、故事、結構本身，而且，它所提供的生活經驗、生命體驗和藝術含量，既訴諸了一齣作家的美學理想和寫作抱負，也能體現出一個作家的哲學、內在精神向度和生活信仰。平凡、平實、平淡，樸素、誠摯、充滿情懷，才是一部作品熠熠生輝的根本和底色。惟有從最基本、最普通、最細緻，而非有深刻命意和內在深度的生活著眼，表現最實在的生活，不故弄玄虛、掩人耳目地製造懸疑的敘述才會更加耐人咀嚼。這樣的文學，才會有綿延不絕的藝術力量。余華的小說做到了。

蘇童的「小說地理」

一

我清楚地記得，1989 年冬天，我第一次在《收穫》雜誌上讀到《妻妾成群》的時候，曾經毫不猶豫地做出過這樣的猜測和判斷：一是，作者蘇童一定是一位飽經滄桑的老者，這篇小說中對一箇舊式家庭中男人和女人的糾纏，描述、演繹得十分老到和嫺熟，故事、人物、小說中體現出的或感傷、或恬靜、或沉鬱、或唯美等種種意味，都充滿了奇異而成熟的智慧感、平衡感、「曖昧感」，手筆古典，卓爾不凡，小說中有種不見策略的策略在裏面；二是，這個同樣充滿飄浮感、古舊氣息的故事發生在頹靡、幽深的宅院和巷道裏，聲色沉溺，鬼魅彌漫，而且，那一條條南方的街市與作者一定存在著神秘的身體和精神的關聯，敘述的角度和口吻，分寸把握十分得當，或了無痕跡，或倏然作結。直到十年後的 1998 年，我與蘇童在南京相見時，面對這位我的同齡人，我仍有恍若隔世、心存猶疑之感。這就是蘇童嗎？我很難把他與那些有關南方的老到而優雅的文字聯繫在一起。對此，許多人都與我有同感。以至於長久以來，我都無法將 26 歲就寫出成名作《妻妾成群》和《紅粉》的蘇童，與後來寫了《刺青時代》《城北地帶》《米》和《西瓜船》等大量傑出中、短篇小說的蘇童看作是同一個蘇童。

的確，熟悉蘇童小說創作的人，沒有人不驚異和歎服他創作初期的「早熟」。練達的文字，卓越的敘述才能，作品所呈現、滲透出的滄桑感，以及他持續性寫作的灑脫姿態，甚至濃鬱的抒情品質、精緻優雅、從容不迫的氣度，都是這一代作家中最為傑出的。說蘇童是一位天才或者說天生的小說家，絲毫也不為過。他骨子裏彌漫出寫作小說所必需的種種自由的元素，這些充滿活力的元素，在他的虛構世界裏，不僅幻化為詭譎的想像，有氣味、有溫度的南方氤氳，而且還有肆意的傳奇精魂，在他的文字間悠長而從容地迴蕩。他似乎可以在他的紙上王國自由出入，可以輕鬆地在不同的朝代或時期進行肆意穿越。一般地說，我們大多只知道蘇童小說寫得如此灑脫、漂亮，卻很少用心探查它的來源及產生作品的條件等重要因素。我以為，這其中最重要的要素之一，就是蘇童小說發生的地理脈絡、空間維度，包含敘事背景和故事選擇的發生地，及其自然形態、引力場、勢態，水流、擇向等等，雖然這些元素，在作品中時隱時現，貌似無意，但卻糾纏著人物的性靈和定力，當然，這種貼切、別致的敘事背景和風貌，也是蘇童敘事能長久保持其光澤、彈性和張力的重要因素之一。

因此，多年以來，他無論在想像的世界如何馳騁，卻都難以超越宿命般的故鄉、原鄉情結。我們會看到，在他幾百萬字的敘述文本中，始終有一條與想像世界中故事發生的空間位移線索時而重疊，時而又交叉往復的「實線」，這條線絲絲縷縷地貫穿著蘇童小說的所有時空，其間布滿了人物活動的蹤跡，激蕩著有關人性、命運的生死歌哭，可以說這條路線所聯動的時空維度，就是蘇童寫作的「小說人文地理」，構成一個作家想像的發源地和支撐點。這也是幾乎所有中外優秀作家無法逾越和擺脫的小說地理座標，它既是「精神地理學」「情感地理學」和「文化地理學」，也是飽含著寫作所必需的基本願望、衝動和生命力的自然起徵點。而這些，都都與作家的自傳密切相關。作家庫切說過：「所有的自傳都是講故事，所有的寫作都是自傳」〔註 1〕。因此，可以說，儘管蘇童的想像天馬行空，汪洋恣肆，但永遠也不會也沒有離開過那條生命記憶中別夢依稀的故鄉小街，這也是他寫作的精神和心理發生學起點，是他的小說地形圖，或者說，是他文學行旅的淵藪。這是蘇童天性使然的自然選擇。越是天才作家，他的精神原鄉距離他虛構的世界越接近，他行走的邊界就越自由和靈動。我深深地感到，蘇童的小說氣象與「地理目光」是完全契合的。關於此，可以拿出許多有說服力的例子。

王德威認為，蘇童小說有兩處主要地理標記：楓楊樹村和香椿樹街。前

〔註 1〕轉引自王敬慧：《庫切評傳》，北京大學出版社，2010 年版，第 101 頁。

者是蘇童想像的故鄉，後者是其故鄉父老移居落籍的所在，一處江南市鎮的街道〔註2〕。我感覺，王德威先生對蘇童小說的思考線路，意圖主要在蘇童敘述的「城」與「鄉」之間進行考量，以此追溯裹挾著家鄉先人在歷史的必然中往返、逃逸的更大的緣由。而我覺得，蘇童在虛設「楓楊樹鄉村」的時候，尚未自覺地意識到這一系列的想像，在後來的寫作格局中會與「香椿樹街」「城北地帶」「馬橋鎮」「油坊鎮」構成無法割捨的血脈。雖然，地理學上的地形、地勢、地脈、氣候、氣象、生態等等因素，對人的生理節律，天人合一、陰陽調和，直接構成重要影響，但它對一個作家的文本選擇卻是以另一種方式產生影響的。包括蘇童小說對河流的青睞，對市鎮或鄉村的鋪排和精神投入，都遠遠超出一般性小說背景預設的層面。有時，他從城市眺望鄉村，有時他讓人物從鄉村逃亡到城市，這裡面的經濟、政治甚至戰爭因素，蘇童常常佯裝不知或是忽略不計，《飛越我的楓楊樹故鄉》《一九三四年的逃亡》和《米》，可以視為蘇童對「想像中的故鄉」的一次次「逃亡」，這完全可以看做是蘇童小說敘事上的一條地理虛線，但這條虛線，卻直抵「逃亡者」子民的最終寄居地，後面的故事也由此展開，交叉重疊，繁衍不盡，從而構成蘇童小說題材上的城鄉兩翼：世界兩側。「人們生活在世界的兩側，城市或者鄉村，說到我自己，我的血脈在鄉村這一側，我的身體在城市那一側。」〔註3〕我們在蘇童的大量作品中，充分而強烈地感受到了這兩者的兼容和開放。

在這裡，我並非要按圖索驥般地「考據」「索引」蘇童小說虛構的資源所在，但是，我想，一個作家寫作的「出發地」和「回返地」，卻一定是有著強烈和確切的精神依據和價值指向的。而且，這一個個觸發靈感的興奮點，也就是他寫作的發生，必然與他的早年經驗息息相關，與他自己所生活的天然的環境相關。在閱讀了他的幾乎全部作品後，我看到並且更加清楚了他成為作家的必然性。我相信，寫作，或者說，是虛構，絕不單單是一種風物志的烘托、呈現，在更大的程度上，更多的卻是地脈、地氣和地緣的擴張。這種地理環境與背景往往具有移動性和不確定性。其實，不確切性，似有還無，正是小說構思的魅力所在。作家在一個特定的時間和特定的地點擁有一個特別的故事，也是一種機緣。不期而遇就是緣分的沉澱。記憶在何時何地發酵，

〔註2〕王德威：《當代小說二十家》，生活·讀書·新知三聯書店，2006年版，第111頁。

〔註3〕蘇童：《河流的秘密》，作家出版社，2009年版，第240頁。

夢想在虛構的世界裏成為了現實，都是作家和文字的雙重宿命。這裡面頑強地殘存、蘊藉著不竭的原動力，加之作家的充盈的好奇心和敘事欲望，使他義無反顧地在想像中探秘可能有的或明亮的或幽暗的空間。在一定意義上，一個作家所選擇的地緣背景和地理圖標，一定也是他精神、心理座標的有機構成，他在文本中想要或已經實現的藝術衝動，在這裡生發、彌漫開來。無疑，這其中的人文意義和審美路徑，決定了一個作家的文化氣象和敘述風度。

縱觀他二十餘年來在小說世界裏所營造出的生命根由，來龍去脈，他基本上沒有離開「香椿樹街」「城北地帶」。「我從小生長的這條街道後來常常出現在我的小說中，當然已被虛構成香椿樹街了。街上的人和事物常常被收錄在我的筆下，只是因為童年的記憶非常遙遠卻又非常清晰，從頭拾起令我有一種別夢依稀的感覺。」〔註 4〕許多作家的寫作都是從童年經驗開始的，蘇童也不例外。那麼，從作家寫作的角度考慮，一個作家作品的出世，一部或多部作品的藝術形態和敘述方向，除了取決於前面涉及的人生經歷、生命體驗、精神價值取向等文化因素之外，在具體的作品寫作過程中，還會與這位作家所處的具體的人文、生態環境相關，甚或包括作家精神、心理世界中的理性和非理性、有序和無序，內在隨機性和本體的全息性緊密相關，作家寫作時所處的「位置」「方位」，都可能直接導致一部小說的生成或流失，成功或失敗。也就是，作家寫作時呈現出的物質性與精神性，他所想承載的情感天平，極有可能都要在地理學的意義上尋求、獲得某種平衡和契合。而且，他對地理環境的依存和自身的生態感，也會直接關乎作品的美學形態和修辭策略。像《南方的墮落》《舒家兄弟》《妻妾成群》《紅粉》《園藝》，不僅寫出了時間跨度超過半個多世紀的地域性凸顯的南方，而且，還讓我們極其細膩地和真切地感受到一個充滿氤氳氣息的、濕乎乎的、詭譎的、有濕度有溫度的頹靡的南方。能寫出這樣一個文學世界，既是對自己體溫、氣味和情緒的確證，也是掙脫地域侷限在虛構世界試圖創立小說這座建築「穴眼」的固執選擇。

剛剛開始構思並已經動筆寫作《河岸》的時候，蘇童恰好去德國訪問。其中幾萬字是在那裡完成的。回國後，竟然無論如何無法接駁上前面的敘述，只好廢棄掉從來。這種情況如何解釋呢？顯然可能是「地氣」接不上了。看來，一個作家的想像力和虛構，與他寫作的環境和位置也是有密切關係的，虛構的才能和技術，到一定的時候就會因嫻熟、練達而形成某種慣性，最終

〔註 4〕蘇童：《河流的秘密》，作家出版社，2009 年版，第 77 頁。

成了作家的法器。當然，這種法器的使用或運轉也是有條件的，諸如個人寫作環境和氛圍，失去這些條件，可能就會喪失應有的活力。我無法知道蘇童寫作小說時，在更多的時候，是否真正能夠突破理性和神秘主義的雙重制約，進入一種更加自由的狀態。即使是非理性的寫作方向，也是對一個很自然的存在狀態的呈現，它應該是一種比較真實的狀態，一種樸素的東西。因為，只要沉浸在自由自在的寫作狀態裏，經意或不經意，自覺或不自覺，都會體現出一個作家固有的天分來。

二

我在描述蘇童小說創作總體特徵時，曾用「南方想像的詩學」界定蘇童小說的地域性想像面貌，同時，也有意深入發掘童年生活的經驗和記憶對蘇童小說寫作的重要影響。雖然，我無意去蘇童的虛構世界裏尋找其現實存在的「對應」經歷和確切的地理依據，但一個作家在對世界和生命深入感知後自然生成的情結，必然在他的心理上形成某種「機制」，對寫作產生各種暗示或指引。蘇童有大量散文、隨筆記敘他的童年生活舊事：《過去隨談》《城北的橋》《童年的一些事》《三棵樹》《露天電影》。我們從中會感受到他那種強烈的懷舊、戀舊意緒。許多文字講述中彌漫著濃鬱的惆悵和感傷，更多的還有對過去生活、人物的珍惜、憐愛，其中也不乏大量在他後來小說中頻頻隱現的重要意象。我甚至猜測，他的許多小說都是從這些感傷、珍愛和意象中衍化而來，甚至都可能尋找到其中的必然聯繫，這也就在相當程度上決定了他小說的取材方向和想像源頭。雖然，作家的寫作出發點並非一定是現實及現實中的人，而是他的另一個自我，但這另一個自我卻是現實與環境的精神投影。同時，文學起源於心靈，心靈是人的第二個自我，而這個自我，只能以精神的方式即關於情感、生命的藝術方式到達理想的存在的彼岸，重組往日生活的情境，一次次完成文字與世界、回憶與往事的雙重認知。對於短篇小說《桑園留念》，蘇童就曾多次表達對它的格外喜愛。這篇表現少年成長的小說，濃縮了蘇童少年時代的「街頭」生活，可以說，它是蘇童此後「香椿樹街」系列小說的起點或「引子」。「街頭」，一定是只有六七十年代出生的孩子才可能有的一個身體的、精神的和心理的活動空間，成為那個年代童年、少年「青春期」被「啟蒙」的場所。這個小說中的「我」，後來就像影子一樣飄蕩、隱現在《沿鐵路行走一公里》《傷心的舞蹈》《刺青時代》《回力牌球鞋》《游泳池》《舒家兄弟》《午後故事》《西窗》《獨立縱隊》等一大批作品中。若干小說的故事、人物、敘述語言包括氛圍，構成了一個渾然一體的動態畫面，給人以身臨其境之感。即使其中有些作品的風格非常散文化，敘述彷彿是一段童年、少年記憶，或是一些散漫、惆悵、憂怨、平淡的思緒，但它表現出少年走進現實世界時的懵懂、衝動、敏感、孤獨甚至不知所措。同時，小說還表現出他們成長途中與那個時代蕪雜、零亂、荒唐的成人世界之間的隔膜和猜忌。蘇童在他的隨筆《城北的橋》和《南方是什麼》中反覆提及、描摹的那個橋邊茶館，顯然是他的著名中篇小說《南方的墮落》中「梅家茶館」的原型。「在我從小生長的那條街道的北端有一家茶館，茶館一面枕河，一面傍橋，一面朝向大街，是一座古老的二層木樓，很長一段時間，我像一個善於取景的電影導演一樣把它設置為所謂南方的標誌物。」〔註 5〕雖然發生在那座兩層老樓裏的生死歌哭，愛恨情仇應該是蘇童的虛構、想像和演繹，但小說中喜愛幻想的少年，也必定帶有蘇童自身的影像。那個橋邊茶館，一定是蘇童心理、生理活動發生變化過程中，不可或缺的地理標記，它承載起的不僅僅是某種具有南方氛圍的隱喻性，恐怕還流溢著南方柔膩、脆弱、虛幻和頹靡的宿命味道。《紅桃 Q》實際上就是蘇童的親身經歷的文學記敘。「我」的形象明顯意象化、朦朧化，在「香椿樹街」這個虛擬的空間裏躑躅和游蕩，張揚著從「身體訴求」到「精神訴求」的主體萌動和嚮往。《刺青時代》中少年血的黏稠更是富於文學的意味，面對「少年血」在那樣一個混亂無序的年代的流淌，蘇童細膩而耐心地梳理出了它的曲折軌迹。蘇童小說雖觸及到「文革」的背景，但他並不以成人視角進入那個年代，其結果是以單純的孩子的眼光，表現成人災難生活中少年們些許充滿陽光的歲月，這非常接近很多知青作家所描繪的對自己在「蹉跎歲月」中對青春的緬懷和留戀，在敘述上無意中也構成了對當時主流、宏大敘事話語的某種反撥。由於蘇童對少年生活體驗的敏感與細膩，使他不經意間本然地走出了當時風靡的特定的「八十年代」的文化想像，他從不去附著任何具有理性色彩的啟蒙話語，只有對存在本身的自由、姿態、欲望和人性的感知，小說的道德向度也處於中性的搖擺狀態，絕少有某種意識形態的價值判斷。因此，他小說中的地理空間的單純，也避免了更複雜的文化壓力的糾纏。

最初那些「香椿樹街」少年小說的地點、背景、故事和人物，就有很強

〔註 5〕蘇童：《河流的秘密》，作家出版社，2009 年版，第 137 頁。

的「原生態」味道。而一九九六年以後寫作的《古巴刀》《水鬼》《獨立縱隊》《人民的魚》《白雪豬頭》《騎兵》《點心》《小舅理生》《橋上的瘋媽媽》等，已將「香椿樹街」衍生、「預設」成他小說持續、恒久的敘述背景。回顧蘇童近 20 年的小說寫作，以「香椿樹街」為背景的小說近於他創作總數的大半，可以看出，蘇童特別喜歡、迷戀於在這個背景下展開他的文學想像，淘洗他記憶中的生活鉛華，不斷地對記憶中的生活、感受進行再體驗，並創造出新的有意味的世界圖景。可以說，他以自己更加成熟的小說理念和心性感悟，重新照耀過去的生活。在一個新的藝術表現層面上，通過意象、意緒、場景、人物，超越傳統的寫實情境而達到對現實具象的張揚與超越。在這一組小說中，記憶和想像鑄就的意象已經很少有明顯外在的痕跡，過去的生活，當下的故事已存在於這一重要的地理「背景」之中，已溶進小說的靈魂之中。也就是說，蘇童在以小說的方式整理世界、整理情感的時候，是格外注重敘事背景和地點選擇的。他對自己的「約克納帕塔法」是一種徹底地迷戀。他自己也意識到自己是一種近乎病態的「淪陷」其中，不能自拔。對此，蘇童自己曾坦言：「『香椿樹街』和『楓楊樹鄉』是我作品中兩個地理標簽，一個是為了回頭看自己的影子，向自己索取故事；一個是為了仰望，為了前瞻，是向別人索取，向虛構和想像索取，其中流露出我對於創作空間的貪婪。一個作家如果有一張好『郵票』，此生足矣，但是因為懷疑這郵票不夠好，於是一張不夠，還要第二張，第三張。但是我覺得花這麼長時間去畫一張郵票，不僅需要自己的耐心，信心，也要拖累別人，考驗別人，等於你是在不停地告訴別人，等等，等等，我的郵票沒畫好呢。別人等不等是另外一個問題，別人收藏不收藏你的郵票又是一個問題，所以依我看，畫郵票的寫作生涯，其實是很危險的，不能因為福克納先生畫成功了，所有畫郵票的就必然修得正果。一般來說，我不太願意承認自己在畫兩張郵票，情願承認自己腳踏兩條船，這其實就是一種佔有欲，擴張欲。我的短篇小說，從八十年代寫到現在，已經面目全非，但是我有意識地保留了『香椿樹街』和『楓楊樹鄉』這兩個『地名』，是有點機械的，本能的，似乎是一次次的自我灌溉，拾掇自己的園子，寫一篇好的，可以忘了一篇不滿意的，就像種一棵新的樹去遮蓋另一棵醜陋的枯樹，我想讓自己的園子有生機，還要好看，沒有別的途徑。其實不是我觸及那兩個地方就有靈感，是我一旦寫得滿意了，忍不住地要把故事強加在『香椿樹街』和『楓楊樹鄉』頭上。」〔註6〕也許有人會問，一個作家怎麼可能一輩子陷在「香椿樹街」裏頭呢？你老陷在這裡走不出一條街，算怎麼回事？而我覺得根本無需擔心這樣的問題，蘇童不是簡單地「陷」在這裡面的問題，而是「陷」得好不好的問題，是能否守住一條街，並且陷在這裡究竟能寫多少有價值的東西的問題。要寫好這條街，對於蘇童來說是一個非常大的命題，幾乎是他的哲學問題。可以說，這兩個虛擬的「地名」，其實更是蘇童藉以揮發他寫作靈氣的理想而默契的空間，是他最理想的「播種地」「自留地」。在這裡，早已不單單地是一個小說技術方面的問題，而是文學寫作中自我精神的一次次紀實與虛構，它可能是小說寫作的恍惚若夢，也可能是文字對世界進行從容表達，也是如何向更遙遠的地方進發的自信問題。

實際上，他並非刻意地選擇寫作的題材、文學意境、童年視角，並持之以恆地以南方為書寫背景和表現內容，而是他無法擺脫、揮之不去的文學「根脈」築就了他小說南方建築的基石、基調、體量、體式和風采。蘇童有意無意間在無規律地丈量著他內心與故鄉的距離。蘇童同時代的作家余華，在談到一個作家的寫作與家鄉存在什麼樣的關係時，坦然亦坦誠地說：「我只要寫作，就是回家」「決定我今後生活道路和寫作方向的主要因素，在海鹽的時候已經完成了。接下去我所做的不過是些重溫而已，當然是不斷重新發現意義上的重溫。我現在對給予我成長的故鄉有著越來越強烈的感受，不管我寫什麼故事，裏面所有的人物和所有的場景都不由自主地屬於故鄉。」〔註7〕在這裡，沒有例外，蘇童就是從南方、從自己出生、生長的城市、從故鄉出發，開始他文學行旅的。

從這個意義上講，《桑園留念》，作為標誌著蘇童小說的第一個具有地理學意義的起點，對蘇童的小說寫作具有特別的意義。以前，對於他為什麼如此偏愛這個短篇小說，我曾有過仔細的揣摩。我感到，這篇小說似乎使蘇童真正找到了寫作的感覺和激情。在一定意義上，它也是其整個「香椿樹街」小說的「發軔之作」，是後來許許多多小說的「引子」，它最早奠定了他後面這類小說的基調。可以說，從此，蘇童就「陷」在了這條街裏「不能自拔」。儘管後面的作品在技術上不斷變化、「騰挪」，寫得也愈發精緻、飄逸和靈動，

〔註6〕張學昕、蘇童：《感受自己在小說世界裏的目光》，《當代作家評論》，2008年第6期。

〔註7〕余華：《我能否相信自己》，人民日報出版社，1998年版，第251頁。

但這篇小說裏所散發出的氣息，敘述中可感可觸的甚至有些粗糙的「毛面」，都彌散、灌注於後來的大量小說中，我們很難用諸如「惆悵」「哀婉」「古舊」或別的什麼詞句來描述此中的情境和氛圍。現在，距這篇小說的寫作時間已經過去 20 多年了，這篇《桑園留念》仍給蘇童許許多多值得他繼續「留念」的東西。

即使是那篇以祖父輩老家「楓楊樹鄉」為想像依據的中篇小說《一九三四年的逃亡》，也飽含蘇童在「城與鄉」間尋找「楓楊樹」人的精血之氣以及傳承方式的渴望和信念。所謂「家史」在時間和空間裏繼續發酵，城與鄉，也在時間和空間的容器裏，產生奇詭、微妙的相互作用和變化。歷史是一種一再留下廢墟的、極其緊張的人生的舞臺，在時間裏面，一切都可能發生，而且是從秕糠考驗和甄別麥粒的關鍵性時間。小說中，人的生活、存在在時間和空間的多個層面上同時展開，「逃亡」成為時間的一條主動脈，遊弋在城鄉這個界定模糊的地理邊界。人性和欲望，在存在的歷史現實中聚合起崩潰的時間碎片，支撐起審美主體意識到的存在、生活或精神結構。無疑，這是具有充分現代感的時間、空間觀念，小說敘述結構的堅實質地，衝擊了以往意識形態話語或某種既定文化秩序的規定，同時也拓展了具體的時間、空間之上的經驗文化背景。我們可以把「一九三四年」視為作家擬設的一個時間容器，它承載著特定時空中人類特有的存在狀態和存在經驗，並且在回憶的空間平臺上再次切進真實和存在，沉重與輕鬆、莊重與抒情、幻想與偏執，破碎的歷史欲望，表達的障礙交織重疊。歷史、故事，有關家族的猜想，在虛構的、想像的南方鄉村和市鎮衍化成文學的私語，擴張著事物的「人文地理學「內涵」。

我更願意將長篇小說《城北地帶》視為蘇童「香椿樹街」系列的集大成。這部長篇小說，再次集合了一批生長在「香椿樹街」的重要人物：紅旗、小拐、達生、敘德、美琪、金蘭、王德基、錦紅等。與短篇小說在敘事長度上極大的壓制人物精神層面的表現不同，長篇小說的文體優勢顯而易見。在這種更為「寬容」「悠長」的結構裏面，人物的欲望、精神乃至性格的形成歷史都能夠得以充分地展開。如果說，「香椿樹街」短篇系列是一個個順手可以打開的扇面，那麼《城北地帶》就是一幅需要細讀的多層面的長卷畫幅。這其中，少年們的青春影像在這個已經很「典型」的地理、生態面貌裏，迭印出更複雜的色調，它早已不同於以往若干短篇小說那種不斷的、零碎、片斷式的素描和塗抹。這部長篇小說，我們顯然不能簡單地將其置放在所謂成長小說一類的主題範疇裏，它在許多層面上有著更意味深長的內涵和詩意形態。也可以說，大不相同的敘述運作，迫使原本可能在短篇小說中獨立簡單的故事現出了紛雜的含義。小說以紅旗「原始欲望」的宣洩即對少女美琪的性暴力牽引出少年們精神的浮躁、晦暗和內心的風暴。我們可以清楚地明晰他們對父輩的傚仿和繼承，性、通姦、死亡、械鬥、扭曲的人性、市井恩怨仍然成為敘述最為敏感的區域。而敘德和金蘭的私奔，則暗喻出他們步入成人世界後無望的逃離。逃到哪裏去呢？他們終究都無法離開城北，無法擺脫一個時代的精神宿命。城北，成了延展「香椿樹街」空間地域的更複雜的所在，而且，在集合了數條街道的人群譜系的同時，這裡也不再是蘇童畫地自限的藩籬。

在生活中，蘇童是一個敏感而厚道的人，有時卻又是一個十分粗心的人。這兩種品質奇妙而矛盾地統一在一起。體現在生活中，也體現在文本裏。而後者可能恰好成為小說的「空缺」，書畫的「留白」。我這樣講，是因為我在與他的文本和人的相互比照閱讀中，發現他許多未置可否的意識和無意識「盲點」，也就是作為一個作家的「樸拙」之氣。這必然對寫作構成重要影響。甚至，他潛意識中也許還具有一種懶惰的天性，當然這可能是所有人都程度不同具有的，但他似乎是有意識的，他感覺到「人的命運思考起來是有難度的，便擱置在一邊，我竟思考起垃圾的命運來，有點搞笑。」〔註 8〕數十年來堅守一地，駕輕就熟，以自己成長的情境和「舊地」為參照系狀寫一個「空洞而幽微的所在」，這樣，細心和粗心，對小說文本來講，又不是特別重要。因為，有時，對於虛構的小說而言，真實並不十分重要，關鍵在於作家自己的推斷是否合理或者圓滿。

三

「我的南方在哪裏呢？我對南方知道多少呢？」〔註 9〕，蘇童經常會對自己發出這樣的詢問。短篇小說大師博爾赫斯有一篇小說，名字就叫《南方》，「誰都知道里瓦達維亞的那一側就是南方」，在博爾赫斯的這篇小說裏，南方是從一個地名開始延伸其意義的，而病病歪歪的主人公達爾曼與他手中的那

〔註 8〕蘇童：《河流的秘密》，作家出版社，2009 年版，第 157 頁。
〔註 9〕蘇童：《河流的秘密》，作家出版社，2009 年版，第 157 頁。

本著名的《一千零一夜》與「南方」形成了一個孔武有力的三角關係。南方的意義在這裡也許是一種處境的符號化的表達。我覺得，對於蘇童來說，儘管他自己常常捫心自問，竊竊獨語：「我對我經常描述的一條南方小街的瞭解到底有多深呢？我對它的固執的回憶是否能夠隨著時間的流逝觸及南方的真實部分呢？」但他的南方並非像他表述的那樣諱莫如深。它有時可能是漂浮不定的河流，也可能是城北地帶踏實、堅固的鐵路路基或蒼白的缺乏人情味的石子路面，一個破舊而牢固的世界，總是在他的記憶和推斷中若隱若現，不斷地成為一道道地緣特徵清晰又模糊的風景，在蘇童的敘述裏簡潔而生動，世俗而深刻，並且，它常常以一種莫名的力量或魅力打動我們。

那麼，現在我們再來閱讀這篇《沿鐵路行走一公里》。這也是蘇童早期小說的代表作之一。我感覺，在這篇小說裏，蘇童最早給自己小說確定的一個地理方位，就是在這樣一個特殊的環境：一個城市的邊緣地帶，一個經常發生意外事故的殘酷區域，這裡，火車用速度分割著城鄉，那些從車窗內隨意扔下的香煙殼、糖紙和啤酒瓶，同時也隨之拋散下了來自遠方的沉積，並製造出無數關於遠方的、非邏輯的無盡遐想。王安憶非常欣賞這篇小說，給了它很特別的評價。她認為這篇小說體現了蘇童小說更為優良的虛構特質，以及由此給我們帶來的信賴感〔註 10〕。我相信，一位優秀作家面對另一位優秀作家的時候，都會有一種特別的、驚人的發現。

我感到，從寫作短篇小說《沿鐵路行走一公里》起，蘇童似乎突然之間找到了敘述的方向。蘇童選擇的這個有「荒原感」的地理空間，他除了賦予人物基本而必要的動作，還逐漸加大作品整體的容量。「八月仍然是葵花向陽的季節，葵花在南方常常被種植在鐵路兩旁的路坡上，這些美麗的植物喜歡炙熱的陽光」〔註 11〕，死亡、病態、孤獨和惆悵開始進入少年的視域，小說也開始更多地考慮人物的主觀感覺，「主人公」的味道也漸漸彌漫出來。或許蘇童當時還沒有意識到，他筆下的主人公少年劍內心的孤寂、惆悵，對世界的渴望以及無法和現實達成默契的苦惱，難以名狀的抑鬱，這已不僅僅是成長的煩惱，更多是他所處生活世界的幽閉。作家讓劍在一公里有限的長度裏與存在、與世界進行對話，但在那種年代，他的內心、他的命運也只能和扳

〔註 10〕王安憶：《虛構》，《東吳學術》，2012 年第 1 期。
〔註 11〕蘇童：《沿鐵路行走一公里》，載《蘇童文集・少年血》，江蘇文藝出版社，1993 年版。

道工的那只籠中鳥一樣，無法擺脫其被精神囚禁的悲涼處境。劍和鐵路之間似有一種說不清的關係，但妹妹的死和扳道工老嚴的致命錯誤，並沒有成為劍拒絕現代文明的心理障礙。劍對那列上海至哈爾濱列車的嚮往和猜想，倒是會很容易讓我們把這篇小說與蘇童那篇叫做《三棵樹》的散文聯繫起來:「午後一點鐘左右，從上海開往三棵樹的列車來了，我看著車窗下方的那塊白色的旅程標誌牌：上海——三棵樹，我看見車窗裏那些陌生的處於高速運行中的乘客，心中充滿嫉妒和憂傷」。在我自己的少年記憶中，直到八十年代初，上海至哈爾濱的旅客列車的終點站始終是「三棵樹」,而不是省會城市哈爾濱。我在這裡無意考證蘇童記憶與寫作的某種奇異關係，但我們在劍身上所感受到的不僅是作家自身遭遇的某種壓迫，而且使我們強烈體味到現實給內心帶來的巨大的空虛或虛無感。「行走」「鳥籠」的意象，與作為「一部簡單而乾脆的死亡機器」的鐵路，它們之間也構成了一種有關存在的隱喻。生命個體的孤獨感，籠罩著整個時代的空虛感，都在這篇小說中隱約呈現出來。這篇小說，將蘇童的空間視域收縮、壓縮到內心，完全可以用「逼仄」這個詞，來形容城北「五線弄」一帶這短短一公里的鐵路路基，以及由此呈現出的少年劍在狹小地域裏的惆悵、沈寂的心態與騷動。

人們的生活離不開空間，每個人日常生活的實踐也都要依賴一個其支持活動的有效、有益的空間。小說敘事的空間，最重要的就是地域、地理問題，文學所呈現的物理空間實際上是一種自然的空間，是我們能夠切近和感知的具體的、物質的、具有地理和地緣意義的客觀存在。而作家對它的選擇，不僅體現為地理性，而且體現為創造藝術空間和美學空間文化內涵的需要，也是揭示人性心理空間的需要，特別是，作家要在作品有限的時空裏呈現無限的意韻。那麼，文學地理，最終是要生發出無限的想像，成為一個多層面的、可闡釋的空間。獲得「亞洲曼氏文學獎」的《河岸》，是蘇童小說中最為傑出的長篇小說。表面上看，這部小說是蘇童對「文革」這一段當代史做出的充滿個人性的反應，實際上，它再現了那個動盪、混濁年代的心靈躁動，以及歷史沉浮中人性膨脹、畸變和消長的歷史，為我們透視那個年代的歷史提供了一個新的視角。古老的河岸，歲月湍急的暗流，個人內心的哀怨和蒼涼，世道人心的孤獨、陰冷和殘酷，令人感到窒息。蘇童採取「還原」的姿態，耐心、細緻地描述一個時代不合邏輯的生活，敘述一個關於生命和身體的故事。在這部小說裏，蘇童將對河流、河水、岸等地理物象演繹的更充滿質感和活性。他借助故事的堅實外殼，有意識地探索這一系列物象的關係，使「河」與「岸」都充滿了張力。蘇童坦言：「我把它們作為人物所處的兩個空間，我去探索這兩個空間對人生存的意義，這是我努力想做到的。因為是探索，我不能清晰地告訴別人，河流是什麼，岸是什麼，河與岸對人分別意味著什麼。但我始終覺得背後放射的東西非常具有彈性。此外，從某種表述的角度來說，《河岸》也是一部鄉土小說，因為這次寫作我試圖置換一次空間，放大一種鄉土。在人們固有的慣性思維中，一提到鄉土，總是與陸地有關的。但我這部小說選擇的是船民的生活，他們的鄉土不是陸地，而是河流，是漂流的鄉土。」〔註12〕

應該說，上世紀八十年代以來，擅寫江河的作家北面有張承志，南方就是蘇童了。只不過，蘇童的河流、河水比較起張承志激蕩無比的大江大河，則顯得更加冗長、詭譎、傳奇或隱秘。如《水鬼》《舒家兄弟》《米》等小說中的河流，這些河流或者水，都埋藏著許多隱喻和意象。河是永遠「泛著鏽紅色，水面浮著垃圾和油漬」，「河上飄來的是污水和化肥船上的腥臭味」，「間或還飄流而下男人或女人腫脹的屍體」。兩者已成為人物活動的背景框，其中的人事物流幾乎沒有任何鮮亮、溫和的詩意，而其中充滿破爛、罪惡、骯髒和醜陋甚至殘暴的故事，正是這個獨異的生存環境的產物，凸顯出人性的粗俗和靈魂的彎曲。在《南方的墮落》中，鄉村姑娘紅菱墜河而死，「屍體從河裏浮起來，河水緩慢地浮起她浮腫沉重的身體，從上游向下游流去」；在《城北地帶》中，少女美琪在遭少年紅旗強暴後無法忍受世俗的屈辱，落水自溺而死；《舒家兄弟》中，舒農試圖縱火燒死兄長舒工，爬上屋頂凌空飛下，而在河裏的水面上同時飄浮一具被燒焦的貓的屍首殘骸，在暮色中沉浮，時隱時現……河、河水在這裡既構成人們生存的環境和背景，也成為南方生活的見證。河水，流逝的濁流中飄浮的是無法洗滌的人間滄桑，它們貫注著作家對世態人生這齣活劇的驚悸、恐懼和顫慄，也深深地表現出對其封閉、乏味、淫亂、無序生活的存在性焦慮。另外，小說文本中地理的空間方向、方位感，在蘇童的小說裏，也成為考量他的小說人物的重要因素。在長篇小說《米》裏，蘇童就是通過描述那個惡病纏身、想「衣錦還鄉」的五龍，表達「城與鄉」的雙重錯位。的確，五龍已經無法辨別回家的路，從而徹底迷失了方向。

〔註12〕梁海：《尋找「河」與「岸」的靈魂——作家蘇童訪談錄》，載《小說的建築》，復旦大學出版社，2011年版，第220頁。

回家的路是「向南」還是「向北」，五龍已經渾然不覺，因為，遺失了本性、丟失了家園的靈魂必定是渾渾噩噩的。還有，《吹手向西》《拾嬰記》等一些短篇小說，也都是讓人物、故事的活動背景，建立起不同的方向感和地理維度的上乘佳作。

記得若干年前，一位研究中國文學的日本青年學者，是蘇童小說迷，曾經獨自專程跑到蘇童的家鄉、蘇童小說的背景地--蘇州，按圖索驥，沿著蘇童小說中呈現過的地理印記，避虛就實，遍地尋訪，試圖尋找、印證蘇童小說的場景所在和衍變狀況，探究其中是否有某種潛在的秩序和規則。我想，這種想法和舉動固然虔誠和有趣，但在很大程度上已經基本失去了文學的意義。因為，小說的虛構本性，早已決定了不可能任由你打開作家親手封簽的暗室之門，這樣，也就無法真正辨識或者走出一個作家所敘述的文學這座地理迷宮。

阿來的植物學

阿來曾在《成都物候記之十六：梔子》中，仔細地描述過他微醺後輕步在院子裏感受梔子花的感覺：「朦朧燈光中，真的無風，園中池塘，有幾聲蛙鳴，香氣再次猛然襲來……我笑，笑花香該是聞見的，卻偏偏真的聽見，腳步作了一個聽的姿態，這些光影中盈動暗香的，輕盈、飄渺而來的是今年最早開放的梔子花」。讀到此，我立刻感覺到，阿來對植物和自然的感受力來的是如此真切、細膩、敏感和飽滿。他的「聽香」，如同「觀音」，通感的神秘藝術體驗，讓阿來對自然的閱讀，在美學層面和充滿禪味兒的境界上徜徉。我知道，阿來的寫作，曾經從音樂上得到過很大的啟發，他非常地醉心於貝多芬、阿赫瑪尼諾夫的音樂。我們在阿來的哪怕是一些極其樸素的文字裏，都能感受到敘述、呈現中富於音樂感的迴旋和詠歎。我開始好奇，多年以來，阿來的寫作靈感是否也與這些植物的色、香、形，神有著某種神秘的聯繫。也許，阿來小說寫作的「第六感」，就是因植物而變得靈動和切實起來的。他散見於刊物和博客上的《成都物候記》，文字清雅、醇厚，又不乏靈動，他自己所配發的攝影圖片，清新雋永，無論是木本植物還是草本植物，紫荊、丁香、迎春、芙蓉、泡桐等等，在阿來的筆下和鏡頭之下，都成為成都這座城市季節輪轉和自然的風致。但是，阿來的「植物」情結和志趣似乎並不如此簡單，他對植物的一次次凝視中總是飽含著難以言傳的、對事物的默契，或者說，這就是他用心感知天地的一種方式。我總覺得，阿來是一位可以通過文字或影像通天地萬物的作家，他兼具古典和浪漫藝術的品質，而植物極有可能是給他帶來寫作好運的重要事物之一。

阿來是什麼時候開始迷戀攝影的，我不是很清楚。近幾年來，每一次與他見面，或一起參加文學活動，他那隻裝有相機和四個鏡頭的旅行背包，總是跟隨著他。後來，我很快意識到，阿來更主要的是迷戀上了植物。或者說，是因為迷戀植物而喜歡上攝影，也許，正是因為愛上攝影而對植物發生了極大的興趣。看到他電腦和記憶卡裏儲存的數萬張植物圖片，你就彷彿進入一個豐饒而神奇的世界。這裡，景深凸顯出的，不僅是有著極細微區別的色彩，和層次變化的畫面，還有泥土和種子誘人的氣息。他可以辨認並說出一千種以上植物的名字或習性，有時，為了認識一種剛剛拍到的植物名稱，他需要查找資料，對照《植物志》等進行仔細確認，而這常常需要花掉一個上午的時間。

我感到，阿來以一種寬柔、仁慈而智慧的眼神，與無數種植物發生著神奇而微妙的對話。在他洞燭幽微的鏡頭下，常常被我們所忽略、忽視的植物都可能獲得體面而莊重的再現，一種意想不到的美突然就會綻放在你的眼前。去年在大巴山，尚未完全開發的宣漢「百里峽」深處，依然有一些比較「原始」的生態環境和景致，給我們的視覺帶來許多的驚喜和振奮。阿來在峽谷中逡巡著拍攝植物和花卉，我一直跟在他身後，觀察他所關注的種種植物。晚上回到駐地後，我們在他在電腦上瀏覽的圖片中，竟有十幾種我毫無任何印象的花朵，我不知道他是在什麼時候拍下的。原來，阿來的微距鏡頭下，將夏枯草、溲疏等許多很弱小、「不起眼」的植物也盡收眼底。這些，都被我漏掉和忽視了。他的鏡頭，放大並收藏了許多靜默的、孤獨存在，而阿來的尋找和捕捉，總是顯得意味無窮。也許，畫家也好，作家、詩人也好，他們所把握住的美妙，一定有許多都是從我們的疏忽、蒙昧、粗鄙的心靈間輕易劃過的。細緻入微，入情入理，這是一個作家的責任。

我注意到，阿來以及他的鏡頭，在面對所有植物時，身體的姿態異常豐富：仰視、平視、俯視，有時，竟然還有「臥式」，沿著目光或鏡頭的方向，他盡情在鏡頭後面觸摸、感知種種大地精華的韻味和底蘊。我相信，阿來對植物具有一種格外的感受力和親和力。美總是在獨特性中發生，如果沒有獨特性的話，感受美的機會就會降低。在某種意義上說，很多花朵和一些植物的獨特性是很難看到的，因為他們是如此便宜和無處不在。美的事物，未必都是依靠理性或實用或珍稀來提煉的，它就長存於能夠包容萬物、藏污納垢的天地之間。

其實，在阿來大量的文字中，有關植物、生態、自然的話題和描述，早已有之。只不過這些文字大多都是作為地理背景和民族風情的襯托。那部長篇散文《大地的階梯》，就是循著地理的面貌勘察人文足跡的一幅歷史、文化地形圖。在這些文字中，我們會不斷地體會到阿來在大自然中無比沉醉的情緒和感懷：「就是這樣，我從塵土飛揚的灼熱的夏天進入了山上明麗的春天。身前身後，草叢中，樹林裏，鳥兒們歌唱得多麼歡快啊！我就是這樣，一次一次，感謝命運如此輕易地就體會到了無邊的幸福」「在我久居都市的日常生活中，很多時候，我會打開一本又一本青藏高原的植物圖譜，識得了許多認識卻叫不出名來的花朵的名字。今天，我又在這裡與它們重逢了」〔註 1〕。鮮紅的野草莓、紫色的馬先蒿、藍色的鳶尾，生機處處；白樺、紅樺、杉樹、松樹、柏樹，翁鬱如海。阿來在那次漫長悠遠的行旅中，似乎在無數植物茂密的植被下，玄想、推斷出在這樣的環境裏曾有多少鮮為人知的秘密，那些土司家族的宿命，政治、經濟、環境與文明的崛起和衰落。大地上所發生的一切，是否就如同在純生物繁衍意義上，一種家族的基因和血統，歷經幾百上千年的風霜雨雪，終於因為穿越得越來越疲憊，而失去最後一點動力。而整個人類社會的里程，就像大地的階梯，在無數的階梯上面，零星散散的村落，宛若那些有名字或叫不出名字的小小花朵，映現、記載著大千世界的四季流轉，風雲變幻的輪迴，與存在世界對視的不僅僅是人的面孔，還有搖曳在大自然中植物的生命力。那麼，人的力量和美好，就體現在向上攀登的行旅之中，體現在人與自然美輪美奐的呼應之中，正所謂「同聲相應，同氣相求」，乃至天人合一的境界，才是人與自然相互的賦予、相互的求證。而植物對人和大地清涼的綠色籠罩，照亮了我們的雙眼，呈現出了寬闊和自由。就像阿來在自己的一本散文隨筆集中所表述的那樣：世界，就應該這樣日益豐盈。

誰願意在殘花中瞭望破敗晚秋的降臨呢？對於自然而言，大地的枯謝和綠色的堙沒並不可怕，可怕的是生機的毀損，成熟像傷疤般長出了鏽迹。人類在近一個多世紀時間裏的干涉和放縱，消弭和切割了多少自然的生物鏈條。我們既不願意看到開敗的「殘花」，更不願意看見地貌上的任何一種生物隨風飄散般消逝，香消玉隕。風吹來的種子，又被風裹挾而去，是格外淒清和傷感的事情。這樣，人將會付出怎樣的代價？每一個種子，都把整體作為生命的未來及其可能性，包藏在自己的體內，它將尚處於胚芽狀態的神性的邏輯

〔註 1〕阿來：《大地的階梯》，南海出版公司，2008 年版，第 120 頁。

植入大地，我們還有什麼理由，不小心翼翼地敬畏和服侍我們腳下的土壤呢？其實，對於人與自然的關係而言，這裡，根本就不存在任何意志上的悖論，春暖花開，斗轉星移，不能為了滿足一時一己奢侈的消費欲望而破壞生態。一種植物的消失，早已不是這種植物個體的消失，而是整個生物鏈條毀損的開始。這個時候，人類真的需要慢下來，再慢下來，給自然爭得一個片刻的緩解和休憩。

我開始猜想，一個作家的寫作，以及他的審美視閾，究竟與對自然、生態的體驗之間，存在著怎樣神秘的聯繫？我也漸漸明白，阿來在始終略顯急促的腳步中尋找著什麼。可以肯定，他的精神世界的深處，一定有一個巨大的隱秘，這個隱秘也可能來自一種巨大的隱憂。或許，那就是他期待文字之外，存在著一個沒有因時代的過渡遞進和變遷的人的安詳、坦然和平靜。尤其當阿來無數次穿越峽谷、群山、荒野和川流的時候，他所渴望的，一定是生機處處的美麗的植物的冠冕，而不是被現代挖掘機械踐踏過的、被無序補綴過的人工丘陵。

明顯地，我們這個時代與自然的進程相比，已經呈現出格調和色澤上極大的不一致。生態系統並非靜態，它們隨著時間以一種有序的、可以預測的變化而發展，甚至，很多時候，這個變化系列是由植物和動物自身所更改的環境而導出的。我們在與其他物種，包括植物和動物打交道的時候，總是過於自信和高傲，甚至不乏毫無理由的囂張，即使是那種想像上代表著高於自然力量的某種訓化能力，也被我們自己大大地誇張了。更多的時候，我們應該能夠從植物本身所發出的信息中感知，或者在審視它們在四季中的性格時耐心思考，這樣也許可以看出，它們其實根本就不想與人類做什麼交易。

六卷本長篇小說《空山》，是阿來在將近六年的時間裏完成的重要作品。其中，阿來在各卷布置了「隨風飄散」「天火」「輕雷」和「空山」等無不是隱含深意的重要意象，風、火、雷和空山，既是物質性的也是精神性的暗喻。在最後一卷，當大量的森林和植物，被人類的利斧砍削之後，孤獨的村莊、孤獨人性的人類，裸露出不可思議的殘疾心理和病症。這時，我們看見，阿來從《塵埃落定》的罌粟的腥紅色中游離出來，表現出從未有過的焦慮和困惑。

無疑，阿來恐懼孤零零、光禿禿的地貌，憂慮人類今天的喧囂和繁榮會變成明天的「空山」。誰也不會相信，那些空蕩蕩的荒山禿嶺曾經是一個繁榮世界開花結果的地方，人竟然可能會消失的無影無蹤，這一片片土地也失去了它應有的效力。人類活動對環境的影響越來越大。這源於人類的貪婪、無度的開發和對自然的肆意揮霍。對人類社會來說，想逃脫自己活動所帶來的後果愈來愈困難了。自然、生態日益變得蒼白、局促，這種變形，改變著大地的生機與活力，也使人的價值倫理體系落入歧途。人的精神衰落、式微前的迷狂、不可理喻的欲望，必將會改變、扭轉文明的格局和平衡的生態。

「我只感到世界撲面而來」，這是阿來在一所大學演講的題目。我想，世界在這裡，不僅是現實的狀態，還有歷史已有的樣貌，還有大自然的神奇造化，更有一種人的莫名緊張。究竟什麼是真正的現代文明或人類文明？這些年來，這樣的問題糾纏著每一位有良知的人文學者。具體說，文明其實絕不是一個簡單的名詞或形容詞，它確是生命主體在處理與自然關係時，兩者相互發出的一種十分具體而和諧的聲音。阿來喜歡這種自然、質樸、平和的聲音。所以，前面我們看到的阿來自述「聽香」的文字，就是阿來敬畏這種「天籟」之音的精妙記錄。

從一定意義上講，宗教感，對一個作家是必不可少的一種精神、心理背景或者依託。在這個精神平臺之上，世俗的一切，才有可能被作家所包容或寬恕。實際上，對於阿來來說，一個有著藏族身份、嫻熟地使用現代漢語寫作的作家，他在思考和寫作的時候，已然忘記了他的個人身份，也早已放棄了對語言的雕琢。他更多的是進入了一種自然的狀態。在這裡，作家的善良和尋找美好的天性，連同每一個大地上的生靈，不僅會在他的文字裏熠熠閃光，還會通過他的鏡頭，透射出新穎、鮮活的畫面。

如此說來，阿來的植物學情結，實質上是關於人、自然、生態和一切事物的寫照和韌性追蹤的願望。